公事宿事件書留帳一

# 闇の掟

澤田ふじ子

# 公事宿事件書留帳一　闇の掟

# 目次

# 火《ひ》札《ふだ》

一

小女《こおんな》のお杉が乾いた表の道に水をまいている。

陽射しは西にかたむいたが、真夏の暑さは夕刻の近づいたいまごろが最高だった。縦に白く「公事宿《くじやど》・鯉屋《こいや》」と染めぬいた黒暖簾《のれん》が、ひそとも動かない。蟬《せみ》の鳴き声だけがいやに高く耳についた。

「それで兄上はどこに参られたのじゃ。いついつにこいと時刻を指定されたとて、わたしにもお役目があり、都合というものがある。四半刻（三十分）ぐらいの遅参《ちさん》、少々お待ちくだされてもよかろうに」

京都東町奉行所同心組頭の田村銕蔵《てつぞう》は、まだ青年の面影をとどめる二十四歳の丸顔に、濃く不満をうかべてつぶやいた。

二年前、かれは父次右衛門のあとを継いで、見習同心から組頭となり家督を相続した。四つ年上の異腹兄菊太郎《きくたろう》をさしおいてである。

京都の東西両町奉行所は、それぞれ与力二十人、同心五十人を置いており、江戸の与力や同心と同様、ほとんどが世襲。田村家は曾祖父《そうそふ》の代から、東町奉行所の同心組頭をつとめてきた。菊太郎は次右衛門が妻の政江にかくし、祇園《ぎおん》の茶屋娘に産ませた子。四つのとき組頭屋敷に引きとられ、政江の手で育てられてきた。

菊太郎は十八歳ごろまで品行方正、田村家の〈神童〉とも噂《うわさ》され、次右衛門や政江をよろこばせたが、ある日から突如、遊蕩《ゆうとう》をはじめ、あげくのはて屋敷から出奔《しゅっぽん》した。

「とてもあいつに田村家を継がせるわけにはいくまい。第一、行方が知れへんやないか。どうせいまごろ、江戸か浪速《なにわ》でごろつきの仲間となるか、街道筋で賭場《とば》を開くやくざの用心棒にでもなっているにちがいない。それがあの菊太郎にはうってつけじゃ。わしはあいつが京の町から姿をくらませるに際して、大恩ある政江の簞笥《たんす》から、七両の大金をくすねていきおった不埒《ふらち》を、今でも忘れてえへんわい」

中風《ちゅうふう》をわずらって役職から退き、親族の間で家督相続が問題になったとき、次右衛門はもつれる舌で近親者たちに息まいた。

屋敷をでてふっと消息を絶つまでの数年間、菊太郎は次右衛門や政江を日夜、悩ませつづけた。

下京《しもぎょう》の花屋町《はなやちょう》で酌婦《しゃくふ》と同棲《どうせい》しているとの噂がとどいてほどなく、料理茶屋と呉服屋からどっと付けがまわってきた。

つぎに、高瀬川筋に構えられた加賀藩京屋敷中間《ちゅうげん》長屋で、賭博をしているのを家臣に発見され、数人に峰打ちをくらわせ、小者《こもの》を高瀬川の船溜《ふなだま》りに叩《たた》きこんで逃走した。

当然、前田家留守居役から、内々の苦情が東町奉行所によせられる。

次右衛門は弁明の余地もなく、平蜘蛛《ひらぐも》になり、上役たちに謝りつづけた。

菊太郎の身持ちの悪さをかぞえあげればきりがない。そのすえ、政江の簞笥から七両を持ちだして失踪《しっそう》したのだった。

「人間は一歩足を踏みはずすと、まことに恐ろしいものやわ。学業にはげみ、武芸にもすぐれ、戻《もど》り橋《ばし》の綱《つな》とも異名される田村家の菊太郎どのがなあ。政江どのも鋹蔵どのと区別されずに、十分気を配られお育てになられたはずやが、やっぱり産みの母御の悪い血を受けられたとしか考えられへん。政江どのがお気の毒じゃなあ」

菊太郎の失踪をきいたとき、東西両町奉行所の人々は、眉《まゆ》をひそめてささやき交した。

町奉行所に出仕する与力、同心たちは、代々京住いするためもあり、言葉に京訛《なま》りがまじる。なかには町衆《まちしゅう》と全くかわらない言葉遣いをする武士もみられた。

菊太郎がかつて戻り橋の綱――と異名されたのは、十歳のころから一条戻り橋の東詰めに小さな町道場をひらく岩佐昌雲《しょううん》の許《もと》に通い、凄腕《すごうで》だったからだ。遊蕩をはじめたころかれは、身辺の武芸自慢さえ、一閃《いっせん》で打ちすえるほどになっていた。

一条戻り橋は平安時代、源頼光四天王の一人渡辺綱《わたなべのつな》が、美女から変じた鬼の片腕を切り落した場所として知られている。

東詰めの道場からこの橋をわたり、堀川にそう道を南にまっすぐ下り、二条城の前までくると、菊太郎は竹刀《しない》や武具類を肩にしたまま、決まって不動の姿勢でお城の大手門にうやうやしく一礼する。

かれの姿は誰《だれ》の目にもすがすがしく映っていた。

当時の菊太郎は、四つ年下の銕蔵を可愛がり、仲睦《むつ》まじくやっていた。

素読を教える日も珍しくなかった。

おとなしい猫が狂虎になったと、菊太郎の変貌《へんぼう》にみんなが驚き、つぎには次右衛門に非難の声が浴びせかけられた。

若いころ過ちをした付けがまわってきたというのである。

菊太郎が放蕩と悪行のかぎりをつくし、京から消え失《う》せたとき、七両の拐帯《かいたい》を知って激怒したものの、本当のところ次右衛門はほっとした。だがそれでも、上役に菊太郎の廃嫡《はいちゃく》を届けなかったのは、妻の政江に泣いてとめられたからであった。

政江には菊太郎がどうして急に無頼漢に変ったのか、なんとなくわかっていた。

心の中で菊太郎にすまないと詫《わ》び、手を合わせる毎日だった。

銕蔵が夫の次右衛門の愚痴《ぐち》に同調し、小さくうなずきでもすれば、あとで、兄上さまを悪くもうしてはなりませぬと激しく叱《しか》りつける。

菊太郎が失踪してからでも、政江は次右衛門に気づかれぬように陰膳《かげぜん》を供えていた。

その異腹兄が、ふたたび京に姿を現わし、東町奉行所に近い大宮通り姉小路《あねこうじ》上ルに店を構える公事宿の「鯉屋」に居候《いそうろう》していると、田村銕蔵がきいたのは、東山の新緑が濃くなり、梅雨に入ってからだった。

鯉屋宗琳《そうりん》は先代次右衛門の贔屓《ひいき》をうけ、同所に公事宿をひらいた。

二条城南の御池《おいけ》通りから、姉小路、三条通りにかけて、南北に走る大宮通りぞいには、京都所司代や東西両町奉行所に、訴訟や裁判のためやってくる人々を専門に泊める公事宿が、軒をつらねている。

『大言海』は公事宿について、「地方ヨリ、江戸ニ出デテ訴訟スル者ノ、定宿《ヂヤウヤド》トセシ旅店。江戸、馬喰町ニ多カリキ」と記している。

大坂では東西両町奉行所に近い谷町一丁目、京都では、丹波口や三条口に通じる二条城南の大宮通り界隈《かいわい》にかたまっていた。

江戸時代、一般庶民にとって、訴訟手続きや書類の作成などは困難だった。

専門家の手を借りなければ、実のところ訴訟も遂行できなかった。

訴訟をするには一種の技術が要《い》る。

そのため公事訴訟人たちは、幕府の認可をうけた公事宿に泊り、紛争の解決に助けをもとめた。

公事宿の主人や下代《げだい》（番頭）は、公事訴訟人が所司代や町奉行所に出かけるとき、介添えとして出頭する役目を負わされている。当人が宿預《やどあずけ》となったときには、身柄を預かり、訴訟関係者を呼び出す折、その差紙《さしがみ》（出頭命令書）を相手にとどける御用も行なう。

かれらは公事訴訟人のため、目安《めやす》（訴状）や請願書などいっさいの書類を代筆し、いまでいえば〈弁護士〉の役目を果たしていた。

その代り関係した公事が有利に結着すれば、宿泊料や書類代筆料のほか、成功報酬として相当の礼金をもらうのである。

公事宿仲間（組合）は毎日、東西両町奉行所に詰番《つめばん》を一人ずつだし、訴訟処理の円滑のため手伝うほか、牢屋《ろうや》に収監される人々に対して、牢扶持《ろうぶち》（弁当）の仕出しまでまかされていた。

かれらは旅籠《はたご》を兼ね、弁護士的役割を引き受け、司法制度の一端につらなるだけに、それなりの知識や度胸がなくては、営業ができなかった。

先代次右衛門の手下《てか》として働いていた鯉屋宗琳は六十すぎ、もとの名を武市《ぶいち》といった。かれは頭のめぐりが良く、主《あるじ》の世話で渡世株を買い、三十年ほど前、公事宿の暖簾をあげたのだ。

鯉屋に部屋をとった公事人を勝たせるためなら、かれは人を使い、訴訟相手の弱点を徹底的にあばきだす。相手やその関係者を料理茶屋にまねき、懐柔するほか、非情な手段もとると噂されていた。

菊太郎がその宗琳の許にころがりこんでいる。

「父上さまには内緒にして、しばらく菊太郎どののご様子をうかがっておりましょう」

政江は困惑顔を見せる銕蔵を諭《さと》した。

二人の耳に届いてくるかれの噂は、またもやろくでもないものばかりであった。

無精髭《ぶしょうひげ》をのばし、昼間から酒を飲んでいるという。

鯉屋の手代だといい、脇差《わきざし》をおびたまま、奉行所から少し南の六角牢屋敷に仕出し弁当をもってきたとの話もきいていた。

今朝ほどその菊太郎から、東町奉行所の組頭詰所に、鯉屋の丁稚《でっち》が手紙をとどけてきた。

公事宿では主と、番頭に相当する下代が公事の処理に当るが、その下に一般の商家と同じく手代、小僧、丁稚（小僧見習い）がおり、かれらは日々の生活のなかで、公事の事務処理や駆け引きのこつなどをおぼえていくのだ。

江戸時代、京、大坂と江戸では、職制の名称が少し異っていた。

手紙の封を切り、あわただしく読むと、特別のかどをもって金十五両拝借つかまつりたい

――と一方的に書かれていたのである。

鋏蔵の不満顔は、菊太郎の傍若無人ぶりをなじってのものだった。

だが、自分にはやさしかった兄を懐かしむ気持もないではない。だから多忙のなか、十五両の金子《きんす》をととのえやってきたのだ。

「まあまあ、菊太郎さまがうちの丁稚に使いをさせ、田村の若旦那《わかだんな》さまをお呼びにやりましたんやな。どんなご用かわたしは知りまへんけど、母御さまはちごうても、実のご兄弟どさかい、やはりお会いしとうならはりましたんやろ。このわたしも親父の宗琳も、一度お屋敷にご挨拶《あいさつ》にいかはったらどないどすと、菊太郎さまにおすすめしてたんどっせ」

鋏蔵を帳場でむかえたのは、宗琳の総領源十郎。いま鯉屋はかれが采配をふっており、父親の宗琳を上まわる辣腕《らつわん》だといわれていた。

「わたしがもうしてはなんだが、身持ちの悪い兄をお世話くださりかたじけない。母も鯉屋にご挨拶にあがらねばともうされていた」

「とんでもない。うちの方こそ菊太郎さまにおいでいただき、重宝させていただいてますわ」

源十郎は顔をゆるめ、意味深長な言葉をもらした。

「外は暑うございますやろ。まあ上にあがり、冷たいお茶でも飲んで一服しておくれやす」

源十郎の女房お多佳《たか》が、土間に立ったままの鋏蔵をうながす。

公事宿は旅籠を兼ねるだけに、表には広い土間があり、奥まった場所に袖《そで》囲いした帳場が設けられている。ここがいまの弁護士事務所に相当した。

公事訴訟人はこの帳場の前に坐《すわ》り、主や下代に事件の概要を語るのである。

江戸時代の司法で、公事は〈出入物《でいりもの》〉に当った。これは原告が、目安（訴状）で相手を訴え、奉行が相手を白洲《しらす》に召しだし、返答書を出させ、対決（口頭弁論）と糺《ただし》（審理）を重ねたすえ、裁許（判決）を下す。

このほか〈吟味物〉といわれるものがあるが、これは捕方《とりかた》の手で逮捕されて吟味され、判決をうける事件をいい、前者は民事訴訟事件、後者が刑事訴訟事件だった。

田村銕蔵は吟味方同心組頭をつとめている。

「いま忙しいゆえ、お言葉に甘えゆっくりしているわけにはいかぬ。兄上がどこに参られたか、もしご存知なら教えていただきたい」

「若旦那さまがおいやしたら、お連れせよといわれてますさかい、すぐご案内いたします」

源十郎は土間にひかえる手代に顎《あご》をしゃくった。

「喜六、若旦那さまを菊太郎さまの許にお連れしなはれ」

「かしこまりました」

喜六が鋭い目をゆるめてうなずいた。

二

「どこまで行くのだ」

「へえ、このすぐ先でございます」

銕蔵の数間前を歩く喜六が、ひかえめな態度で答えた。

大宮通りをどんどん南に下り、やがて西本願寺脇までやってきた。

そこから道を右にまがる。

「おい、この先は島原の廓《くるわ》ではないのか」

「さようでございます、若旦那さま」

喜六が無造作にうなずいた。

かれの顔は町奉行所の公事宿詰番部屋でときどきみかけている。

銕蔵は祝言をあげて半年、妻の奈々《なな》が近くに居合わせたらきっと誤解するだろう。

母親の政江は西町奉行所公事方与力の娘だが、奈々は中京錦小路《なかぎょうにしきこうじ》で海産物問屋をいとなむ「播磨屋《はりまや》」助左衛門の末娘。父次右衛門の朋輩《ほうばい》の世話で、銕蔵の許に嫁いできた。

島原遊廓の大門《おおもん》をくぐり、二筋目を左に折れる。

昼間でも覗《のぞ》き格子のむこうには、白粉《おしろい》をぬった女たちが顔をならべ、嫖客《ひょうかく》がうろついている。

しばらく歩き、広い構えをみせる一軒の妓楼《ぎろう》の暖簾をくぐった。

「ご苦労はんどした。あとはご案内させてもらいますさかい」

喜六から銕蔵の身柄を引き継いだ妓楼の男は、銕蔵が腰の刀を左手ににぎり草履《ぞうり》をぬぐのを眺め、喜六の用をといた。

屋号は吉野屋。公事宿の鯉屋と昵懇《じっこん》の気配がうかがわれる。

公事人を勝訴させ、成功報酬をたっぷりせしめるために、公事宿の主や下代たちは、白洲以外の場所で相手方やその関係者たちと折衝を重ねる。公事宿の主同士が話し合いもする。料理茶屋や妓楼は、いわば重要な営業の場所でもあった。

菊太郎に会うのは約七年ぶりになり、銕蔵は緊張とともに、胸の高鳴りを感じた。ここまできたのが吉か凶か、場合によっては足許をすくわれかねないとも思った。

「もうし、お客はんをお連れさせてもらいましたけど」

妓楼の男が、磨きこまれた二階の長廊に片膝《かたひざ》をつき、部屋のなかに声をかけた。

筋向いの部屋で女が嬌声《きょうせい》をあげている。

「おお、造作をかける。入ってもらってくれ」

障子戸のむこうから、きき覚えのある菊太郎の声がとどいてきた。

濁りのない響きのいい声色だった。

「兄上、銕蔵でございまする」

「わかっておる。遠慮なく入らぬか――」

うながされたものの、銕蔵は場所柄、二つ返事で障子戸を開けるのをためらった。

菊太郎のそばに、女がいるとわかっていたからだ。

「おい銕蔵、なかに入れともうしている。早くいたせ」

「では失礼つかまつりまする」

かれは全身を少し硬くさせ、ゆっくり障子戸をひらいた。

兄のかたわらにひかえる若い女の赤い襦袢《じゅばん》姿が、いきなり目にとびこんできた。

視線のやり場に困った表情をうかべるかれに、菊太郎が笑いかけた。

世間の噂できくほどむさくるしくもなく、むしろこざっぱりした恰好だった。

「そなたは妻を迎えたときくが、相変らず堅物みたいじゃな。女子《おなご》と媾《まぐわ》っているわけでもなく、目の置き場に困ることもあるまい。わしはただ酒を飲んでいる。久しぶりじゃ。どうだ、そなたも一杯やらぬか――」

菊太郎は造作のととのったきりっとした顔に苦笑をうかべ、銕蔵にぐっと盃《さかずき》をつきつけた。

苦笑になにやら凄《すご》みが感じられた。

こざっぱりしているとはいえ、さすがにその顔には、世間の垢《あか》みたいなものが染みついている。

「御用の途中でございますれば――」

「まあそう堅いことをもうすな、なにも女子を抱けとすすめているわけではない」

「されば一つだけいただきます。それにしてもご壮健のごようす何よりでございまする」

銕蔵は菊太郎から銚子《ちょうし》をうけ、盃を飲みほしていった。

「ありがとう。父上の工合は、鯉屋の宗琳からきいておる。母上さまもご息災で結構じゃ」

まっ先に両親の消息にふれられ、銕蔵は胸の緊張をほっとゆるめた。

遊蕩と悪行をつくし失踪した兄だが、憎しみの気持は不思議にわいてこなかった。

世間的にはともかく、菊太郎どのはそなたに家督を継がせるため、田村家から退《の》かれたのです、菊太郎どののお気持を仇《あだ》やおろそかに思うてはなりまへんえと、弁護する母親の言葉も、解《げ》せる年頃になっていた。

「兄上のおもどり、人伝てにきき、一度鯉屋を訪ねねばと考えながら、本日まで失礼をいたしました」

「なになに、さような斟酌《しんしゃく》はどうでもよい。訪ねたくとも素直にできなくしたのは、わしのほうよ。ところでわしが無心した金子、持参してくれたのじゃな」

菊太郎にうながされ、銕蔵ははっと現実にもどる。

甘い感傷がすっと遠のいた。

こうして菊太郎からちょいちょい金をせびり取られる。一度が二度になり、さらに金の無心が重なる。家督を自分にゆずったことを理由にして、今後それが続くのではないのか。

同心組頭とはいえ、知行は百七十石、家の貯《たくわ》えはしれている。菊太郎の態度と顔が、銕蔵の目に急にふてぶてしく映った。

「は、はい、持参いたしましたが――」

「そなた、わしがこの京から姿を晦《くら》ましたとき、母上さまの簞笥から七両の金をくすねた不埒をきいているであろう。今度そなたに無心いたした十五両の金子、この女子を身請《みう》けする金だと打ち明けたら、そなた、これからいかがいたす」

菊太郎はずけずけと明かした。

「この金子、十五両は女子を身請けする金でございますか」

銕蔵は啞然《あぜん》とした顔でつぶやいた。

やはりという思いが翳《かげ》をふくみ、胸のなかに大きく広がってきた。

自ずと視線が、菊太郎からうなだれた女子に移る。

彼女はますます身をすくめ、嗚咽《おえつ》の声をふと幽《かす》かにもらした。しどけない姿だが、襦袢からのぞく襟首から肩にかけて清純が匂《にお》い、紅灯《こうとう》の汚れはまだうかがえない。美しい娘だった。

——兄上が身請けされるのも無理ではないが。

銕蔵は納得しながらも、どこか腑《ふ》に落ちなかった。十五両は大金だが、一人の女を身請けするとなればはした金、手付金だろうか。

「いまそなたが胸のなかで何を思案しているか、いい当ててつかわそうか。わしにぼちぼち金子をせびり取られてはかなわぬと考えているであろう。金子をせびる相手が、身近にいるとはいいものじゃぞ。なにしろ安心して酒が飲め、女子が抱ける。銕蔵、まあさように顔をしかめるな。たかが十五両、田村家に多額の貯えはなくとも、ご先祖さまがたが折につけ集めてこられた高価な画幅があるではないか。円山応挙、伊藤若冲《じゃくちゅう》、与謝蕪村《よさぶそん》。父上は特に松村呉春《ごしゅん》の画幅を、相当に所持されていた。どうせどれもこれも役得で入手された品であろう。売却いたせば一幅三、四両にはなるはずじゃ」

しだいに菊太郎の目がすわり、凄みをましてくる。部屋が蒸すせいではなく、銕蔵の額や背筋に汗がふきだしてきた。

母上は兄上をかばっているが、この分では本当のならず者になられている。これは一種の強請《ゆす》りであり、恫喝《どうかつ》であった。

「あ、兄上、理不尽をもうされてはなりませぬ。兄上がどうしてもご必要とされますれば、田村家の貯えの一切をおとどけしても惜しくはございませぬが、以前通りのふしだらを続けるためでございますれば、持参した十五両の金子とて、お渡しいたすのを考えねばなりませぬ」

「なにが理不尽じゃ。十五両の金、わしに渡さぬとあれば、腕にかけても取ってみせるぞ」

菊太郎は不敵な笑みをうかべ、部屋のすみに立てかけた刀にちらっと視線を這《は》わせた。

「兄上――」

「ばかな。そなたをちょっとからかってみたまでよ。持参した金子はおとなしく置いていってくれ。その金子、この娘の身請けに使うのは相違ないが、鋏蔵、奉行所のお調べで、いずれ磔《はりつけ》の沙汰《さた》をうける宇治の伊勢田屋長吉とかもうす男の吟味、もう一度いたす気にならぬか。死んだ者はふたたび生き返らぬ。無実の人間を誤って殺せば、罪の上塗りよ。お上《かみ》が誤りを犯してなんといたす。この娘は長吉の妹でお雪ともうす。十五両はまあ、わしの指南料と思えば安いものじゃろうな」

長吉は火付けの罪で、内々引き廻《まわ》しのうえ磔と決まっている。

鋏蔵の胸裏に、六角牢屋敷で奉行からの沙汰を待つかれの憔悴《しょうすい》した顔がうかび、つぎに菊太郎を見る目に微笑がにじんできた。

　菊太郎さまにおいでいただき、重宝させていただいていると答えた源十郎の言葉が、胸によみがえってきたからである。

　兄は鯉屋で、ただ居候をきめこんでいるのではなかろう。

　素知らぬ顔を装い、実は裏で公事の始末に働いているにちがいなかった。

　豊かな学識や広く世間をみてきた兄の目が、非理を見分けるのに大きく役立っている。

　そのうえ腕っぷしの強さを備えていた。

「兄上、兄上は長吉が無実だともうされますのか――」

「ああ、いかにもじゃ。長吉は宇治から入洛のうえ、昨年末からこの四月まで、鯉屋から三軒上《かみ》の公事宿美濃屋に泊っていた。父親が三条高倉の茶商奈倉《なくら》屋に、貸しつけたままにしていた二百五十両を、取りたてる訴えをおこしていたのじゃ。ところが白洲でのお調べが進められている途中、業《ごう》を煮《に》やして、訴訟相手の店に火を付けたとされている。わしは長吉の目安や相手方の返答書の写しを、入手して読んだが、どうも腑に落ちぬことが多くてな。そこで興味をわかせ、相手方の奈倉屋九兵衛をさぐってみたのよ。さすれば不審がみえるのはかえって奈倉屋。あれは相当けちな男じゃ。そこで長吉に磔の沙汰が下されてはならぬと、そなたに再吟味は無理かと相談しているのよ。裁定を急げば、事の真相は見えぬ。いや、もしかすれば、お上のお身内に、真相を見えにくくしているものがあるのかもしれぬな」

菊太郎は銕蔵に思案をうながす口調で、ゆっくりりつづけた。

奉行は裁定を自分一人では行なわない。出入物、吟味物のいずれも、事件解決にたずさわった与力組頭や同心組頭などの意見を、十分きいたうえで罪の刑量を決める。

与力組頭や同心組頭は、現代の司法制度でいえば、一部検事の役割も負わされていた。

吟味物は公事宿の助けを基本的には必要としないが、民事訴訟事件に相当する出入物は、公事宿による弁護士的働きが、大きく役立つのである。

菊太郎から急げば事の真相が見えぬといわれたとき、銕蔵の眼裏《まなうら》を、与力井上藤兵衛のとりすました顔がすっと横ぎった。

茶商奈倉屋付け火の件は、かれを係りとして吟味が行なわれ、もう長吉に沙汰をいい渡すのみとなっていた。

自分が担当した事件でないだけに、再吟味の要請は容易ではなかろう。

「兄上、念のためにおたずねいたしますが、どうしてあの長吉が火付けの下手人ではないともうされるのです。それをおきかせくだされ」

「おぬしたちには、そんなことすらわからぬのか。貸しつけた金子を取りたてようとしている男が、いくら業を煮やしたにもせよ、どうして相手方の店に火を付ける。それでは元《もと》も子《こ》もあるまい。長吉を下手人ときめつけた火札《ひふだ》を、わしはしっかり見たいものじゃ。それに苦界に身を沈めたこの娘。おぬしたちの目はただの節穴か。この娘は自分の身を売って三十両の金子をつくり、評判を伝えきいた鯉屋に、なんとか兄を助けてくれと依頼してきたのじゃ」

菊太郎はせせら嗤《わら》いをうかべていった。

三

今日も暑い陽射しが、京の町を照りつけている。

座敷の簾《すだれ》ごしに庭をみると、朝には凜《りん》と大輪の花を咲かせていた垣根の朝顔が、すっかり勢いを失い萎《な》えていた。

菊太郎はごろんと横になり、頭に籐枕を当て、古びた書物を読みふけっている。

ときどき頭をうかし、庭むこうの別棟に目を投げた。

島原の吉野屋から身請けし、鯉屋に引きとらせたお雪が、襷《たすき》と前掛けをしめ、先ほどまで別棟の長廊を拭《ふ》いていた。

四つん這いになり、長廊を拭きすすんでいくお雪の腰の丸みが、遠くから眺めてもなんとも色っぽかった。

お雪はそれをすませ、つぎには柱や板戸を丁寧に拭きはじめる。

朝から夜寝つくまで彼女は働きづめだった。

「あの娘、少しは気楽にしなはれというてもききまへんのや。なんか気が重おすが、鯉屋は気性のええ女子衆《おなごし》をかかえたようなもんどすわ」

源十郎も妻のお多佳も異口同音、菊太郎につぶやいた。

「鯉屋にすべてを委《まか》せ、兄の長吉を助けたい一心なのじゃ。あの健気《けなげ》な働きぶりに、切ない気持が表われている」

今朝ほども菊太郎は、源十郎たちに説いたところだった。

かれがほんのしばらくお雪の姿に目を止め、ふたたび顔を書物にもどしたとき、別棟の奥から大きなわめき声がひびいてきた。

「ここから出してくれい。わしは何も悪いことしてへんがな。奉行所のど畜生ども。この鯉屋かて、わしから銭を取るだけとり、奉行所や二条陣屋とぐるになってるんやろな。わしにはようわかってるんやで。いまに見とれ。こんな鯉屋の屋体骨の一つや二つ、わしが押し潰《つぶ》したるさかいな——」

この声はここ十日余り、時を選ばずいきなりきこえてくる。ときには怒号から哀願に変り、食器を叩き割る音もとどいてきた。

別棟の奥に構えられた座敷牢からだった。

公事宿は奉行所から宿預を命じられた公事訴訟人を引きうけるため、どこでも座敷牢を設けていた。

調べがすすむにつれ、訴訟人、相手方、およびその証人たちの逃亡にそなえ、拘束しなければならない場合もおこってくる。そうした訴訟関係者を勾留《こうりゅう》する機能も、公事宿は負わされていたのであった。

前述したように、江戸の公事宿は馬喰町に軒をならべ、古川柳は、馬喰町二階へずっと文《ふみ》使《づかい》――と詠《よ》み、二階に座敷牢があったことを示している。

「暑苦しいときに、さようにわめき散らすな。ひっそりしておれば、牢のなかはいくらか涼しかろうに。なあお百《ひゃく》」

お百とは鯉屋の飼猫の名。菊太郎は眉をしかめ、顔の前にひっそり坐る白一色の猫につぶやき、膝許の団扇《うちわ》をひろった。

座敷牢に入っているのは「二条陣屋」からの預かり人。二条陣屋は現在でも、二条南の大宮通り御池下ルに、重要文化財に指定された構えを残しており、同家は公事宿仲間の総代。米、両替商、生薬商も兼ねて営んでいた。公事に関わり、所司代や町奉行所に出頭する大名などの宿舎だった。

奉行所では、逃亡、証拠隠滅などのおそれがある場合、呵責《かしやく》なく宿預を命じる。一つの事件で関係者が多くなれば、二条陣屋から公事宿に分散させるのだ。

鯉屋が預かっている中年すぎの男は、上京の諸国買物問屋の手代。西国小藩の不正に関わる事件で、宿預になっているときいていた。

「観念したらええのに。若旦那、なんともきき苦しおすなあ。お耳ざわりやおへんか」

菊太郎が風を送っていた団扇を手許におき、書物をめくったとき、黒絹の夏羽織をきた源十郎が、部屋の外から声をかけてきた。

「おお源十郎か――」

かれは書物を伏せ、起き上がった。

「お邪魔ではございまへんか」

「邪魔でもなんでもない。退屈のあまり、横になっていたところよ。あの男、鯉屋の屋体骨を潰してやるとわめいておる。きき苦しいのはそなたのほうだろう」

「ご冗談を。こんな稼業してますと、あれくらいの悪口、馴《な》れてますわいな。わたしらには蚊《か》の鳴き声ほどにもきこえしまへん」

「さもなければ、公事宿など営んでおられまいな」

「若旦那はこんなご本まで読まはりますのか」

源十郎は菊太郎が伏せた書物の題簽《だいせん》に目を止め、かれにたずねかけた。

題簽には『易学小筌《えきがくしょうせん》』とあった。

これは新井《あらい》白蛾《はくが》が著わした易学の虎《とら》の巻、宝暦四年（一七五四）に刊行された。

「こんなご本までとはなんというい い方じゃ。この易学小筌は長年にわたり、わしに米や酒を稼がせてくれた。これからも世話になるやもしれぬ。人間、なにか芸をもっておれば、口一つ養うぐらいかなえられる」

「京からお姿を消されたあと、そんな稼ぎをしておいでどしたんやなあ」

源十郎は諸国の城下で、深編笠《あみがさ》をかぶり、白布をかけた台に筮竹《ぜいちく》や算木《さんぎ》をならべ、易者をしている菊太郎の姿を思いうかべた。

「飯や酒にありつくためなら、なんでもいたさねばならぬ。江戸では町道場の代稽古《だいげいこ》をつとめておった。駿河《するが》では川人足までいたしたわい。それにくらべたら、いまは毎日が極楽じゃ。主の宗琳やそなたに、せいぜい嫌われぬようにいたさねばならぬな。もっともわしは今でもダニみたいな男で、一旦食いついたら自分の都合しだい、死ぬまで離さぬいやなところをもっておる」

「それはそれで結構なご気性どすがな。若旦那にどしたら、親父かてどれだけでも食らいついていてほしいいいますやろ。ところでお雪の兄《あに》さんの件、どんなもんどす。奉行所の若旦那から、再吟味のお沙汰はまだございまへんか」

源十郎には、菊太郎の悠長さが気がかりだった。

「おぬし、そんな知らせが銕蔵からくると思うているのか。わしは最初からそれは無駄だと考えているわい。奉行所が腰を上げ、再吟味をすることなど全くありえまい。銕蔵の奴《やつ》とて、同心組頭としてえらそうに構えておるが、まことをもうせば、まだ尻《しり》の青い若造にすぎぬ。たいした証拠もなく、どうして事件の再吟味を上役に進言できよう。わしは銕蔵には期待しておらぬ。処刑延期の助力も、いまとなってはどうでもよくなったしなあ」

お雪を鯉屋へ引きとった翌日、ご禁裏《きんり》に不幸があり、京都所司代は東西両奉行に対し、犯罪者の死刑の執行を、当分の間見合わせよと命じていたのである。

菊太郎が事件に関わりをもったのは、吉野屋の番頭が女衒《ぜげん》をともない、三十両の金子とともに、鯉屋にお雪の依頼を伝えにきたからであった。

興味をいだき、事件の概要をきいてみると、借金の取り立てに発した放火。長吉が父親からゆずられた家屋や茶園など財産の一切は、闕所《けっしょ》を見込み、早くも奉行所の指図で押えられている。闕所とは刑として、官が地所や財産を没収することをいった。

「あの娘にはびっくりさせられましたわいな。なにしろ自分の身体《からだ》を銭にかえ、ご当家さまにとどけてほしいいうのどすさかいな。二十をすぎたばかりの若い女子のする思案とは思われしまへん。えらい度胸をした女子どすわ。あの娘は、兄さんは少し乱暴なところがあり、腹立ちまぎれに火い付けたるぐらい口走ったかもしれまへんけど、とてもそんな大事をする人間やないと、女衒のこのわしに泣いて頼みよりますのやわ。そんなわけどすさかい、無理かもしれまへんけど、まあやれるだけやったっておくれやすな」

お雪の行動は、世間から忌み嫌われる女衒の心さえ動かした。

女衒は吉野屋の番頭がさしだした三十両の金子を両手で受けとり、帳場の源十郎の前にそれを置いたのである。

——誰が犠牲になって、誰が利益をうるか。

まずこれに目をつけるのが、犯罪捜査の要諦《ようてい》、鉄則であろう。

「うちも稼業に関わるご依頼どすさかい、娘を身請けさせるいうたかて、三十両全部を遊女屋に返すわけにはいかしまへん。十五両でなんとかやりくりしておくれやすな。もしこの事件があんじょう始末でけましたら、十五両を倍にして長吉とかいう男に支払わせますがな」

積極的に事件へ介入しようとする菊太郎に、源十郎は無実の罪をはらす決め手がありますのかいなあと前置きして、渋々十五両を渡した。

菊太郎は吟味方同心組頭の息子として育っている。事件の探索や吟味には、生来、漠然と興味をもっていた。

お雪を身請けする金の不足分は、弟の銕蔵からせびりとり、なお足りなければ身銭をきる。当日、思案をつけたかれは、六角牢屋敷へ鯉屋の罪人のため牢扶持をとどけに行った。目的はついでに長吉を一見するためだった。

「ご用をおすませやしたら、早うお引きとっておくれやすな」

六角牢屋敷の牢屋同心や牢番たちは、菊太郎に慇懃《いんぎん》な口をきいた。みんなかれが田村次右衛門の息子だと知っており、また公事宿鯉屋の奉公人としてきたからには、牢鞘《ろうざや》のまわりをうろつくのを厳しく諫《いさ》めることもできなかった。

長吉は自分の顔をじろりと見る菊太郎を、牢のなかで両膝をかかえ、不安そうに眺めあげた。

このあいだも岡持《おかもち》を下げ、牢扶持をとどけにきはったけど、ほんまにけったいなお人やで。田村さまのお家は銕蔵どのが継いではる。もどる場所がないさかい、鯉屋に居候してはるんやろうけど、これからもずっと奉公しはる工合やなあ。

牢屋同心や牢番たちは、空の岡持をぶら下げ、気楽そうに立ち去る菊太郎の後ろ姿を見送り、一様に胸のなかでつぶやいていた。

長吉の処刑は当分行なわれないとみてよい。菊太郎の直感と観察では、長吉は濡《ぬ》れ衣《ぎぬ》をきせられた——であった。

「若旦那、処刑はちょっとのびただけで、長吉はいずれ引き廻しのうえ磔どっせ。無実やいわはるんどしたら、一日も早うしっかりした証拠そろえなあきまへんやろな」

鯉屋の源十郎は『易学小筌』に手をのばし、菊太郎をうながした。

「源十郎。この暑苦しい折に、わしをそうせきたてるな。こうしている間にも、わしが当りをつけている奴は、動く気になるわい。長吉に火付けの罪をなすりつけ、うまく借金から逃れたと思うている奴が、お雪が鯉屋で働いていると知れば、厄介だと考えるだろうよ。わしは喜六や店の丁稚どもに、お雪の話を世間に大袈裟《おおげさ》に吹聴せいともうしつけておいた。されば奴らは次にどう出るか。おぬしも店の下代どもも、どこかで何者かに狙《ねら》われ、鯉屋を焼くとの火札を、町辻《まちつじ》に貼《は》られるかもしれぬぞ。どこに行くにしても、まあ身のまわりに十分用心いたすのじゃな」

菊太郎は源十郎を脅すようにいった。

「そらかないまへんなあ。そうどしたらうちは出かけるとき、若旦那にお供していただき、用心棒をつとめてもらいまひょかいな」

源十郎は納得できたとうなずき、菊太郎の冗談に調子を合わせた。

江戸時代になり、経済が安定するにつれ、幕府は治安の維持に懸命につとめた。

しかしそれでもさまざまな犯罪がおこった。なかでも他人に恨みを抱き、放火してやると火札を貼って脅迫するのは特殊なものだろう。

火札には常用句として「風にまかせ可申《もうすべく》候《そうろう》」と必ず書かれていた。

普通、放火は犯人がこっそりする筋合いのものだが、家の表や町の木戸口に、公然と火札を貼るところに特殊性があり、また犯行を実行する犯人の配慮がうかがわれる。

日本の家屋は木でつくられ、さらに紙を加えて燃焼性に富んでいる。町火消《まちびけし》の消火能力は低く、火事は一度出火したら、近隣を巻きぞえにして、多くの死傷者をだす結果になった。

犯人は火札を貼って近隣に注意をうながすという意味で、最低の気くばりをしたのである。

どこかに火札が貼られると、町中が大騒ぎになり、町内に見張りをたてて警戒に当る。当然、奉行所にも届けられ、探索が行なわれた。

放火の方法の一つは、火種《ひだね》を古綿《ふるわた》にくるみ、これを紙袋のなかに入れて、相手先に投げこむ。これを〈投火〉といった。

六角牢屋敷にいる長吉は、公事宿を通して借金の返済請求の審理がすすむなかで、奈倉屋の町内に火札を貼り、奈倉屋に火を付けたという。

火事は奈倉屋の一部を焼いただけで、素早く消しとめられたが、九兵衛に借金返済をせまった当初、長吉が奈倉屋の店先で、火を付けたるとわめいた事実が明らかにされた。

かれの訴因は当然、停止となる。そして奈倉屋の町内に貼られた火札が、長吉の筆跡と鑑定されたのである。

「借金の証文は二十年前、あの店を出すとき、確かにうちが書いたもんどす。せやけどお金は三回に分けてすでに返し、死なはった甚右衛門はんが、そのとき証文はまちがいなく破いとくいわはったさかい、迂闊《うかつ》にも信用して確かめしまへんどした。いまは盛大に商売させてもろうてますけど、当時は長吉はんとこで摘《つ》まれた茶を売らせてもらい、恩人の甚右衛門はんに頭が上がりまへん。破いとくいわれたら、おおきにそうしといておくれやすといわななりまへんがな。そんな弱いところを、勘考したっておくれやすな」

奈倉屋九兵衛は白洲ではっきりとのべたてた。

長吉が古い証文で借金の返済を迫ったのは、甚右衛門の遺品のなかから証文がでてきたためだが、二年にわたった冷害で茶のできが悪く、不運も重なり、家業がはかばかしくなかったからであった。

二百五十両の金があれば、どうにか家業の立て直しができる。長吉は父親の死後、なんとなく大きな態度になってきた九兵衛に、借金証文をつきつけたのである。

もちろん九兵衛は、返済はすんでいると白《しら》をきりつづけた。白洲では自分側の証人として、伊勢田屋の奉公人安三の召喚をもとめ、九兵衛はんは自分の目の前で、確かに亡くなった主人に借金を返したとの証言を陳述させた。

返済した、そんなはずはないとの論議が、白洲でくり返された。

その最中、放火事件がもちあがったのだ。

東町奉行の佐野庸貞《つねさだ》は、一も二もなく長吉の訴因が消滅したとの結論を下したのである。

菊太郎と源十郎は、互いに顔を見合わせたまま、黙って微笑を交している。

別棟の奥から、またわめき声が届いてきた。

「やっぱり暑苦しおすなあ」

「わしはそなたの用心棒じゃ。どこぞ東山の涼しい料理茶屋ででも、うまい酒のお供をつかまつりたい」

「今日のところはそうしまひょかいな」

源十郎は駕籠《かご》を支度させるため、肉の厚い二つの掌《てのひら》を大きくたたいた。

飼猫のお百が耳をぴんと上げ、つまらなさそうに廊下にでていった。

四

暖簾がはねあげられる。

岡持を下げ、菊太郎が牢屋敷からもどってきた。きものの裄丈《ゆきたけ》だけでなく、袴《はかま》の裾《すそ》も短い。

借り着か、にわかに間に合わせた衣服だと一目でわかった。

「いくらなんでも、それだけはおやめやしとくんなはれ。あんまりどっせ。弟さまの世間体いうもんも、考えておあげにならないけまへん。この鯉屋かて、大恩ある田村さまの若旦那を、粗末に扱こうてると噂されとうおへんさかいなあ」

源十郎が驚いた顔で制止した渋柿《しぶがき》色の前掛けを、菊太郎はやはり結んだままだった。

土間から中暖簾の奥に岡持をもどし、かれはやっと前掛けを解いた。

「そのままで行かはったんどすな。牢屋敷の連中がびっくりしてましたやろ」

帳場に坐った源十郎が、筆をもつ手を止め、かれにたずねかけた。

「それはそうさ。いつもの脇差もなく、しかも前掛けをしめてじゃからなあ。これで頭を町人髷《まげ》に変えたら、公事宿の奉公人になる。それも悪くないぞよ」

「ご冗談ばっかりいわはってからに。そのうちわたしや親父がお屋敷に呼びつけられ、ご隠《いん》居《きょ》さまからしっかりお叱りをうけますわいな。お芝居もいいかげんにしておくれやす」

「なにをもうす。世間の目を欺《あざむ》き、こうでもいたさねば先が読めぬわ」

「若旦那はその手で、ご隠居さまや大奥さまどころか、世間の目をもしっかり欺かはったんどすさかいなあ。田村さまの極道息子は、いまんところおとなしくしてるけど、また何をおこすかしれたもんやないと、世間ではいうてるそうどすえ」

「それは結構。世間の悪評や雑言、そなた同様わしは大好きじゃ。普通なら見えぬものまでが、そのなかでは見えてくる」

「まあそんなことより、牢屋敷の工合はいかがどした。やっぱり仏溜《ほとけだま》りには寄りつけまへんどしたか」

源十郎は話を本筋に誘った。

仏溜りとは死罪と決定した者や、いずれその沙汰をうける罪人たちを、収監する牢をいう。

「うむ、公事宿の者でも、以前のように気楽には近づけなくなっておる。小僧の佐之助がもうした通りじゃ」

「さようでございましたか」

数日前から六角牢屋敷では、仏溜りには公事宿の者もよせつけなくなっていた。いつも牢扶持運びをしている佐之助が、まず異常を伝えた。

「わしは長吉の顔を見るわけではない。牢屋敷の気配をうかがいたいだけよ」

菊太郎はこういい、出かけたのである。

「それで何かお気付きのことがございましたか」

「鯉屋の者の出入りには、特に気をつかっておる。近づくどころではなかった」

「牢奉行さまのお指図でございまっしゃろか」

「いや、牢番の親父に、小銭をつかませてきいたが、東町与力の井上藤兵衛が、牢屋敷の法《はっ》度《と》をいいたて、厳しくいたせと口出しをしていったそうじゃ。やはり鯉屋の動きを案じておる」

「鯉屋がお牢を破り、長吉を助けだすとでも思うてますのかいな」

「ばかばかしい。冗談でこそいえるが、家業を棒にふってまで、そんな乱暴ができるはずがあるまい。井上どのもそこまでは考えておられまい」

「そうでございまっしゃろなあ」

「牢屋敷に足を運び、胸のなかで考えていた不審がはっきりしてきた。長吉に罪をなすりつけた者たちが、お雪の噂に気をもみ、やはり動きはじめたのじゃ。わしは奴らの気掛かりを、もっと煽《あお》りたててやりたい」

菊太郎は源十郎の前で胡座《あぐら》をかき、小声でいった。

長吉が奈倉屋九兵衛に返済を迫った金子は二百五十両。最初、九兵衛は白をきって返済をしぶったため、長吉に訴えられ、さらに白をきり通すため、なりゆきにしたがい放火事件を捏造《ねつぞう》した。

一つの嘘《うそ》に、また一つ重い嘘を重ねる。

奈倉屋の身代なら、二百五十両はたいした金額ではない。いま九兵衛は自分の吝嗇《りんしょく》を悔やみ、金を返してすむことなら長吉にそれを返済し、すべてを穏便に片付けたいと思っているにちがいなかった。

だが、そんな人間の過ちや隙《すき》につけこみ、金にしようと企む不埒な人間がまたいるのだ。

事件の一連をつぶさに眺めるに、菊太郎には、たいして罪の意識もない欲に発した行為が、しだいに罪を深め、結果、死にいたる冤罪者《えんざいしゃ》をつくりあげていく構図が見えてきた。

奈倉屋九兵衛は二百五十両を出し惜しんだため、事件の陰ですました顔をしている何者かに、今度は将来にわたり、金をせびり取られていくことになる。

菊太郎の思案のなかに、でっぷりした九兵衛の赭《あか》ら顔に重なり、与力井上藤兵衛のなにくわぬ顔がうかんできた。

かれは長吉の妹の噂をききつけ、いくらか不安を感じはじめたのだ。仏溜りへの立ち入りを禁じたわずかな指図が、悪事露見の手掛かりとされるなど、思ってもみないだろう。

江戸時代、筆跡の鑑定は「古筆見《こひつみ》」が行なった。古筆見は書画の鑑定をいい、幕制では寺社奉行に属し、京都では〈古筆了佐《りようさ》〉の流れをうける黒川了慶《りようけい》がひきうけている。

だが了慶は七十歳の高齢、鑑定は正確でないとの情報を、菊太郎はすでに得ていた。

現代でも斯界《しかい》の第一人者といわれ、権威のある美術の研究者が、真贋《しんがん》を見誤ることは珍しくない。昭和初年、世間を大きく騒がせた〈春峰庵事件《しゆんぽうあん》〉で、厖大《ぼうだい》な浮世絵を贋作と見破れないまま、激賞の推薦文を書いた某博士など、その最たるものといえ、近年では〈永仁《えいにん》の壺《つぼ》〉事件が思いだされる。

そもそも人は権威に弱いのだ。

長吉の火札も、あらかじめ筋道をつけた人物の手にかかれば、どのようにでも細工できる。

「了慶どの。この火札、それがしが集めてまいった長吉の筆跡と、同じ手でござろう。見くらべてそれに相違ございませぬな」

井上藤兵衛から強くいわれた黒川了慶は、即座にうなずいたにちがいなかった。

「若旦那、すると与力の井上さまが怪しいのでございますかいな」

すでに菊太郎の口からかれの名をきいている源十郎が、いささか驚いた口調でたずねた。かれが奈倉屋と結託しているとなれば、東町奉行所には大変な汚点となる。井上藤兵衛の悪評をきいた覚えがないだけに、源十郎の表情にはっきり戸惑いがのぞいた。

「源十郎。人間ともうすものは、誰もがいくつもの顔をもって生きているのじゃ。お上の御用にたずさわるからといい、清廉潔白に生きぬけられる人物はまこと少ない。よい譬《たと》えがわしの親父よ。妻をもちながら、見目良い女子に好かれれば、ついつい過ちを犯してしまう。井上どのとて、なにを隠して生きておられるやら知れたものではあるまい。のっぴきならぬ金子の必要に迫られ、多少懇意の奈倉屋九兵衛に泣きつかれ、一旦与《くみ》すれば、しだいに自ら悪銭を懐《ふところ》にいたされるようになる。嘘に嘘の上塗りを重ね、事態はどうにもならぬところまできてしまった。事件を差配できるのは、井上どのをおいて他にはあるまい。あのご仁《じん》の過ちも、おそらく見目良い女子じゃろう。男も女子しだいで良くも悪くもなる。そなたには無断だが、喜六にあとをつけさせ、井上どのが囲っておられる女子の家を、すでにつきとめてあるのじゃ。あとは井上どのをどう納得させ、奈倉屋九兵衛に真相を自白させるかだけよ。わしとて東町奉行所から罪人をだしたくない。かなうなら穏便にすませたい」

座を袖囲いのなかに移し、菊太郎は昏《くら》い顔でつづけた。

かれにいわれ気付いたが、手代の喜六はここ数日、理由も告げずに店を空けることが多かった。

下代の吉左衛門がぼやいていた。

「それで、これからいかがしはりますのや」

源十郎の顔がはっきり青ざめていた。

菊太郎が処置を下手に誤れば、そのとばっちりで、公事宿株の返上を迫られる事態にもなりかねないからだった。

「源十郎、そなたらしくもない。弱気になるなよ。そんなことでは、これから公事で飯が食うていけまい。まあ大丈夫じゃ。わしも十五両を倍返しにしてもらわねばならぬからなあ。

三十両にそなたからの手当てを合わせれば、今度こそ気に入った女子を、本当に島原から身請けできる。ともかくわしに委せておけ。今夜はちょっと出かけるぞ。手代の喜六も供に連れていく。悪党を強請《ゆす》るわしの悪党ぶりを、喜六にたっぷり見せてやるのよ。腕利きの下代になってもらうためじゃ」

別棟の奥から、今日もわめき声がきこえてくる。

風がでたのか、だみ声に風鈴の音がふとかすかにまじった。

五

陽が沈むと、幾分、涼しくなってきた。

どこからともなく、蚊遣《かや》りをたく匂いがただよってくる。

菊太郎は堀川ぞいの道をゆっくり上《かみ》にたどり、元誓願寺《もとせいがんじ》通りを右に折れ、堀川の小橋を渡った。

足許の流れが潺々《せんせん》と音をたてている。

宵の口をすぎ、闇《やみ》の色が濃くなったが、川筋の家の前では、まだ夕涼みをする老若男女の姿がみられた。

町筋はすっかり闇につつまれている。だが夏の夜だけに、小さな明りをともした家々は戸を開け、どこか華やいだ感じだった。

「若旦那さま、堅物のはずの井上さまが、鼻の下をのばしぞっこん参ってはるんどすさかい、あの女子、よっぽどなんどっしゃろなあ。ちらっと見せてもらいましたけど、わしかてなんや、背筋がふうっと粟立《あわだ》つほどの色気を感じましたがな。どんな堅物の男でも、歳《とし》は三十すぎ、肌は色白でむっちり、熟れのはじまったあの手の女子には、ひとたまりもありまへんなあ。くわえて気品ちゅうもんがおますがな。血迷うたら、どないになってもええいう気にもなりまっせ。あの女子、いったいどないな身許の者どすのや。わしにもきかせたっておくれやす」

「あの女子の身許か。そなた井上どのが身を引かれたら、空家に入りこむつもりか」

菊太郎は肩を並べて歩く喜六をからかった。

「とんでもおへん。わしかて男、できればそうしとうすけど、とてもわしみたいな者の手に負える代物《しろもの》ではありまへんわいな」

「さすがに鯉屋の喜六、相手をよく見ておる。あれはご禁裏さまに、命婦《みょうぶ》として奉公していた若狭《わかさ》ともうす女子じゃ。なにかわけがあって役から退いてほどなく、井上どのと昵懇になったらしい」

命婦は天皇に食事を運び、給仕のほか雑役にしたがう女官をいい、国名を名乗らされる。公家の諸大夫で三位《さんみ》の者や、上《かみ》、下両賀茂社の社家《しゃけ》の娘から選ばれた。

「やっぱりそうどしたんか。犯しがたい気品に、むしゃぶりつきたいほどの色気。井上さまもとんでもない女子に血迷わはったもんどすなあ」

「だからどうでも金子の必要が生じてくる」

小声でつぶやくようにいい、菊太郎は足をゆるめた。

右手に京狩野《きょうがのう》の屋敷が、白い築地塀を闇のなかにほのかにのばしていた。

このあたりには茶湯の三千家や「入江御所」が構えられ、木立がしだいに多くなってきた。

その一画に、草葺《くさぶ》きの小門をおいた侘《わ》び住居がみられた。

かたわらに古びた辻堂があった。

「喜六、わしが井上どのに声をかける。そなたは辻堂のそばに隠れておれ。よもや斬《き》られることはあるまいが、勝負となれば一瞬、すぐに結着がつく」

「そ、そんな。井上さまを斬ったらどうにもならしまへん。それだけはやめておくれやす」

「なにをうろたえる。斬れば真相は闇のなか、わしは人殺しになる。峰打ち、峰打ちじゃ」

二人は井上藤兵衛の先廻りをしたのであった。

かれがきたら、女子の家という逃れられぬ証拠を前にして詰問する。

長吉の冤罪をどのようにはらすか、あとは藤兵衛との相談になる。だが、すべてが円《まる》く納まるとはかぎらない。ことはぬきさしならないところまで発展している。

「もうそろそろおでましでございまっしゃろ」

井上藤兵衛は見廻りを口実に、若狭の許へ通ってくる。東町奉行所の与力屋敷には、妻と一男一女がいた。

若狭との関係は一年半余り、よほど慎重に逢瀬《おうせ》をかさねてきたとみえ、まだ誰にも気付かれていなかった。

「若旦那さま、きはりましたで」

辻堂の後ろから、町辻の闇に目をこらしていた喜六が、低い声でささやいた。

人通りの絶えた小路を、黒い影がこちらに近づいてくる。闇の中を恐れげもなく静かに歩いてくるところが、与力らしかった。

互いの距離がしだいに狭まる。

菊太郎も辻堂の後ろに身を隠し、藤兵衛が近づくのを待ち構えた。

藤兵衛はなお静かに歩いてくる。

闇が急に深くなったように感じられた。

だが辻堂そばまできた藤兵衛は、ふと足を止めて開き、腰を低くして身構えた。

「その辻堂の陰にひそむのは何者じゃ。胡乱《うろん》な奴、前にでてまいれ」

誰何《すいか》の声は低いが、身構えとともに鋭かった。

不用意にとびだせば、腰の刀を一閃される。

殺気が夜の闇をきんと緊張させた。

菊太郎は相手を甘くみてかかった自分に、小さな悔いをわかせた。

「見破られたら是非もない。そこもとは東町奉行所の井上藤兵衛どの、まちがいござるまいな」

「その井上藤兵衛ならなんといたす。おのれは何者じゃ」

身構えたまま、かれの右手が少し動いた。

「斬れるものなら斬ってみるがよい。わしは公事宿の鯉屋に居候をきめこんでいる田村菊太郎。弟銕蔵は井上どのとご同職。わしの悪評ぐらい、すでに古くからききおよんでおられよう。今夜は若狭どのの許に通われるそなたを待ちうけ、近々、死罪の沙汰をいただく長吉の一件について、不審をとくときかせてもらうつもりでまいった。すでに何もかもつかんでおる。火付けの悪企みは、若狭どのもご承知のことか。井上どのに相談をかけた奈倉屋も、困惑しきっていよう」

辻堂の後ろからすっと姿を現わした菊太郎は、よどみなく藤兵衛に話しかけた。

相手が斬りかかってくれば、素早く右にとんで峰打ちをくらわせる。みたところ相当の腕ききだが、菊太郎の敵ではなかった。

長吉の名についで、若狭や奈倉屋の名までだされ、藤兵衛に狼狽《ろうばい》がのぞいた。菊太郎は自分の悪事をすべて調べつくしているらしい。その武芸の練達のほどもみてとれた。

身構えがゆるみ、かれの全身から少しずつ殺気が消えていく。もはやどうにもならない。いかに身を処すべきか、藤兵衛はみじかい間にめまぐるしく考えた。

「さればいかがいたされる」

「いかがするとは、井上どのにわしがおたずねしたい」

菊太郎にいわれ、藤兵衛は口をつぐんだ。

深い沈黙が闇のなかに流れた。

「こうなれば、わしもこのまま見逃してくれとはもうさぬ。だがかなうなら、あとはわしに委せていただけまいか」

藤兵衛は静かな声で菊太郎に哀願した。

「よかろう。わしは井上どのを信じておる」

「されば失礼つかまつる」

菊太郎に軽く頭を下げ、藤兵衛は草葺き門のくぐり戸に、身をすべりこませていった。

ほっと緊張をゆるめ、辻堂の後ろから喜六が夜道にとびだしてきた。

「ど、どないしはりました。井上さまを見逃さはったんどすかいな」

「いや、そうではない。あれはあれでよいのじゃ」

　菊太郎はわずかに顔をうなずかせた。


　いくらなんでも胡座などかけない。正座して、菊太郎は目前の品に一礼した。

「季節には遅れましたが、わたくしと奈々どのが色柄を選び、菊太郎どのにきものを縫《ぬ》うてまいりました。あまりむさくるしい恰好をいたされていては、この母の世間体がたちゆきませぬ」

　義母の政江が嫁の奈々をともない、いきなり鯉屋を訪れ、布包みを解き、小絣《こがすり》の着物を菊太郎の前においたのである。

「これはまいりました。おいでとあれば、髭などきれいに剃《そ》っておきましたに。奈々どのとやら、銕蔵とは仲睦まじくお暮しで結構じゃ」

「それがのう菊太郎どの、ご同役の井上藤兵衛さまが、理由もなくご切腹して果てられましてから、銕蔵どのはなにやらお仕事に精をなくされ、このところお元気がないのじゃ。そなたさまから叱っていただかねばなりませぬ」

政江が眉根を翳《かげ》らせてぼやいた。

井上藤兵衛が自刃《じじん》した翌日、奈倉屋九兵衛の悪事が露見し、九兵衛は奉行直々の指図で捕えられ、店には青竹が結いたてられた。長吉は無罪。虚偽の証言をした奉公人の安三は、主に不忠を働いたとして打ち首に処せられ、同時に古筆見の黒川了慶からだされた役儀辞退の願書が受理された。

「義母上《ははうえ》さま、わたしに鋏蔵を叱ることなどできませぬ。なにしろ金子を借りた身でございますからな。ここに二十両ございます。十五両は元金、五両は利子と、遅ればせながら鋏蔵と奈々どのとの祝言の祝い。あれにお渡しくださりませ。また別包みの十両は、わたしが京から出奔のみぎり、義母上さまの簞笥から無断でもちだした七両と、その詫び料でございます。なにとぞお納めください」

菊太郎は鯉屋の源十郎が、長吉に倍返しで支払わせてくれた三十両の金子を、惜しげもなく政江の前にならべたてた。

健気に働くお雪の姿は、もう鯉屋のどこにもなく、別棟の奥からいつもきこえていたあのわめき声も消えている。

初秋が近づき、さわやかな陽射しが中庭を照らしている。身を長くのばした猫のお百が、縁側から三人をじっとうかがっていた。

# 闇の掟

一

お百《ひゃく》が前後の脚を横にのばし、縁側で寝そべっている。

中庭に面した軒先の簾《すだれ》のむこうから、ぬくみを帯びた風が吹きこみ、部屋のなかをすぎていった。

正午《ひる》までには、まだ半刻（一時間）ほど間があるはずだが、朝、打ち水された中庭の石は、もうすっかり乾きあがり、初秋とはいえ、今日も暑くなりそうな気配だった。

「暑気払いかたがた、琵琶《びわ》湖の竹生島《ちくぶしま》まで弁天さまを詣《もう》でにいってきますさかい、あんじょう留守をお頼みしますわなあ。こいつも先月から、竹生島に出かけるのを楽しみにしてたんどすわ。若旦那《わかだんな》が居てくれてはるさかい、泊りでも安心して店を空けられます。下代《げだい》（番頭）の吉左衛門や手代の喜六たちには、しっかり留守番せいいうてありますさかい、若旦那はこうして家に居てくれはるだけで結構どす。なに二日一晩のことどすがな。明日《あした》の晩は、鮎《あゆ》の塩焼きか甘露煮でいっぱいやりまひょうなあ」

公事宿《くじやど》「鯉屋《こいや》」の源十郎は、旅支度で現われた女房のお多佳《たか》を、そばに坐《すわ》らせて菊太郎《きくたろう》にいい、今朝早く近江に発《た》っていった。

店を息子の源十郎にすっかりまかせた先代宗琳《そうりん》（武市《ぶいち》）は、ここ十日ほど前から、東山高《こう》台寺《だいじ》脇《わき》の妾宅《しょうたく》に居つづけている。

鯉屋ではここを隠居家《いんきょや》と呼んでいた。

どんな商いでも、一年中忙しいというわけではない。季節によってどうしても忙閑《ぼうかん》がある。

たとえば夏場、町風呂《まちぶろ》の入りが悪くなるように、京都所司代や東西両町奉行所に裁定をもとめる公事訴訟人たちも、夏を避ける傾向がうかがわれた。

また紛争の解決にあたる町奉行所も、公事宿を通して訴訟関係者に差紙《さしがみ》（命令書）をやり、夏場は吟味の延期をもうし渡している。

今度の竹生島詣《もう》でも、公事宿仲間（組合）の男女合わせて十八人が、夏場を狙《ねら》っての旅だという。

「それは何よりじゃ。まあ留守の心配は置き行ってまいれ。そなたが一晩ぐらい店を空けたとて、さしたる事件はあるまい。鮎は塩焼きがよいぞ。行きがけ、堅田《かたた》か真野《まの》あたりの店屋に頼んでおくのじゃな。遠路、竹生島から持参されては味が落ちてしまうわい」

菊太郎は土産《みやげ》の品に念を入れておいた。

竹生島は琵琶湖中の北にある花崗岩《かこうがん》質の小島。竹生島の沈影《ちんえい》として琵琶湖八景の一つに数えられ、島内に西国《さいごく》三十番札所の宝厳寺《ほうごんじ》があり、観音堂は豊臣秀頼が桃山城の一部を移築して造営した。弁財天は日本三弁天の一つといわれ、都久夫須麻《つくぶすま》神社の社叢《しゃそう》が濃緑の影を湖中に映している。

京都からは普通、大津にでて船で北にむかうが、公事宿仲間の一行は、比叡山《ひえいざん》の西、八瀬《やせ》から大原をぬけ、若狭街道を北にたどる。途中越《とちゅうご》えをして山道を東にむかい、浮御堂《うきみどう》で名高い堅田から雇い船に乗る。

竹生島からのもどり、堅田か真野で焼かれたばかりの鮎を入手して京都に帰れば、味もそれほど損なわれないはずだった。

「お百、源十郎の奴《やつ》がなあ、明日の宵には鮎の塩焼きを土産にもどるそうじゃ。そなたにも一匹、分けてやろう」

床柱に背中をもたれかけさせ、左の片膝《かたひざ》の上に黄表紙本をのせた菊太郎は、読み本がひとくぎりついたところで、猫のお百に話しかけた。

お百は雌猫《めすねこ》、先ほどから彼女の鼻先に蠅《はえ》がうるさくつきまとうため、さかんに髭《ひげ》をぴくつかせている。

横になったまま、前脚で宙を掻《か》くのを、菊太郎は目のすみでとらえていた。

――にゃあ、にゃあご。

お百は身体《からだ》を反転させて四つ脚で立ち上がり、濁った声で甘えた。

つぎに背中を険しくせり上げ、大きく背伸びをした。

「狐《きつね》は芒《すすき》の葉一本もあればその身をかくすともうすが、猫もそなたみたいな老猫になると、人間の言葉がわかるのかな」

――にゃあご、にゃあ、にゃあご。

お百は鼻先にとんできた蠅を、首をふって追い払い、今度は前脚をまえにそろえて行儀よく坐り、両眼を重そうに閉じて小さく鳴いた。

まるで、あたりまえどすがなといっているようであった。

「そうかそうか、では約束を反古《ほご》にはできぬな。しかしながらじゃ、源十郎の奴が都合を改め、鮎を鮒寿司《ふなずし》にでも変えてきたらなんといたす。さようなときは、このわしを堪忍せいよ」

菊太郎はまじめな表情でお百にいった。

義母の政江と弟の嫁の奈々《なな》が届けてくれた小絣《こがすり》の白い着物が、もうよれよれになっている。

「わ、若旦那、お百といったい何をぶつぶつ話してはりますのやな。暑気にでも当らはったんとちがいますか。今日はまだそれほど暑うなってしまへんで」

いきなり顔をみせたのは喜六だった。

かれは半月ほど前、奈倉屋付け火の一件を、見事に解決してみせた菊太郎の洞察力と、黒幕井上藤兵衛に自刃するだけの猶予をあたえたその度量の大きさに感服し、以来、菊太郎の腰巾着《こしぎんちゃく》のようになっていた。

「若旦那はうちの旦那さまに、喜六を腕ききの下代にしてやるといわはったそうどすなあ。そやったら、うちを鍛えて立派な下代、この姉小路《あねこうじ》界隈《かいわい》で名うての男にしておくんなはれな。うち、いやそうやない、わしかって、これから手代のつぎに下代に格上げされ、やがて銭をためて渡世株を買い、公事宿を営みとうおすがな」

喜六はあたりに注意をくばり、声をひそめて手をつかえたほどだった。

一件一件、複雑な展開をする公事訴訟は、豊富な経験とそれなりの思案を要する。時代は異なるが、弁護士の資格を得る現在の司法試験を考えればよくわかるだろう。

江戸時代の司法制度に、公事宿経営の試験こそなかったが、訴訟の知識や経験、度胸がなければ、とても暖簾《のれん》を上げられる商いではなかった。

「なんだ、喜六か——」

「へえ、喜六どすがな」

お百が目を開けてかれを見上げる。

二人の顔を金色に光る鋭い目で見くらべ、どこかうるさげな素振りでまた「にゃあご」と鳴いた。

ていった。

「こいつ、なにがにゃあごやな。暑苦しい毛皮など着くさってからに」

喜六が尖《とが》った声をあびせかける途中、お百は険悪な気配を察して、素早く中庭にとび下りていった。

「お百の食らう飯がぜいたくだからといい、主《あるじ》夫婦の留守に当りちらすまい。お多佳どのが飼猫を可愛がるのは、子供がなく淋しいゆえと同情してやれ」

黄表紙本を床のすみにおき、菊太郎は胡座《あぐら》をかき直した。

床の間には、季節の掛け物として与謝蕪村《よさぶそん》の「嵐峡鶏飼図《らんきょうけいず》」が下がっていた。

喜六は二十三歳。九年前、その嵐峡にちかい上嵯峨《かみさが》村から鯉屋へ奉公にきていた。

「若旦那にそういわれたらぐうの音もでまへん。うちは猫の奴の、どれだけ可愛がってもなつかへんところが、なんとしても嫌いどしてなあ」

「わしはその情《じょう》のない決してなつかぬところが、またたまらなく好きなのじゃ」

「若旦那はとにかく変ったお人どすさかいなあ。お百の奴も、そこんとこを知ってますのやろ。若旦那がこの鯉屋にきはりましてから、それまでお店《たな》さまの居間にばかり居てたお百が、いつのまにかこの離れの座敷に、居場所を変えましたわな。よっぽど若旦那と性《しょう》が合いますのや。そやさかいお互いぶつぶつ、にゃあごと睦言《むつごと》を交してはりましたんやな」

京のそこそこの商家では、女主のことをお店さまと呼んでいた。

「ばかなことをぬかすな。人間誰《だれ》でもそばに生き物がいたら、声の一つぐらいかける。だいたいこの家では、役儀として人を飼うているゆえ、お多佳どのをのぞき生き物に対して薄情じゃ」

「そうどっしゃろか」

喜六は縁側に膝をそろえて坐ったまま、ちらっと別棟のほうに視線を走らせた。

人を飼うとは表現が悪いが、菊太郎の言葉は、奉行所から命じられ、座敷牢《ざしきろう》に預かって閉じこめている公事訴訟の関係者を指しているのである。

夏場は奉行所の詮議《せんぎ》がなにかにつけて延期されるため、座敷牢に勾留《こうりゅう》される人物は、警察署や拘置所に収容されている未決勾留者と同じ苦しみを味わわされた。

いま鯉屋の別棟の座敷牢には、三条大宮の公事宿「若狭屋」からの預かり人として、山城《やましろ》淀《よど》藩浪人の土井式部《しきぶ》がいた。

かれは家中紛争のとばっちりをうけ、数年前に淀藩を致仕《ちし》し、東山方広寺《ほうこうじ》前袋町《ふくろまち》筋の借家で、寺子屋をひらいていたという。同町内は職人が多く、文字が書ける式部には、手紙の代筆などなにかと近所から筆使いの依頼がよせられていた。

こうしたなかで書いた借用証文の一通が問題となり、訴訟人側の訴えをうけた奉行所の命で、式部は宿預《やどあずけ》とされていたのだ。

東本願寺にちかい阿弥陀《あみだ》堂筋の金貸しから、百両の金を借りたのは、袋町に十数軒の借家をもつ酒商「菱屋」文蔵の息子孫次郎。式部は五両という法外な代筆料を受けとったため、逐電《ちくでん》した孫次郎と結託した詐欺《さぎ》ではないかとみなされていた。

「うちの孫次郎はしょうもない奴どすけど、そろばん勘定と手習いぐらいはさせておます。借用証文を自分で書けんわけがおまへんがな。名前と手印《ていん》は確かに本物、せやけどあの浪人にそそのかされてやったに決まってます。証文一枚書くのに、五両の礼金いうのが変やと思われしまへんか」

これが金貸しから身代り返済をせまられた孫次郎の父親文蔵のいい分だった。

「この証文は、確かに身どもが書きました。右手首を傷めているともうしますゆえ、代筆いたしましたが、借用のいきさつ、また返済の期日やその他については、全く存じておりませぬ。謝礼として受けとった菓子包みには、せいぜい一朱ほど入っていると思うておりました。ところが開けてみると五両の大金。法外な金とはわかりながら、妻が病みつき手許不如意《ふにょい》のため、迂闊《うかつ》にも着用いたしました。若輩の孫次郎どのをそそのかしての企みとは、全く慮外でござる」

土井式部の抗弁はこうだった。

だが調べに当った東町奉行所の与力や同心の一部には、当初、式部がみんなの心証を害したため、孫次郎は九十五両の金をもって逐電したのではあるまい、あるいは式部に金を奪われ、殺害されたのではないかとまで疑われ、いまもその嫌疑は晴れていなかった。

奉行所では白黒をつけるため、かれの尋問をつづける一方で、孫次郎の行方を探している。

喜六の目もはっきり土井式部に疑いをもっていた。

だが菊太郎の読みはちがっていた。

「ともかく鯉屋は、奉行所から二条陣屋を通じて宿預を命じられただけで、事件の探索とはなんの関係もありまへん。若旦那も、武士は相身互《あいみたが》いやと妙な仏心を出さんときやす。ほっといたらよろしおすがな」

源十郎に注意されても、菊太郎は座敷牢は暑かろうといい、冷えた茶や団扇《うちわ》を自分で運び、ときどき話しこんでくる。

狷介《けんかい》なところのうかがわれる土井式部も、菊太郎だけには素直に接していた。

「そやけど座敷牢のご浪人はん、ここしばらく変におとなしおすなあ。若旦那がお貸しやした書物を、いつも読んではりまっせ」

「この間、宿預を命じられていた諸国買物問屋の手代のように、絶えずがあがあわめかれていたら、公事渡世の家に居候を決めこんでいるわしとて、逃げだしたくなる」

「わしは無実やと怒鳴りたてていたあいつが、不正に加担してたとは意外どした」

「人間はとかくそんなものよ。真実を行なう者は、およそ口を閉ざし抗弁せぬものじゃ」

土井式部は一応の弁明こそしたが、あとは自分の行為についてさして弁解しなかった。

「さて喜六、陽もだいぶ上にまわってきたな。この分なら正午《ひる》からは暑くなるぞ。蟬《せみ》の鳴き声がうるさくなってきた」

「お杉がそうめんの用意をしてました。それをすませたら、お昼寝しはりますか。夕方には鴨川《かもがわ》の川床にでも、お供させてもらいまひょか」

「居候のわしになにをもうす。下代の吉左衛門から苦情をいわれるわい」

鯉屋の奉公人は、吉左衛門と喜六をくわえて八人、お杉は小女《こおんな》としてめまぐるしく働いている。

台所のほうから釣瓶《つるべ》の音がさかんにきこえるのは、茹《ゆ》であげたそうめんを冷やしているのだろう。

その音が急にとだえ、表の帳場から吉左衛門の声とともに、小僧の佐之助が若旦那さまと狼狽《ろうばい》して叫ぶ声がとどいてきた。

佐之助が表から足音をたててやってくる。

座敷をのぞいた顔は蒼白《そうはく》だった。

「どうしたのじゃ――」

菊太郎もさすがに立ち上がってたずねかけた。

「へえ。竹生島にむかわはった旦那さまたちの一行が、大原を出はずれたところで何者かに襲われ、公事宿仲間の相模屋はんが、殺されはったんやそうどす。いま使いがそう知らせてきました。すぐ表にきておくんなはれ」

佐之助にいわれ、菊太郎は帳場に急いだ。

帳場の土間では、山賤《やまがつ》風の若者がお杉から鉢に入れた水をもらい、喉《のど》を鳴らして飲んでいた。

「吉左衛門。この使いから詳細をきいたのか」

公事宿仲間の一行から鯉屋に使いがきたのは、鯉屋が月行事に当っており、当家から奉行所や相模屋に知らせるためであった。

殺された相模屋の当主は総兵衛、竹生島詣でには一人でくわわっていた。

「は、はい。うちの旦那さまとお店さまはご無事やそうで。相模屋の総兵衛はんは、鉄砲で撃ち殺されはったんやそうどす。竹生島行きは中止、いまご一行さまは、総兵衛はんを戸板に乗せ、京におもどりやといいます」

吉左衛門は大きく息をついで答えた。

比叡山の山塊《さんかい》を右にみる山峡《やまかい》で、銃声がひびいた。一行の中の一人がばったり倒れる。

驚きの声を発し、男たちがかれのまわりに集まり、女たちが悲鳴をあげ、草むらに身を伏せる光景が、菊太郎の胸裏をかすめた。

——相模屋はどうして狙撃《そげき》されたのだ。

下手人は鉄砲の心得のある猟師に決まっている。若狭街道ぞいに、山賊が出没するとの噂《うわさ》は、これまできいていなかった。

蟬の声が急に高く耳についた。

二

夜が更《ふ》けるにつれ、涼しくなってきた。

水を浴びる音が消え、しばらく後、源十郎がさっぱりした顔で現われた。

居間にはお多佳の手で酒肴《しゅこう》が用意されていた。

「急な出来事でお通夜の客も驚いてましたわ。相模屋の総兵衛はんも、いまごろ宝厳寺の宿房でゆっくりくつろいでるはずやったいうのに、人間の一生いうもんはほんまにわからんもんどすなあ。今回は竹生島詣でどころやおまへなんだ」

通夜の席からもどってきた源十郎は、汗を拭《ぬぐ》い居間に坐った。

今日一日の出来事は悪夢に似ていた。

「わしは琵琶湖の鮎を心待ちにしておったが、全く当てがはずれた。それにしても相模屋はえらい災難だったのう」

「さっぱり合点がいきまへん」

源十郎は銚子《ちょうし》をにぎり、菊太郎にすすめながら首をひねった。

銃声とともに相模屋総兵衛が倒れたとき、公事宿仲間の何人かは、銃声のひびいた方角に目を走らせた。だが狙撃者は灌木《かんぼく》に身をひそめたのか、人影も煙も見えなかった。

左右には山がせまり、老杉《ろうさん》がそびえている。山の斜面は急で暗く、犯人の追いようもなかったという。

山から鹿《しか》や猪《いのしし》のでる季節ではなし、街道を行く一行を、獣と見まちがえるはずもない。鉄砲の引き金は、はっきり一つの意志をもって引かれたのである。

源十郎たちは、ただ一人、主人の供についてきていた蔦屋《つたや》の小僧を大原村に走らせ、村役と番屋の小者《こもの》を呼んでこさせた。

一行の身分を名乗り、一応、山狩りをたのみ、一発の弾《たま》で絶命した総兵衛の死体を戸板に乗せ、急遽《きゅうきょ》、京に引き返してきた。

奉行所の与力や同心が相模屋に駆けつけ、あわただしい雰囲気のなかで、事情聴取《ちょうしゅ》が行なわれた。

「こんなことになろうとは、思いもしまへんどした」

「人さんの争い事にお節介をやく商いどすさかい、そら人さんから怨《うら》みをうけることは、絶対にないとはいいまへん。そやけどそれは、奉行所のみなさま方も同《おんな》じでございまっしゃろな。第一、一つひとつ公事に怨みをうけてたらきりがおまへん。そんななかで、こうもうしてはなんどすけど、相模屋総兵衛はんは齢《とし》も若く、あんまり遣《や》り手ではなし、人さんから怨みをかうようなお人ではありまへんしなあ」

竹生島詣でにくわわった全員が、死者の人柄をいい、また首をひねった。

京都所司代や東西両町奉行所では、与力や同心、その他幕府機構に属する人間にくわえられた害には、司法の尊厳を守るためきびしく対処した。

これは公事宿を営む人々や奉公人にまで及び、今度の凶変はかれらにとって、身内にくわえられた犯罪も同然だった。

それだけに、与力松坂佐内と同心小島左馬之介に率いられた数十人が、相模屋総兵衛の狙撃された場所へ、即座に派せられていた。

こうした一切は、菊太郎もすでにきいている。

「まあ相模屋がどんな理由で撃たれたかは知らんが、撃たれたのがそなたでなくてよかったわい。相模屋が戸板に乗せられもどってきたのをみたとき、わしはぞっとしたぞ。もしこれが源十郎なら、わしは鯉屋の居候として、気楽に暮せなくなると思うたのじゃ」

　菊太郎は冗談をまじえていい、酒盃《しゅはい》をぐっとあおった。

「しおらしい言葉どすけど、若旦那はいつもわしにずけずけものをいわはりますやんか。せやけど、わしが死んだらそれはそれで結構どす。若旦那がわしの後釜《あとがま》に坐ってお多佳と夫婦になり、鯉屋の主におさまったらよろしおすがな」

　お多佳が座をはずしたのを見すまし、源十郎が軽口をきいた。

「冗談もほどほどにいたせ。それでは銕蔵《てつぞう》の奴の世間を狭くいたす。わしとていつまでも、公事宿の居候というわけにもいくまい。なにしろ親父どのが、まだ目を光らせておられるでなあ。そのうち親父どのが中風《ちゅうふう》のお身体ながら、お腰のものをつかんでこの鯉屋にまいられ、このわしを斬《き》ってくれるともうされるであろう」

「そらそうどっしゃろなあ。親は極道息子ほど可愛いいいますさかいなあ。ご先代さまは若旦那のことを、まだほんまに本心から極道して、お屋敷をとび出さはったと思っておられますのやろか」

「さようなこと、わしが知るもんか。人の目にどう映ろうが、わしは自分のしたいようにしてきた。極道とか親孝行とか、いずれにしてもさしたることではないわい。相模屋がいい例で、人間は一寸先が闇《やみ》、生きたいように生きるのが一番じゃ」

「まことにさようでございます。相模屋は総兵衛はんに死なれ、ひょっとすると暖簾を下ろし、渡世株を手放さはるかもしれまへん。なにしろ後取りの好太郎はんが、おとなしい性質のうえまだ十六歳。下代や手代がそろうてても、商いの仕切りをすべて奉公人に委《まか》せるわけにもいきまへんさかいなあ。明日は葬式、初七日がすんだら、きっと仲間衆に相談がございまっしゃろ」

夜の静寂をやぶり、犬の遠吠《とおぼ》えがきこえてくる。庭から虫の音もひびいてきた。

「葬式はただでさえ湿っぽいが、明日の葬式は陰々滅々、焼香をすませたら一刻も早く退散したいものになりそうじゃな」

菊太郎の胸裏に、相模屋殺しの黒幕は、同業者の一人ではないかとの推測がふとうかんだ。公事宿の渡世株を入手する目的で、総兵衛が銃撃されたとすれば、災難の符丁が合う。公事宿の渡世株は、めったに売りにでるものではないのだ。

非理を裁く司法行政に味方しているが、公事宿の主たちとて人の子、内心ではやはり色と欲で動いている。

「明日はほんまにそうどすなあ。月行事として葬式を宰領《さいりょう》せななりまへんし、たまりまへんわ」

「まあそれも商いがらみの雑用、一生懸命やるのじゃな。わしは明日、ぶらっと大原に行ってくる」

菊太郎は首筋にとまった蚊を、右手でびしゃと叩《たた》いてつぶやいた。

「大原に行かはりますのやて――」

「相模屋が狙撃された現場をみてくるのじゃ」

「そうしてあげとくれやす。近江に越えるあの山道をみたら、若旦那どしたらなにかひらめくかもしれまへん」

「わしはまだそなたから、鉄砲を撃ちかけられたときの詳細をきいておらぬ。ならば、そなたたちがどんな工合に山道を歩いていたのか、この枝豆で図にしてみろ」

鉢にもられていた枝豆を摑《つか》みとり、菊太郎は源十郎をうながした。

枝豆を人間に見立てよというのだ。

公事宿仲間の一行は十八人、女房連れは源十郎のほか四人、十人が夫婦者になる。

残り八人のうち、鯉屋と隣りあわせる蔦屋太左衛門だけが、供として小僧をともなっていた。

その主従二人を引けば、相模屋を入れて六人があとに残る。

蔦屋だけが小僧をともなったのは、その勘助という小僧が堅田の出身で、蔦屋に奉公にきて一年、一度も藪入《やぶ》りをしていなかったため、太左衛門が不憫《ふびん》に思い、供をいいつけたのだという。

「はっきりした記憶ではありまへんけど、確かこんな順番で大原をすぎ、峠道を歩いてましたなあ」

源十郎は旬《しゅん》をすぎた枝豆のそれぞれを、これは誰とだれ、つぎは誰といい、畳の上にならべていった。

かれと妻のお多佳は、二列になって進む一行のなかほどにいた。

「相模屋はんは、列の先になったり後になったりしてはりましたけどなあ」

犯人がそれで相手をよく狙えたものだと、源十郎は言外に不審をにじませていた。

「さよう、京を発ってから相模屋がずっと同じ位置を歩くとは限らぬ。多勢が一団となって行くときには、大名行列ならいざ知らず、物見遊山の町人たちなら、ときには誰かが前に出たり、また元気に歩いていた者が、疲れて後れをとったりいたす。犯人はなにかの目印を当てにして、狙撃しおったにちがいない」

「すると、小僧の連れの人物を目印にした」

源十郎は小さく叫び、表情を凍《こお》らせた。

「源十郎、思い当ることがあるのか」

菊太郎の目が険しくひそめられた。

「へえ。鉄砲が撃たれたとき、相模屋はんが小僧と歩いてました。足に血豆ができたとかで、みなの衆から遅れかけやしたさかい、蔦屋太左衛門はんが供の小僧に介添えをいいつけ、相模屋はんが小僧と列の最後にならはったんどすわ」

これなら狙撃の謎《なぞ》がとけてくる。

「小僧をそばに従えたのは、本来なら蔦屋太左衛門。犯人はそれを目当てに狙いをつけた。されば相模屋は、足に血豆をつくったため奇禍《きか》にあったことになる。蔦屋にまちがえられ殺されたのじゃ」

相模屋が渡世株の入手をはかる人物に殺されたのではないかとの推測は、これで一挙に消しとんでしまった。

「若旦那のいわはる通りどしたら、下手人は狼狽してまっしゃろ」

「ああ狼狽し、また出直して蔦屋を狙ってくるにちがいない。蔦屋はこのまちがいに気付いているかどうか。そなたからきいたが、蔦屋は仏面《ほとけづら》をしているものの、その実は強欲で遣り手だそうじゃな。明日からはそれとなく奴の動きを見張っていてくれ。それにくわえ、ここ五、六年のうち、蔦屋が手掛けた公事のおもだったものを、調べだしてもらえまいか」

菊太郎は人間に擬して並べた枝豆を、一つひとつつまんで食い、源十郎に命じた。

二、三年では間近すぎる。かりに刑期をすませ復讐《ふくしゅう》するなら、五年から十年の歳月が必要だろう。

翌日も朝から暑かった。

筒袖《つつそで》に裁《た》っつけ袴《ばかま》、頭には渋柿《しぶがき》色の塗り笠《がさ》をかぶり、菊太郎は鯉屋をあとにした。

堀川ぞいの道を上《かみ》にのぼり、南北を公家屋敷にはさまれた今出川《いまでがわ》通りを右にまがる。

かれはときどき後ろに目を配った。

鯉屋を出てから、男の子供がずっとあとをつけてくるからである。

年は十歳、名前は岩太《いわた》だといっていた。

「父上どのはお元気でおられる。もうちょっとの辛抱じゃ」

鯉屋のまわりで数度みかけ、土井式部の子と知り、なぐさめの声をかけていたのであった。

——このわしにどこまでついてくる気じゃ。

先ほど出がけに、菊太郎は別棟の座敷牢に立ちより、こんなものでよければと、新井白蛾《あらいはくが》の『易学小筌《えきがくしょうせん》』を式部に手渡してきた。

源十郎や喜六などからきいたところによれば、行方をくらませている孫次郎の消息は、依然としてつかめないという。だが今に白黒がはっきりつきもうすと、励ましだけは忘れなかった。

「ご厚情かたじけない。これで退屈がしのげまする」

式部はやつれた顔を格子のむこうでほころばせた。

菊太郎は直感で、なんでこの人物が悪党で、孫次郎を殺し金など奪うものかと思っていた。人殺しと大金横領の嫌疑をうけ、父親が公事宿の座敷牢に閉じこめられている。少年の岩太にすれば、居ても立ってもいられないのだろう。

得体が知れなくても、優しい言葉をちょっとかけてくれたにすぎない菊太郎のあとを、慕う気持もわからないではなかった。

「おい坊主。わしは大原に出かけるのだが、そなたどこまでついてくるのじゃ」

菊太郎は目前に賀茂川《かもがわ》をみたあたりでふり返り、式部の子に声をかけた。

膝切り姿の岩太がぎょっとして立ち止まった。

「父上どのはお丈夫じゃ。そなたが心配しているとも伝えておいた。母上や姉上どのが案じておられる。ここから家にもどるがよい」

かれの声もきかず、岩太は黙ったまま路傍の石を蹴《け》った。

――困った子供よ。いっそ連れていくとするか。

菊太郎が手招きすると、岩太は小さな顔にぱっと笑みをうかべ、小走りでそばにやってきた。

「坊主、大原までは遠いぞ。もどりは夕刻になる。それでもよいのか。疲れて歩けぬようになってもわしは知らんぞ」

賀茂川の流れ橋をわたりたずねた。

「おじさん、大丈夫です。わたくしは歩き馴《な》れておりますから」

意外にしっかりした声で岩太は答えた。

「そなた、いつまで鯉屋のまわりや、このわしのそばに貼《は》りついているつもりだ」

高野川《たかのがわ》にそう若狭街道を北に進み、菊太郎は黙々とついてくる岩太に声をかけた。

「はい。父上さまが奉行所からお許しをいただき、家にもどっておいでになるまでです」

初めて口をきいたときは、さほど思わなかったが、岩太は菊太郎に信頼をおいているとみえ、親の懇意にでも話すように、はきはきした口調でのべた。

浪人とはいえ、さすがに武士の子弟だった。

「父上どのにさように伝えておいてやろう」

「はい。きっと伝え、父上さまにはみんなが丈夫でいるともうしあげてください。ところでおじさんは、あの公事宿でなにをしておいでになるのです」

子供と見くびっていただけに、この質問には菊太郎もたじろいだ。

「わ、わしか。わしはあの店の居候じゃ。居候ともうしても公事の手伝いをしておる」

「それなら、父上さまの潔白を明かしていただけるのでございますね」

そこが公事の仕組みを知らない子供だった。

鯉屋が土井式部を預かっているのは、東町奉行所の指図に従っただけで、阿弥陀堂筋の金貸しからの公訴を取りついだのは若狭屋だった。

菊太郎は式部の人柄だけに信を置き、無罪放免を願っているにすぎなかった。

「まあ父上どのの身については、そなたの孝心を愛《め》でて、わしもできるだけはしてやる」

だが東町奉行所同心組頭をつとめている異腹弟の田村銕蔵に、孫次郎の探索をせつくぐらいがせいぜいだった。

大原に到着するまで、二人は八瀬を出はずれた茶屋でひと休みした。

「親子連れの旅どすのやな」

茶屋の老婆にたずねられ、菊太郎は弁解もせずにうなずいた。

大原村をすぎ、阿弥陀寺山を左に見て、道は近江との国境の峠にむかう。

両側に老杉が亭々《ていてい》とそびえ、山道はいよいよ薄暗くなってきた。

「どうじゃ坊主、心細くないか」

菊太郎は源十郎たちが鉄砲を撃ちかけられた場所とおぼしい位置に立ち、屛風《びょうぶ》をひきまわしたようにそびえる左右の山の斜面を見上げてたずねた。

「おじさん。わたしには岩太という名前があります。坊主坊主と呼ばないでください。こんなところ、なんでこわいことがありますか。ときどきでも、街道に人通りがあるではございませんか」

岩太は不服面でぴしゃっと答えた。

「おおそうだな。わしが悪かった。それでは岩太、おじさんと左手の山に登ってみるか」

右手の急斜面は比叡山に連なっている。

狙撃者は逃げ場を確かめて撃ったはずであり、左手の山は百井《ももい》や鞍馬《くらま》など洛北《らくほく》の山々に続いている。犯人が足場にしたにちがいなかった。

灌木の幹や枝をつかみ、急な斜《なぞえ》を這《は》い登る。

腰の高さまである熊笹《くまざさ》の繁《しげ》みがずっとうねっていた。

半町ほど登り、菊太郎は街道を見下ろした。

眼下の行列を狙撃する恰好の高さであった。犯人はこのあたりから小僧をしたがえた人物に狙いを定め、一発ぶっ放したのだ。

あとは山にむかって走る。洛北の山中に入れば、逃亡はもう容易だった。

「おじさん」

「わしは田村菊太郎ともうすのじゃ」

「それでは田村のおじさん」

「なんじゃ――」

「怪しい男たちがこちらをうかがっています」

意地悪でちょっと楽しい会話が、岩太の一声で霧散した。

かれが目で指した方を見ると、数人の男たちが熊笹を踏み分け、一斉に二人に迫っていた。

「不審な奴、神妙にいたせ――」

かれらは腰から刀を抜き放ち、菊太郎にむかって叫んだ。

「田村のおじさん、山賊ですか」

岩太は臆《おく》しもせずにたずねた。

「いや、どうやら山賊ではなさそうだ。だが斬りかかってくればこらしめてやる」

菊太郎も腰の一刀をぎらっと引き抜いた。

「手向いいたす気じゃな」

「ど阿呆《あほ》。なにが手向いじゃ。はなから物騒なものを振りかざして、手向いもないものじゃ。もっとも、人を見たら泥棒と思わねばならぬおぬしたちには無理もあるまいが。おぬしたちは奉行所の者だろう」

町奉行所の与力や同心が、犯人の手掛かりを求め、大原の山中に入っているときいている。

服装から見当がついた。

「なんじゃと――」

「おおい、双方とも止めにせぬか」

斜面の上で誰かが叫んでいる。

田村銕蔵の声だった。

「やあ銕蔵か。ご苦労なことじゃなあ」

菊太郎は自分に迫ってきた同心たちが、かすかに狼狽するのを目の隅でとらえ、銕蔵が下りてくるのを待ちかまえた。

「兄上どの、こんな場所まできてお節介ですか」

銕蔵は息をきらし、苦々《にがにが》しげにいった。

「お節介はないだろう。そなたたちは今度の探索、面子《めんつ》にかけてもいたさねばなるまい。わしにはいくらか目鼻がつきかけたが、そなたたちはいかがじゃ。下手人の足取りでもつかめたか」

「な、なんでございますと――」

銕蔵の顔つきが改まってきた。

「もう少し確証が得られたら告げてやる」

「弟とはもうせ、わたくしはお上《かみ》の御用をうけたまわる同心組頭、焦《じ》らされてはたまりませぬ。それもですが兄上どの、その童《わっぱ》は何者です」

　銕蔵はそばに立つ岩太を見てたずねた。

「この坊主か。この坊主には岩太という名前がある。わしが島原の遊女に産ませた子供だとでももうしたらなんといたす」

「そ、それは」

「冗談、冗談よ。これはそなたたちも存じている土井式部どののご子息じゃ。今度の詮議に力を貸してやるゆえ、姿をくらませた孫次郎の行方を、一日も早く探り、式部どのを放免いたせ。そうだな、おぬしたちはどうせ馬で京にもどるのだろう。それならこの岩太を、鞍に乗せていってくれぬか。子供の足では帰りが気の毒じゃ」

　菊太郎は熊笹の茎を引きぬき、老杉の幹をぴしっと叩き銕蔵にいいつけた。

三

　別棟から中庭に面した部屋まで、長い歩廊をわたってくる。今日も朝から暑い陽射しが庭に照りつけていた。

「お世話をおかけいたしました。岩太のやつがさようにもうしておりましたか。いくら窮していたとはいえ、あれの父親として恥しいかぎりでござる。幸いにして潔白が明らかになった暁《あかつき》には、以後、こころして生活《たっき》をたてるつもりでおりまする。もっとも孫次郎の行方が皆目不明となれば、それもはかない望みでございましょうがなあ」

座敷牢の外から、菊太郎が前日、岩太との間にあった出来事を告げるのに、土井式部は大きく吐息をもらしてつづけた。

孫次郎殺しの嫌疑をうけているだけに、かれの行方がこの先なお不明なら、参考人として公事宿に勾留されている式部は、今度は正式な容疑者として六角牢屋敷に収監され、〈吟味方〉からきびしい取り調べをうけることになる。

連日の拷問は必至だった。

「式部どの、まあさように暗くばかりお考えにならぬことじゃ。微力ながら町奉行所同心組頭の昵懇《じっこん》に、わしからも孫次郎の行方を懸命に探索いたしてくれと頼んでおきました。ゆえある昵懇でござれば、そのうちなにがしかの消息をつかんでまいりましょう。人間、一生のうちには、思いがけぬ災厄にあう不幸もありましょう。わしなどもそのいい例ともうせる。いまの災厄も長い人生の彩《いろど》りとお思いになられるのじゃな」

菊太郎は十八歳以後、自分がとってきた行動の軌跡を、瞬時胸によみがえらせ、式部をなだめた。

「また土井さまの許へどすか——」

部屋にもどってくると、源十郎が煙草盆を下げ、浴衣《ゆかた》の裾《すそ》をさばいて坐るところだった。

居候の菊太郎が、宿預人と親しくしている。不服顔も無理ではなかった。

かれは今日の未明、相模屋の葬式と後始末をすべてすませてもどり、正午ちかくまで寝ていたのである。

「源十郎。わしが座敷牢に近づくのが、それほど迷惑なのか」

菊太郎も声を尖らせた。

「なに、若旦那がされることどすさかい、そう心配してまへんけど、土井さまはなにしろ奉行所からの預かり人どすさかいなあ。人間はあまり親しくなりすぎると、情が移り、何をしでかすか知れたもんやおへん。万に一つ、土井さまに逃げられでもしたら、この鯉屋の落度になります」

「わしが牢の錠を開け、土井どのを逃がすとでも思っているのじゃな」

「全くそれを考えないでもおへんけど、若旦那も子供ではなし、まさか鯉屋を潰《つぶ》すような無茶はしはりまへんやろ」

「一宿一飯の恩義を思えば、わしがいくら土井どのは無実と信じていても、そんな振舞いのできようはずがあるまい」

「それをきいてわたしも安心しました。まあその話はこれくらいにしまひょうな。わたしが朝飯も食わんとここにきたのは、相模屋と蔦屋太左衛門はんのことどすわ」

源十郎は表情を改め、身体をのりだしてきた。

「なにか変ったことがあったのだな」

「へえ。相模屋はんの葬式は、無事盛大にすませました。そのあとのことどすけど、相模屋はんのお店はんと後取りの好太郎はん、それにご親戚《しんせき》のご一同さまから、公事宿渡世につい て商いに不安があり、暖簾を下ろしたいとの相談が、月行事をつとめるわたしのほか、おもだつ人々にあったんどすがな」

「やはり廃業を考えているのじゃな」

「ところが蔦屋太左衛門はんが、相模屋のご遺族に反対を唱えはり、好太郎はんが一人前になるまで、同業のおもだつ店や月行事が、相模屋を後見して、面倒をみさせてもらいたいといわはったんどすわ。普通どしたら、相模屋が廃業するのをええことに、渡世株を手に入れかねないお人がどすえ。太左衛門はんとこには息子が三人おり、総領はあとを継ぐとしても、あとの二人のうち一人にでも公事宿をさせたいはずどすがな。その太左衛門はんが口を切らはったさかい、公事宿仲間はみんなうなずき、相模屋の件にはけりがついてしまいましたわ」

太左衛門の善意あるもうし出は、相模屋総兵衛が自分の身代りとなって殺されたことに由来するのだろう。

強欲のかれにも良心があるのだ。

だが、それを自分の口からはいえない。総兵衛に詫《わ》びる気持が、そうさせたに決まっている。

菊太郎も源十郎も同じ意見だった。

「総兵衛はんのお棺は、鳥辺野《とりべの》に運ばれ、荼毘《だび》に付されましたけど、太左衛門はんは急に腹痛をおこさはり、葬列にはくわわりまへんどした。喜六の奴に店の様子を探らせたところ、蔦屋ではにわかに人相のきつい用人棒を二人雇い、太左衛門はんに付ききりでいさせてるそうどすわ」

太左衛門の不審が明らかにされてきた。

自分の命が誰かに狙われていると、自覚したからだと推察される。

「太左衛門の奴、命の心配をしているのじゃな」

「わたしにかて覚えがありますけど、公事宿を営んでいたら、逆怨みをして、そら無茶を仕掛けてくる者もおりますわいな。並のことどしたら屁《へ》とも思いまへんけど、癖の悪い仕返しには往生します。それにしても、鉄砲撃ちを雇い、狙わせるとはよくよくのことどっせ。蔦屋はんも用心して身のまわりを固めはりましたんどすわ。こうなるともう人事《ひとごと》ではおへん」

鯉屋源十郎もしだいに真剣な顔つきになってきた。

「喜六は蔦屋の公事を調べたのか」

「若旦那、無理いうたらあきまへん。なんせ、きのう、おとといのことどっせ。いくら鯉屋の下代、手代でも、そうそう調べられますかいな」

「源十郎。わしが思うに今度の事件は蔦屋一軒の問題と片付けて、相すまされることではない。蔦屋は東西両町奉行所にもその旨を届け出、対策をとらねばなるまい。それが解決への筋ともうすものじゃ」

理路整然と菊太郎は説いた。

「それくらい、わたしにかてわかってますがな。蔦屋の太左衛門はんかて同じどっしゃろ。そやけど若旦那、公事宿には公事宿の意地や世間体いうもんがおますのやで。公事宿が怨みをもつ人さんに脅され、音をあげて奉行所に助けを求めたら、あとがいったいどうなると思わはります。店の信用を失い、商いなんぞできんようになってしまいますやろ。この鯉屋でも親父の代に、似たような出来事がありましたわいな。そのときも内輪で内緒に処置しましたえ。それが公事宿を営む者《もん》の掟《おきて》どすわ」

逆怨みをする者には、断固とした態度で当る。先代宗琳の時代、鯉屋は理不尽な災厄に対して、数百両の金を使い相手をこっそり罠《わな》にかけ、島送りにしてしまった。

噂によれば、ある店では相手の両目を潰して報復したといい、またある店では、ならず者に恐喝者をあの世に送らせたともいう。

この種の話は、一つひとつ例をあげればきりがないほど数えられた。

「しかしながら源十郎、今度のことだけはいつもとはちがうのではないかな。なにしろ蔦屋の身代りとして、相模屋総兵衛が罪なく殺されている。奉行所に届け、相談いたすべきじゃ」

菊太郎はひるまなかった。

「若旦那、あんたも理屈のわからんお人どすなあ。蔦屋はんはそやさかい、相模屋の店が立つよう後見するというてはるのどすがな。変にまっとうな顔をせんといておくれやすか。公事宿の掟は掟、それを守ることだけに、手を貸しておくれやす。しょうもない道理なんぞききとうおへんわ」

菊太郎に対して、いつもへり下っている源十郎とは思えなかった。目が冷たく光り、刺すような鋭さがこもっていた。

辣腕《らつわん》の片鱗《へんりん》をふとのぞかせたのである。

「なるほど、そなたのいうのももっともじゃ。考えてみればこの商い、そうでなくてはかなうまい。そなたがどこまでも内緒の掟というなら、わしもその掟に従わねばならぬ」

「よそさまの災いなど、放っといたらええようなもんどすけど、今度だけは相模屋はんがまちがって殺されやしたんやさかい、そうもいきまへん。喜六の調べがどうあれ、若旦那、公事宿の難儀として力を貸しておくれやすか」

「もちろんじゃ。わしが太左衛門の用心棒になってもよいぞ」

「それはやめておくれやす。解決が長引き、蔦屋はんから折り入って相談があったとき、若旦那には改めて考えていただきまひょ。そやけどこうした問題は、よほどでないかぎり、各公事宿は自分とこで始末つけますのやわ。蔦屋はんがうちに相談をかけてきはるかどうか、当分、黙って見てるしかおへんなあ」

「相談がなくても、こちらで目を配ってやればいいのじゃ」

「ごもっともどす。わたしもそのつもりでいてます。蔦屋はんに貸しをつくっておけば、あとあと都合のええこともありまっしゃろしなあ。まあぼちぼち考えまひょな」

源十郎はゆっくりいい、一服も点《つ》けなかった煙草盆の柄をつかみ立ち上がった。

翌日の夕刻、喜六が奉行所の帳庫《ちょうこ》で、蔦屋がここ数年のうちに扱ったおもだつ事件を調べあげてきた。

それらは土地争い、為替《かわせ》決裁や養子縁組についての係争、遺産相続の争い、重婚、詐欺、商取引のもつれ——など、あらゆる民事事件におよんでいた。

最も多いのは、やはり商取引からおこった紛争だった。

だが、奥の座敷に菊太郎と源十郎、それに吉左衛門をくわえた喜六の四人が集まり、五十件をこす事件の概要をたどったが、これこそ本筋と思われる事件には出合わなかった。

「怪しいといえば、これら事件の一つひとつがすべて怪しい。相手に怨みをいだく者は、事件の大小など問うところではなかろう。人を怨む性質をそなえる者は、箸《はし》を転ばせたような些細《ささい》なことでも、相手を怨むものじゃ。ましてや蔦屋の活躍で公事に敗れたとなれば、奉行所で咎《とが》められた公事関係者のすべてが疑わしくなってくる。これはまいったなあ」

菊太郎は冷酒をあおりながら愚痴《ぐち》った。

「これはと思う事件がないんどしたら、手の打ちようがおまへんなあ」

源十郎も菊太郎に同調した。

「旦那さまがた、蔦屋はんでも下手人の見当をつけかねてはるのではございまへんやろか」

最初から黙って抜き書きに目を走らせていた下代の吉左衛門が、遠慮がちに意見をのべた。

源十郎が小さく顔をうなずかせた。

「手掛かりも心覚えもない。怪しいといえば全部が怪しいとなれば、蔦屋も雲をつかむようで心労なことじゃ。備えあれば憂いなしともうすが、これでは備えようがないなあ」

「蔦屋にはまだ探りを入れてるのやろな」

菊太郎につづき、源十郎が吉左衛門にたずねた。

「へえ、手代の幸吉にそれとなく当らせております」

鯉屋には手代として喜六のほか幸吉がおり、小僧、丁稚《でっち》がそれぞれ二人いるのである。

幸吉は洛東の吉田村から奉公にきており、同じ村から惣助という若者が、蔦屋に奉公していた。

吉左衛門は幸吉に対して、惣助から蔦屋の内情を探れといいつけていたのだ。

「それで幸吉の奴、どこにいるのやな」

源十郎は鷹揚《おうよう》にたずねた。

「あれにはいま町風呂に行かせてます。蔦屋はんの奉公人衆は、この時刻、町風呂におでかけどすさかい」

風呂につかり、帰りには屋台に寄る。

酒でも入れば、口も軽くなる。

「そうか。店の奉公人から何かききだせるか知れんわなあ」

源十郎がうなずいたとき、遠くのどこかで人の悲鳴があがった。

誰かが叫びながら駆《か》けてくる。

「若旦那、なにごとどっしゃろ」

喜六に声をかけられるより早く、菊太郎は立ち上がっていた。

表の土間に走り、大戸の閂《かんぬき》をはずし、大宮通りに飛びだした。

いくつか人の姿がもつれ、かれらはぜいぜい息をきらしていた。

まわりの家々からも人が現われた。

「おぬしたち、どうしたのじゃ」

「蔦屋の連中やないか」

菊太郎の後ろで、喜六の声がした。

「へ、へえ、町風呂から出て、店にもどろうとしたら、何者かが襲ってきよりましたんや。これ見とくれやす――」

一人の男が、袖口の垂れた左腕を示した。

ざっくり斬られた傷口から血があふれている。

蔦屋太左衛門を殺しそこねた人物は、ついに奉公人にまで凶手をのばしはじめたのである。

「おぬしたち、早く店にもどれ。喜六もじゃ」

胸裏に、屋台に腰を下ろした鯉屋の幸吉と蔦屋の惣助が、後ろから凶刃を浴びる姿がうかんできた。

菊太郎は通りの下《しも》にむかい一散に走った。

四

源十郎を案内にたて、東町奉行所の与力が鯉屋の別棟に消えていった。

「若旦那、式部はんがご挨拶《あいさつ》したいいうてはりましたさかい、あとでお連れしてきますわ。ほんまに若旦那の見込み通りでよろしゅうおしたなあ」

菱屋の息子孫次郎の行方が判明したのだ。

相模屋総兵衛が殺され、蔦屋の奉公人たちが襲われてから七日、暗いことばかりが続くなかでの朗報だった。

孫次郎は店の金百二十両と、金貸しから借りた金を携《たずさ》え、大坂・新町曲輪《しんまちくるわ》（廓）の遊女屋に居つづけているのを、大坂西町奉行所の同心によって発見されたのである。

土井式部にかけられていた嫌疑は、一挙に晴れた。

孫次郎が店の金を持ち出していたことを隠し、捜査に混乱を生じさせた菱屋文蔵には、しかるべき厳しい処罰が下されるだろう。

「田村どのにはどのようにお礼をもうしあげればよいやら。ご貴殿の励ましがなければ、身どもは悲憤慷慨《ひふんこうがい》のあまり、座敷牢のなかで舌でもかみきって自裁していたか知れませぬ」

与力から疑いが晴れたとして放免のもうし渡しをうけたあと、菊太郎の部屋に案内されてきた土井式部は、敷居際で両手をつき、うやうやしく礼をいった。

「いやいや、式部どのの潔白を信じていたわたしにも重畳《ちょうじょう》。これもみな岩太どのの親を思う心が、神仏に通じたのでございましょう」

「これもなにかのご縁、以後ご昵懇に願いとうござる」

「無頼な暮しをしておりまするが、わたしのほうこそご昵懇に願いたいものじゃ」

菊太郎が居住いをただしていい、そこへ源十郎がお多佳を従え、茶菓を運んできた。

四半刻（三十分）ほど歓談し、二人の口から相模屋殺害の一件が式部にも語られた。

「およそのことは察しをつけておりましたが、それは厄介でございまするなあ。なにかのご参考になればと思いもうしあげますが、ご両人さまにはお気付きでございましょうか」

土井式部は声をひそめていった。

座敷牢などに閉じこめられていると、人間はなにかにつけ神経が敏感になる。夜は眼が冴《さ》えて、ちょっとした気配にも耳を澄ませる。式部は武芸にも秀でていた。

相模屋が鉄砲で撃ち殺され、蔦屋の奉公人が傷付けられてから、いつも明け方の寅《とら》の刻

(午前四時)をまわったころ、鯉屋の裏路地に人の気配がし、それが奥に消え、再び表通りの大宮通りにもどっていくというのであった。

鯉屋の裏路地は、蔦屋の裏門にも通じていた。

「この不審、身どもの杞憂《きゆう》であれば結構でござるが、なんとしてもあの人の気配は妙に思われますゆえ、お耳に入れておきまする」

この情報が一連の事件と関係があるかどうか、それはわからない。だが式部は変に真剣な表情で不審を告げ、源十郎に見送られ辞していった。

「若旦那、土井さまのもうされた話、いったいどう思いやすな」

表でかれを見送り、再び部屋にもどってきた源十郎が、菊太郎に疑問を投げてきた。

「どうかとたずねられても、わしには答えようがない。式部どのがもうされた人の気配と事件を結びつければ、いかようにも考えられる。だがいまのわしらには、どんな小さな不審でもおろそかにできぬ。ともかく今夜は、わしが座敷牢に寝て、その人の気配とやらを確かめてつかわそう」

菊太郎は平然といった。

「若旦那が座敷牢に。それはいけまへん。あんな不浄な場所に、若旦那を入れたとご隠居さまに知れたら、うちが大目玉を食らいますがな。喜六でもぶちこんでおけばええことで、それだけは止《や》めとくれやす」

「座敷牢のどこが不浄なのじゃ。別棟の一画はなにかひんやりしていて、座敷牢は寝心地もよかろう。微妙な人の気配は、武士の式部どのなればこそわかったことで、塀《へい》からのぞいて見張ればともかく、喜六ごときの耳に、なにもきこえるはずがあるまい」

「なるほど、そういわれたらそうどすなあ。それでは今夜一晩、若旦那には座敷牢で辛抱していただきまひょか」

「これは誰にも内緒にしておけ。お多佳どのにとてもうすではないぞよ。座敷牢の鍵《かぎ》はいまからわしが預かっておく。真夜中、わしはひっそり牢に入り、寅の刻を待つ」

どうしてか、菊太郎は源十郎の口を封じた。

その夜、かれは座敷牢に入った。

土蔵造りのなかは六畳、まわりには厳重に格子が組みまわされている。

ただ裏路地に面した壁の上に、方五、六寸の明り取りが、鉄格子をはめ設けられていた。

寅の刻の気配を、土井式部はここから感知したのであろう。

「いかがどした——」

翌朝、源十郎は何気ない顔で菊太郎にたずねかけてきた。

「口の方は大丈夫じゃな。式部どのがもうされていた通りだったぞ。わしは今夜も別棟ですごす。奉行所や二条陣屋から宿預のお沙汰《さた》があっても、格子を直しているとでもいいつくろい、お受けしてはならぬぞ。わかったな」

菊太郎が耳にした人の気配は、本当にかすかなものであった。

気配が蔦屋の裏門の方にむかうのに気付き、かれは素早く座敷牢から忍び出た。

裏路地に面した柘榴《ざくろ》の木に足をかけ、相手がもどるのを待ちかまえる。

ほんのしばらくあと、人の気配がそっと近づいてきた。

自分の気配を殺し、繁《しげ》みのなかから裏路地をうかがい見る。

頬《ほお》かぶりをした男が、目の下をすっと足音もなく移動していく。只者でない感じだった。

「わしは蔦屋の家内《いえうち》に、きゃつに内通している者がいるとみた。怪しい奴は、太左衛門の動きを内通者から得るため、忍んでくるのだろうよ。こう考えれば、一発の鉄砲弾にも説明がつくというものよ。奴らは太左衛門を殺しそこねあせっている。ここ数カ月か半年の間に、蔦屋に新しく雇い入れられた者がいないかたずねてくれ。それが太左衛門の動きを外にもらしている一味の者じゃ。きっとそれに相違ない」

菊太郎は自分の推測にまだ十全の確信がもてないのか、最後の言葉を疑いをこめてしめくくった。

だが四半刻もしないうちに、かれの推測の半分は立証された。

三カ月前、木屋町筋の〈口入屋《くちいれや》〉から、東山にちかい今熊野《いまぐまの》村出身の藤造という老人が、雑用や台所仕事の手伝いとして雇われたというのである。

小柄で実直そうだが、手足は浅黒く鋼鉄《はがね》のように引きしまっているという。かれにあてがわれた寝場所は、蔦屋の裏門に接した物置小屋。太左衛門の命を狙う相手は、相当な用意をしたうえ、犯行にのりだしたのだ。

「調べるまでもないが、今熊野村にそんな藤造とやらもうす男はおそらくおるまい。口入屋の番頭か手代が、小銭をつかまされ細工したのだろうよ。相手は再び太左衛門を必殺の意気ごみで殺しにこようが、もし殺しそこねることがあれば、今度はその藤造が、太左衛門をひと刺しにして退散するだろうなあ」

正午すぎ、源十郎によって直接、藤造の虚偽が確かめられた。

なにしろ鯉屋と蔦屋は、ほぼ軒をつらねており、家人が変な動きをすれば、相手に警戒される。菊太郎が源十郎に、口の方は大丈夫かとたずねたのは用心からだった。

「どんな奴らか皆目わからぬが、わしが怪しい奴のあとをつけ、一味の正体を確かめたうえ斬ってくれる。誰にもいうではないぞよ。それが闇の掟だろうが」

菊太郎は顔にふくみ嗤《わら》いをうかべて命じた。

二晩目、かれは総錣《そうしころ》の頭巾《ずきん》をかぶり、伊賀袴をはいて足許を固め、裏路地の物陰に身をひそめた。

総錣の頭巾は両肩までおおい、斬り合う相手から一撃をうけても、細かな鉄鎖でつづられた錣が、身を守ってくれる。

秋の冷気をふくんだ夜が陰々と更《ふ》け、寅の刻、予想通り、頬かぶりをした男がひっそり現われた。

男は指先で、蔦屋の裏門をかすかに叩いた。

すると高塀のむこうから、小さな紙つぶてが落ちてきた。それには今日、太左衛門がどこに出かけるかが記されているはずだ。かれは大事をとり、外出をひかえているようだが、公事宿の主としてそれはいつまでもは無理だろう。

頬かぶりの男は、紙つぶてを拾い、足音もなく大宮通りにでる。道をまっすぐ南にたどり、松原通りまでくると、ひょいと右にまがった。

東の空がなんとなく白みかけている。

あとをつけながら菊太郎が観察したところ、忍びの心得をもつ男ではない。ただの身軽で、盗みの常習者とみられた。

かれは数度、後ろをふり返ったが、それより菊太郎が身を隠す方がいつも数瞬早かった。

松原通りを右に折れた男は、闇の中にほのかにうかんできた道を、なお二町ほど西にすすんだ。そして荒れた感じのする屋敷の脇戸から、すっと身体を邸内にすべりこませていった。

菊太郎は築地塀の隅から邸内に忍びこんだ。

身を低くして屋敷のなかをうかがう。

侘《わ》びた庭に面した一室から、明りがもれている。地を這《は》い、そっと接近する。

「弥八、ご苦労やったなあ。太左衛門の奴、今日も外には出ぬとみえる。五郎八の一発をくらいぞこね、臆病になりおってからに。その五郎八も怖気《おじけ》をふるってずらかりおったが、わしが蔦屋の奉公人を襲い、信用を台無しにして商いの邪魔をしてやった。そのうちにきっと奴の息の根を止めてやるわい。四年も隠岐《おき》島にとじこめられていた怨み、はらさずにはおれんわいな。命を狙っているのが、まさか大工の善五郎とは気いつかへんやろ。島仲間とはええもんや。太左衛門を仕止めさえしたら、弥八、父っつぁんと一緒にわしがきちんと面倒みたる。わしの留守中、情婦《いろ》が女郎屋をやり、しっかり稼いでおいてくれたさかいなあ」

――大工の善五郎だと。

菊太郎は喜六が奉行所の帳庫から調べあげてきた覚書きのなかに、そんな名前があったのを思い出した。

善五郎は中井家の支配をうける棟梁《とうりょう》「河鍵《かわかぎ》」の小頭だったが、高瀬川筋の木場から材木を幾度もごまかし、ついに訴訟沙汰となり、島送りにされたのである。

父っつぁんとは、蔦屋に送りこまれている藤造にちがいなかった。

狂悪で権力をもつ相手を予想していただけに、錣をつけて乗りこんできたのが、菊太郎はいささか気恥しかった。

腰から刀をぬき、かれは縁側に飛びあがり、障子戸をがらっと開けた。

「て、てめえ、だ、誰やな」

善五郎は島で悪の度胸をみがいてきたとみえ、素早く立ち上がり、低く匕首《あいくち》をかまえてたずねた。

蛇の目のように、両目がぬめりをおび、青く光っている。

「わしか、わしは闇の掟。どこの誰か胸に覚えがあろう」

「闇の掟だと、しゃらくさい。こきゃがれ」

善五郎は弥八に目配せし、前後から一斉に匕首をくり出してきた。

右にかるくとび、菊太郎は刀を横なぐりに一閃《いっせん》させた。

確かな手応えが二つつづいて腕に伝わり、胸許から喉首に斬り上げられた善五郎の創口から、鮮血がわっと天井に噴《ふ》きあがった。

秋風が肌寒さを感じさせる。

先ほど蔦屋の帳場まで、父親の土井式部に弁当をとどけにきた岩太が、東山でもいできたといい、大きな柿を四個置いていった。

式部は源十郎の口利きで、過分な手当てを約束され、蔦屋の帳場に坐っている。

もちろん、善五郎が蔦屋に送りこんでいた藤造は、気配を察して逃亡した。

「お百、そなたも一口食いたかろうなあ」

柿を一口かじった菊太郎は、顔をしかめ、左手に口の物を吐きだした。

お百が不思議そうに、そんな菊太郎を眺めあげていた。

# 夜の橋

一

芒《すすき》の穂がゆれている。

左手の遠くに見える如意ケ岳《にょいがたけ》の頂《いただき》が、秋の薄陽をうけ、鈍《にぶ》く輝いていた。

如意ケ岳は、俗に、〈大文字山〉という。

旧暦七月十六日の夜、ここの頂に設けられた大の字の火床《ひどこ》に薪《まき》が積みあげられ、一斉に点火される。盆帰りをしていた死者の魂を、送り火を焚《た》いてあの世にもどすのである。

——今年の夏はことのほか暑かったなあ。

田村菊太郎《きくたろう》は深編笠《あみがさ》の紐《ひも》をとき、左手に持ちそえて、遠くの如意ケ岳に目を這《は》わせた。

かれが足を止めた川堤のすぐ左側では、北山の水を集めてきた賀茂《かも》川が、豊かな青い水をゆっくり下流に運んでいた。

ところどころに、急流も深い淵《ふち》もある。

数羽の鷺《さぎ》が浅瀬に立ち、水面を狙《ねら》っている姿は、そのまま一幅の絵になりそうな眺めであった。ほどなく秋が深まり、冬がやってくる。

諸国遍歴のうえ、京都にもどって数カ月しかたたないかれの目には、京を彩《いろど》る四季の一つひとつが新鮮に映っていた。

送り火の当日、菊太郎は弟の銕蔵《てつぞう》に前もって都合をたずねられ、三条鴨川《かもがわ》ぞいの料理茶屋「重阿弥《じゆうあみ》」の川床に招かれた。

夕刻、迎えの駕籠《かご》が大宮通り姉小路《あねこうじ》の「鯉屋《こいや》」にきて、打ち水した料理茶屋の玄関では、あだっぽい女将《おかみ》や仲居たちにうやうやしく出迎えられた。

かれを招いたのは、銕蔵の妻奈々《なな》の父播磨屋《はりまや》助左衛門。その店は、中京錦小路《にしきこうじ》で手広く海産物問屋を営む助左衛門が、大事な客をもてなす料理茶屋だった。

おそらくは助左衛門は、菊太郎がどうして遊蕩《ゆうとう》者の汚名をきて、家から出奔したのかを、義母の政江からきいているのだろう。田村家を継いだ婿《むこ》の銕蔵と、かれの許に嫁いだ愛娘奈々を、それなりにたててくれる菊太郎への感謝の気持が、消夏《しようか》の一宴を用意させたにちがいなかった。

丁重に案内され、川床の上座についた。

互いの挨拶《あいさつ》がすみ、祇園《ぎおん》から呼ばれた品のいい芸者の一人が、そばに坐《すわ》り、盃《さかずき》に酒をついできた。

北を背にした菊太郎の前に助左衛門、左右の席に銕蔵夫婦。料理は夏懐石、贅《ぜい》がこらされていた。

「こうもうしてはなんでございますけど、鯉屋さまでのお暮しにあきられましたら、どうぞ粟田口《あわたぐち》にあるうちの寮（別荘）でもお使いやしておくれやす。そこが気詰りどしたら、どこぞに一軒用意いたします。なにしろ娘の奈々にとっては、義理とはいえ大事な兄《あに》さんどすさかい、粗末にはでけしまへん。息子の清七は急な用で浪速《なにわ》まで出かけておりまして、ご同席でけしまへんけど、ほんまにご挨拶がおくれましたこと、重ねがさねお詫《わ》びいたします」

助左衛門はたびたび芸者に目くばせをし、下にも置かないもてなしぶりであった。

川床は鴨川の瀬に床柱を組んで造られた仮座敷。夜の川風がなによりの馳走《ちそう》となる。ましてや送り火の当日でもあり、意を尽した供応といえた。

「三条木屋町（樵木《こりき》町）の料理茶屋重阿弥といえば、店は小そうおすけど、格式が高く、本願寺の法主《ほっす》はんなどがお忍びできはるほどのお店どすわ。各藩の京屋敷お留守居役衆もご贔屓《ひいき》になってます。さすがに錦の播磨屋はんどすなあ。うちにまでご挨拶をいただき、なにかと気をつこうてくれはりましたで」

翌日、鯉屋の源十郎がいっていた。

播磨屋助左衛門は大柄で六十すぎ。店は後継ぎの清七がほとんど切りまわしており、鯉屋への挨拶は、義理を重んじてのものだった。

こうしてその山を遥かに見ていると、その夜、如意ケ岳で焚かれた送り火の明りが、菊太郎の脳裏にあざやかに蘇《よみがえ》ってくる。

かれは顔をいくらかなごませ、賀茂川の岸に何気なく目を投げた。

賀茂川は、今出川西で高野川《たかのがわ》と合流して鴨川と名を改める。

そこでは膝《ひざ》切り姿の少年が、釣糸を垂れていた。

丁度食いがきたところらしく、少年が釣竿《つりざお》をぐっと跳ね上げた。

釣糸の先で銀鱗《ぎんりん》がおどった。

「おお、釣れたではないか」

菊太郎は興に誘われ、土手《どて》から下りていった。

「お武家はんは釣りがお好きなんどすか」

少年は二寸ほどの魚から釣針をはずし、水底に沈めた魚籠《びく》を引き上げ、魚を投げこんだ。

「ああ、まんざら嫌いでもない。わしもそなたの年頃《としごろ》には、この賀茂川でよく釣りをしたものじゃ」

奉行所同心長屋に近い「神泉苑《しんせんえん》」の大池で、かくれて鯉を釣り、父親の次右衛門にこっぴどく叱《しか》られたこともあった。

「賀茂川で釣りといわはりますと、お武家はんは京のお人どすか」

「そうだ。この京の人間よ。今日は朝早うにおきて、鞍馬《くらま》寺に詣《もう》でてきたのじゃ」

洛北《らくほく》の鞍馬寺には、中風《ちゅうふう》で臥《ふせ》っている次右衛門が信仰を寄せている。足腰の鍛錬を兼ね、親孝行のつもりで、毘沙門天《びしゃもんてん》に父親の病気平癒を祈ってきたのであった。

少年が釣針にみみずを付ける。

「どうじゃ、わしにちょっと釣らしてくれぬか」

菊太郎は少年に媚《こ》びる声で頼んだ。

「へえ、どうぞ釣っておくれやす」

「やあ、やらせてくれるか」

顔をほころばせ、かれは釣竿と糸先を受けとり、二間ほどむこうの水面に釣糸を投げた。

重りは鉛の小粒、浮子《うき》は手作り。小さな水の輪がゆるやかに広がっていった。

少年が浮子に目をこらした。

あたりは賀茂川の深い淵になっており、水の流れは遥か先にみられた。

「そなたこの付近の子か」

「へえ、西賀茂《にしがも》村の百姓の子どす」

西賀茂村は禁裏御領地や公家領が入りくんでおり、百姓とはいえ、並のそれとはどこかちがっている。

ご禁裏や御領家《ごりょうけ》への出入りが、物腰や言葉づかいに品をもたせてくる。

「そうか。それで年はいくつ、名はなんともうすのじゃ」

「名前は弥一、年は十二どす。あ、お武家はん引いてまっせ」

だが食いはすぐやみ、釣糸を上げると、餌《えさ》がかすめとられていた。

「魚も賢いとみえ、やはりその場かぎりの釣針にはかからぬか。ところで弥一とやら、釣った魚はどういたすのじゃ」

「親しい人が病気で寝付いたままどすさかい、魚でも食べて養生してもらおう思うてます。そやさかい、一生懸命釣ってますのや」

「そうか、それは邪魔をして悪かったなあ。ならばわしはもうこれでよい。どうぞ釣ってくれ」

菊太郎が弥一に釣竿をもどしたとき、下流の対岸で人の声がおこり、にわかに騒がしくなってきた。

先ほどまで人影など見えなかった土手や川原に、どこからともなく人の姿が湧《わ》き、水面を見て口々に騒ぎながら、あわただしく下流に動いていく。竹竿を持った一人が、それを水面に長くのばしていた。

「どうやら土左衛門のようじゃな——」

「土左衛門どすか——」

弥一が釣糸をくり出すのをためらった。

「弥一、わしはちょっとむこう岸に行ってみる。邪魔をしてすまなかったな。また会うこともあろう」

菊太郎は上流の御園橋《みそのばし》に目をとめて、弥一に礼をいい、川堤に駆《か》け上った。

土左衛門にしろ、世間の暗部に一つひとつ興味を寄せていたらきりがないが、公事宿《くじやど》「鯉屋」で居候《いそうろう》をきめこんでいることや、京都東町奉行所同心組頭の息子として育った性情が、かれを現場に走らせるのである。

急ぎ足で御園橋を渡り、賀茂川の東堤を下《しも》に走る。

西の川岸で弥一が立ち上がり、そんな菊太郎の姿を見送っていた。

菊太郎が現場にかけつけたとき、竹竿で引き寄せられた土左衛門は、数人の手で岸に抱えあげられたところだった。

「誰《だれ》か、早く村番所にでも知らせなあかんがな」

杖《つえ》をついた十徳《じっとく》姿の老人が、人々に指図をあたえた。

「よっしゃ、わしが行ってくる」

若い男が一声あげ、川堤を這い登っていった。

「土左衛門は男か女子か」

菊太郎は人の輪の後ろから声をかけた。

誰でもまず念頭にする疑問はそれであった。

「これはお武家さま——」

人垣のなかから声がわき、人の輪が二つに割れた。

人々の足許に、水にぬれた若い男の死体が長々と横たわっていた。

顔色は蠟《ろう》のように白く、唇は濃い紫色、水草が首のあたりや両足にからみ、一見して、死後、相当時間がたっているとわかった。

「若い男じゃな。この男に誰か見覚えはないか」

菊太郎は水死人の横にかがみこみ、死体のようすをだいたい目に納めたあと、まわりの人々を仰いでたずねかけた。

「いいえ。いまもみんなでいうてたんどすけど、この近くでこんな顔のお人を見かけたことはありまへんのやわ。お気の毒に、いったいどうしはりましたんやろ」

酒にでも酔い、足を踏みはずして水中に転落したか、それとも覚悟の入水《じゅすい》かといいたげな口振りであった。

「そうか。誰にも見覚えがないか——」

菊太郎はつぶやき、つぎに水死人を詳細に眺めた。

行きずりにすぎない菊太郎の検分を、人々が黙って許しているのは、浪人風とはいえ、かれの態度が堂に入り、どこか司直の感じをあたえたからであった。

水死人は二十七、八歳。頬《ほお》がこけ、なにか鋭い気迫を漂わせている。生前はおそらく人に毛嫌いされる暮しをしてきたにちがいなかろうが、不審なことに着物は粗末な膝切り、脚には脛巾《はばき》をつけ、堅気の人足という風体であった。

きつい仕事をしていたとみえ、手も荒れていた。

菊太郎は心のなかで当りをつけ、水にぬれた男の左腕の袖《そで》を、そっとまくった。

二の腕の奥に、前科を示す濃紺の入れ墨が、はっきり輪になってうかがわれた。

何気ない顔で見物人の視線からそれを隠し、水死人の喉《のど》から首筋に目を止めた。

喉と首筋の横に、うすく索条痕《さくじょうこん》がみとめられた。

おそらく男は絞め殺されたうえ、賀茂川に投げ捨てられたのであろう。

菊太郎は水死人を裸に剝《む》き、もっと細かく調べたかった。それをすれば、男の身許や生活歴、また犯人に結びつく何かの手掛かりが得られる。

だが東町奉行所同心組頭ゆかりの者とはいえ、これ以上の検死は、やはりやりすぎになる。

かれは深編笠をひろい、渋々立ち上がった。

「お武家はん、なんぞおわかりでございましたか」

菊太郎の行動をみつめていた老人が、歯の欠けた口をうごめかせてたずねた。

秋の虫が、若い男の非業の最期を悼《いた》むように、水にぬれた遺骸《いがい》のそばで鳴きはじめた。

「いや、さしたることはわからぬが、この仏《ほとけ》は自分から入水したのでも、また誤って水に落ち溺《おぼ》れたのでもない。明らかに何者かに絞め殺され、川の中に投じられたのじゃ」

ちらっとみた左腕の入れ墨については、わざと触れなかった。堅気な人夫のつくりが、水死人が必死に過去から抜け出そうとしてきた姿を感じさせたからであった。

「し、絞め殺されたのでございますと」

老人は短く驚きの声を発した。

土手から中年すぎの百姓が、小脇《こわき》に筵《むしろ》を抱えて下りてきた。手ににぎった線香の束が、もうもうと煙をあげている。

老人が指図したものとみえ、百姓は菊太郎たちのそばまでくると、老人に軽く頭を下げ、水死体を筵でおおった。

つぎに手で草むらの土を掘り、線香の束を立てた。

「死ねば誰でも仏。ご老体、よくいたされますな。この男の身内になり代ってお礼をもうしあげる」

老人にむかい、菊太郎は丁寧に低頭した。

川流れの土左衛門を発見した場合、川筋の村ではどこでも、引き揚げたがらないのが普通だった。

岸に漂着しかけると、竹竿などで遠くに押しやる。つぎの村でも忌み嫌われ、また同じ行為がくり返される。

土左衛門は西賀茂村でそうされたら、上賀茂村から下鴨村、さらに聖護院《しょうごいん》村と流れ下っていくことになる。

こうして無情に突き放された京の土左衛門が、賀茂川から鴨川、下流の淀川に流れ出て、浪速まで流れ下ったことがあった。

土左衛門はここでようやく拾い揚げられた。

このとき、さすがに京都所司代や町奉行所は、川筋の村の処置を腹にすえかね、土左衛門を竹竿で忌避した人々を探索のうえ白洲に召喚し、二十八人の関係者に入牢《にゅうろう》十日の沙汰《さた》をもうし渡した。

それだけに、菊太郎は老人に賛辞をのべたのである。

「わしは年寄りどすさかいなんどすけど、お武家さまは縁もゆかりもないお人。かえってご奇特なことをよういわはります。それで仏が絞め殺されたいうのはほんまどすか」

「いかにも。ちょっと見には気付くまいが、仏の首には縄で絞めたあとが、紫色の腫《は》れとなり、うっすら残っておる」

「失礼どすけど、お武家さまはどこのお人どす。さしつかえなければ、この年寄りにお名前をきかせておくれやす」

「わしか、わしは大宮通り姉小路に店をかまえる公事宿鯉屋の世話になる者じゃ。名は田村菊太郎ともうす」

「公事宿鯉屋の田村菊太郎さま――」

「いかにも」

「そうどしたら、満更《まんざら》こうした性悪《しょうわる》な事件と無関係ではおまへんわなあ」

老人は西賀茂村の長老《おとな》とみえ、公事宿ときいただけで、すぐ事件との関係を口にした。

「まあ、そういえばそうだが、出入物《でいりもの》（民事訴訟事件）と吟味物（刑事訴訟事件）は別物じゃ」

「せやけど、仏の工合を一目見ただけで、人の手にかかったと察しはるのは、たいしたもんどすがな。村番所の者にしっかりいうときます」

「厄介をかかえこんだわけになるが、これもなにかの巡り合わせだと思い、手厚く仏を葬ってやってくれ」

「そうさせていただきまひょ。では気をつけておもどりやす」

菊太郎が片手で土左衛門をおがむのを眺め、老人は静かにいった。

それまで忘れていたが、西の川岸に目をやると、釣りをしていた弥一の姿はすでに消えていた。

十二歳とはいえやはりまだ子供、土左衛門が揚がったときき、急に川面が気味悪く見えてきたのだろう。

秋の陽が西に傾き、虫が急に大きくすだきはじめた。

二

床の間の信楽《しがらき》の壺《つぼ》に、桔梗《ききよう》が生けられている。

掛け物は松村呉春《ごしゆん》の「中秋明月図」。朝夕は涼しさを通りこえ、寒いほどであった。

公事も暑い夏には数が少ないが、涼しくなれば訴訟も増えてくる。

一昨日、鯉屋にも淀から公事訴訟人が到着し、主の源十郎と下代《げだい》（番頭）の吉左衛門は、きのうから今日にかけ表の客座敷で依頼人から事情をきき、目安（訴状）を作る作業にかかりきっていた。

「公事訴訟人もわしらにお裁きの手助けを頼みながら、自分の不利になることは、口をつぐんでいいよりまへんわ。都合の悪いことでも、正直にきかせておいてもらわななりまへんと、いくら口を酸っぱくしていうたかて、やっぱり隠しよりますなあ。白洲にでていよいよご吟味がはじめられます。そこでぼろぼろ依頼人の嘘《うそ》がでてきまっしゃろ。そうすると、もうこっちはお手上げどすわ。一つひとつの嘘にじたばた手当てをさせられ、あげくはお裁きも不都合になりますわなあ。それでも依頼人は、公事宿の腕が悪うてお裁きに負けたのだと、世間へ勝手に吹聴いたしますやろ。性悪の依頼人にはほとほと手をやくもんどっせ。ときには相手の公事人と話し合い、事件を収めてしまうこともありますけど、こんな稼業してると、人間の裏表をはっきり見せつけられ、嫌なもんどすなあ」

鯉屋源十郎の述懐だった。

淀からの公事訴訟人は財産分与にからむもの。人間の欲がもろにでる事件だけに、公事宿では最もやりにくい頼み事としていた。

他人同士の争いは、互いが意外に醒《さ》めた部分をもち、一面、決着しやすいが、肉親や親戚《しんせき》間の争いは、血が憎悪をあおりたてるのか、終始をつけかねることになった。

人間は金がなければほしいほしいと思う。世間には、金さえ出せば片付く問題も多い。しかし金があればもっとほしいと考え、あるために片時も心がやすまらない。あるために心がゆがみ、金では解決できないほど問題をこじらせてしまう。

それだけに、家族が息災で互いにいたわり合い、そこそこに食っていけるのが一番——というのが、源十郎の人生訓となっていた。

だがそのかれも、女房お多佳との間に不幸なことに子供がない。高台寺《こうだいじ》脇に居つづけている先代宗琳《そうりん》（武市《ぶいち》）と、妾《めかけ》のお蝶の間に子供でも生れたら、その子を鯉屋に引きとって後継ぎにするとの話までおこっている。

先代宗琳は六十をすぎながら、精力はまだ絶倫であった。

——世はままにならぬものだ。一つが満《み》つればほかが欠ける。

菊太郎は横になったまま、手代の喜六に運ばせた目安（訴状）に目を通していた。

喜六が両手で抱えてきた目安は、鯉屋が取り扱ってきた出入物の一部。地所の係争、商取引の争い、養子縁組の解消についての異議など、実にさまざまな紛争の実態が記されていた。

こうした目安の最後には、決まって相手方の返答書の写しが貼《は》られており、それには目安と全く逆な考えがのべられている。真実は一つではないとつくづく考えさせられることが多かった。

「当人に一礼入れさせたいうても、肝心のその念書がなければ困りますなあ。お白洲で相手はんが、そんなもの知らんといい張りましたらどうもなりまへんさかいなあ」

源十郎が淀からきた依頼人に、苦情をもらす声がとどいてきた。

どうやら紛争は、相当な金品をもらって家を出た相手が、さらに財産の分与を求めてきたため、理不尽な要求に決着をつける目的で、奉行所に裁許をあおぐものらしかった。

依頼人は淀の大庄屋、家の内部には複雑な事情がありそうだった。

「ごめんくだされ」

表の暖簾《のれん》をくぐり、誰かきたようすだ。

しばらくあと、菊太郎が寝ころぶ離れ座敷に足音がひびいてきた。

「若旦那《わかだんな》さま。東町奉行所からお人がおいででございますさかい、こちらにご案内いたします」

手代の喜六が廊下で手をついて告げた。

「奉行所からわしに客だと。銕蔵でもきたのか」

菊太郎は目安をもったまま起き上がり、喜六にたずねた。

「いいえ、そうではおまへん」

喜六も不審そうに答えた。

弟の銕蔵ならともかく、東町奉行所の誰がいったいなんの用できたのだ。

「とりあえずここにお通ししてくれ」

菊太郎は目安を片付け、襟許を合わせた。

「お役目、ご苦労さまどす。すっかり涼しゅうなりましたなあ。こちらにおいでやしておくれやす」

　喜六が愛想《あいそう》をたらたらのべ、奉行所からの客を案内してくる。

　公事宿仲間（組合）は毎日、東西両町奉行所に詰番を一人ずつ交代でだしており、また牢屋に収監されている人々に、身許引受人からの依頼で牢扶持《ろうぶち》（弁当）を届けたりしている。

　菊太郎の許にやってきた奉行所の人物は、おそらく喜六の顔見知りなのだろう。

　来客は同心、二人連れだった。

「わたくしは東町奉行所同心の岡田仁兵衛、これなるは福田林太郎ともうします。本日は組頭田村銕蔵さまのお指図で、ご挨拶に参上つかまつりました」

　二人は敷居際に坐り平伏した。

「組頭の指図でわしの許に挨拶にきたのだと」

「はい、さようでございます」

　岡田仁兵衛と名乗った同心が、緊張した顔つきで答えた。

「そのように堅苦しくせず、まあ気を楽にし、中に入ってくれ」

　菊太郎に招かれ、二人は部屋の中に膝をすすめた。

　それまで襖《ふすま》の隅でうずくまっていた猫のお百《ひゃく》が、うるさそうに立ち上がって伸びをし、ゆっくり中庭に下りていった。

「お二方、わしに挨拶とはなんだ。わしは東町奉行所から改めて挨拶をうける覚えはないが——」

お多佳が運んできた茶をすすめ、菊太郎は二人にたずねかけた。

「はい、そちらさまに覚えがなくとも、手前どもにはございまする。先日、賀茂川の御園橋近くで土左衛門が揚がりましたが、これは絞殺とのご指摘をたまわり、ありがとうございました」

「なんだそのことか」

「いいえ、なんだそのことかではございませぬ。絞め殺したうえ川に投げ捨てたとのご指摘がございませんでしたら、村人たちはただの土左衛門として、迂闊《うかつ》にも処置しかねませぬ。お陰をもちまして、村番所の親父からとどけをうけ、手前どもが詮議《せんぎ》いたしております」

福田林太郎がせわしく説明した。

「ほほう、そなたたち二人が、あの仏の詮議をな。それで土左衛門の身許が知れ、下手人も捕えられたのでござるな」

「はっ、いいえ。仏の身許はともかく、下手人はまだ捕えるにはいたっておりませぬ。はなはだお恥しいかぎりでございまする」

偉ぶらず正直な人柄とみえ、岡田仁兵衛が顔を赤らめてさえぎった。

「身許は割れたが、下手人はまだだと」

菊太郎が鞍馬寺詣でに出かけてから、もう十日ほどになる。仏の身許はすぐ判明したものの、下手人の探索は暗礁《あんしょう》に乗りあげているのだ。

同心の二人が組頭をつとめる銕蔵の指図で菊太郎の許に挨拶にきたというのは、表むきの綺麗事《きれいごと》、その実は下手人逮捕に協力してもらえとの意図に決まっている。

弟銕蔵の胸算用を推察し、菊太郎は口許ににが笑いをうかべた。

「そういうことか。仏をあの世に送った連中も、そうやすやすと奉行所に捜し当てられたらかなわぬわなあ。下手人とて命が惜しかろう。簡単には尻尾《しっぽ》をつかませまい。そこで岡田どのと福田どの、あの土左衛門にされた仏は、どこの誰でござった」

銕蔵の下で働く同心たちが手こずっているなら、行きがかりから事件の相談に乗ってやらねばならない。

「はい、安蔵ともうす入れ墨者でございました」

入れ墨者とは、奉行所の言葉で前科をもつ者をいう。

菊太郎の胸裏に、土左衛門の左二の腕に印された細幅の青い入れ墨がちらついた。

「あの仏は安蔵ともうすのか」

「島原遊廓《ゆうかく》のごろつきでございましたが、人に手傷を負わせたうえ、なにかと余罪が発覚いたし、隠岐島で四年のお勤めをもうしわたされ、昨年の秋、そのお勤めを終え、京にもどって参った者にございます」

「それで、下手人の手掛かりはないのか」

「安蔵はどうせごろつき、下手人もその筋の者とにらみ、島原遊廓をはじめ、上七軒《かみしちけん》や五番町のほか、市中の私娼窟《ししようくつ》を当りましたが、まるで手掛かりがつかめないのでございます」

組頭の田村鋏蔵から探索を命じられた岡田仁兵衛と福田林太郎の二人は、町方の手下《てか》を使い、見当をつけた各所や人物たちをくまなく調べたが、さっぱり糸口がつかめなかったのである。

「へえっ、あの安蔵が島からもどってたんでっか。ちっとも知りまへんどしたわ。わしらの前に顔もださんと、絞め殺されたうえ、賀茂川で土左衛門にされてたとは、けったいな成り行きでんなあ」

北野の上七軒で幅をきかせるならず者の一人は、あからさまに驚いてみせた。

普通、ならず者はどんな仕置きをうけても、法による仕置きがすめば、生きているかぎり必ずもとの古巣にもどってくる。

平凡に暮していた市民が、罪を犯して前科者の烙印《らくいん》をおされた場合でも、かれらは決まって同じ傷をもった仲間の許に集まる。そして人生の吹きだまりのなかで、日陰者としてだいたい無残な一生を送っていくのであった。

世間は罪を犯した者を決して許しはしない。許したような顔をしていても、心のなかでは警戒、軽蔑《けいべつ》し、愚かな優越感にひたっている。

司直は各種の下手人に対して、懲罰に更生の期待をこめて刑量をいいわたすが、更生はほとんどの場合最初から無理。世間は罪に対して、それほどの優しさや度量をそなえていないのである。

「なるほど、あの安蔵とやらは、島からもどったあと、誰の許にも顔を見せなんだか。仁兵衛どのに林太郎どの、おことたちは、はなから探索の仕方をまちがえておられるのかもしれぬなあ。安蔵の死体をみたらおわかりのはずじゃが、奴《やつ》の身形《みなり》はとてもならず者のものではなかった。服装だけをとれば、あれは堅気者。わしはご両人から、安蔵が昔の仲間の許に現われなんだときき、まっとうに人生を送ろうとしていた健気《けなげ》な姿を思いうかべ、奴があわれに思われてまいった」

「確かにもうされればさようでございました」

福田林太郎が、自分にいいきかせるようにつぶやいた。

「この世間は普通に暮している人間でも、そこそこ生きるのは、なにかと難儀なものじゃ。ましてや前科をもった入れ墨者が、まともに生きるとなれば、難儀はおそらく倍ともなろう。

それでも昔の仲間から遠ざかり、真人間になろうと励むには、それ相当の理由があるはずじゃ」

菊太郎は胸の底から切ないものが噴《ふ》きだしてくるのを抑えながら、思いつくまま話をつづけた。

同心のひとりは壮年、あとのひとりは二十三、四歳。ともに、人間への観察が甘すぎる。

犯罪の捜査に当る者として、これは大きな弱点といえる。人間の苦楽や生きる呻吟《しんぎん》の深さについて知らねば、腕のたつ同心にはなれまい。一つの事件に直面して、その輪郭をつかみ、終結までもっていくには、丁度、西鶴や近松門左衛門のような戯作者の知恵と想像力が必要だろう。

だが二人の同心を前にしていると、人は幾多の経験をかさね、次第に熟していくのだとの思いもわいてくる。未熟さを咎《とが》められなかった。

「それでわしにどうせよともうされるのじゃ」

「いや、探索に分別を働かせず、まことに失礼いたしました。昔の仲間の筋だけをたどっていたわたくしどもに落度ありと、はっきりわかりました。安蔵が堅気になろうと頑張っていたとの田村さまのご指摘、それだけで十分でございまする」

仁兵衛の不満顔に一顧もあたえず、福田林太郎が勝気な性格を顔にのぞかせて手をつかえた。

「おいおい、わしはなにも相談を断わったわけではない。結論を急げばまたあとで後悔いたすぞ。それよりご両人、隠岐島に送られた安蔵が京にもどり、堅気になろうと決意したについては、きっとそれだけの動機があるはずだ。それが何か、まずそこを当ってみるのじゃな」

「しかしながら安蔵に関しては、どこに住んでいたのか、またどこで働いていたのか皆目知れません。もともと奴は天涯孤独の身。そのような穿鑿《せんさく》、まずもって無理ではないかと存じまする」

今度は岡田仁兵衛が答えた。

「そうではあるまい。高瀬川の船会所を調べてみたらどうじゃ。なにか手掛かりがつかめるかもしれぬ」

高瀬川の船会所といわれ、二人はあっと顔を見合わせた。

船会所は、二条・高瀬川の船入場に設けられている。大坂や島送りになる罪人は、高瀬川を京から淀川にむかって下る「高瀬船」で運ばれる。

罪人の身寄りが許された品物をとどけるとき、年に一回船会所が受けつけ、奉行所の検分をへて、現地へ送付した。

船会所の帳簿を調べれば、安蔵の身寄りや、かれに堅気を決意させた何かがわかるはずであった。

「じつにさようでございました。迂闊も迂闊、ただ恥じ入るばかりでございまする」

「まあそんな自嘲《じちょう》はどうでもよい。船会所を当り、なにかわかったらわしにも知らせてくれ。よいな」

菊太郎に約束させられ、二人の同心は急いで辞していった。

それらと入れ替るように、鯉屋の源十郎が、煙草盆を下げ、姿をのぞかせた。

「だいたいのことは、喜六からききましたけど、なんや厄介でございますなあ。変なもん見た報いどすがな」

「変なもん見た報いはないだろう」

「若旦那がその気どしたら、わたしに文句はおへん。お屋敷の若旦那さまが、どうせ困ってお知恵を借りてこいとお指図されたんどっしゃろし、十分にご協力してあげておくれやす。事件がうまく片付いたら、この鯉屋の株が上がりますさかいなあ」

源十郎は火種から煙草に火をつけ、うまそうに煙を吐きながらつぶやいた。

## 三

刃のついた鉄輪《かなわ》で、竹を割る音がきこえてくる。

方広寺《ほうこうじ》脇の道筋には、いたるところに形をととのえた〈扇骨《せんこつ》〉が乾《ほ》してあった。

江戸初期、京都の町衆灰屋紹益《はいやじょうえき》に身請《みう》けされた有名な吉野太夫は、西国浪人の娘。この方広寺界隈《かいわい》で育ち、父娘とも扇屋から仕事をもらい、生活《たつき》をたてていたという。

「その娘、奉行所の者だともうせば、警戒して口をつぐむかもしれぬ。最初からの行きがかりもあり、ここはわしが会ってみよう」

高瀬川の船会所を当り、翌日早速、返事をもたらせてきた岡田仁兵衛と福田林太郎の二人に、菊太郎はもうし出た。

二人は一瞬、返答に窮して顔を見合わせた。

菊太郎の言葉を道理とする気持がある一方で、それでは役職を放棄したことになりかねなかったからである。

高瀬川の船会所は、角倉家《すみのくらけ》の采配《さいはい》をうけていた。

「島に送った品物の帳簿でございますか」

船会所の一番番頭は、最初面倒臭そうな表情をみせ、なんでそんなものを調べはるんどすとたずねた。

「つべこべもうすな。奉行所がそなたや角倉家に、それを告げねばならぬいわれはあるまい。

これはご公儀のご詮議と心得るがよい。角倉家の名を笠《かさ》にきて、横着はならぬぞ。さあ、ここ五年ほどの帳簿をのこらず差し出すのじゃ。帳簿調べのため、別に一室を支度いたせ」

林太郎が目を怒らせ恫喝《どうかつ》した。

京では財をなしたご大家《たいけ》の横柄が、なにかと目についた。当主たちは慇懃《いんぎん》だが、虎《とら》の威を借る狐《きつね》のように、とりわけ使用人たちに問題が多かった。

「へ、へい、言葉がすぎましたのは、なにとぞご勘弁のほどを。さっそく帳簿をととのえさせますさかい」

同心づれがと二人を軽んじていた角倉家の番頭は、双方のやりとりを見守る手代に、引きつった顔で早う出してきなはれと指図をあたえた。

島に送られた品物の帳簿は、全部で二十冊ほど数えられた。

庭に面した一室で、二人は帳簿を改めはじめた。

中折りをした一枚に、一件一件が記され、それが一冊に綴《と》じられている。

「上京《かみぎょう》、松屋町、西陣職人菊之助三十歳、金四十両の騙《かた》り、島置き六年。親許、塩小路通奥《しおこうじどおり》、甚兵衛店《だな》実兄勇吉。文化四年十月四日、単物《ひとえ》、二枚、綿入れ一枚、足袋《たび》三足、いずれも継《つぎ》有り、か。なるほどこんな記録があるのじゃな。岡田さん、組頭さまの兄上どの、あれはなかなかの切れ者ですなあ。わたしは家の者から、田村家の総領どのは、かつて神童といわれたがその実は遊蕩者、箸《はし》にも棒にもひっかからぬ人物ときかされていましたが、なにがなにが。あれはとんでもない食わせ者ですよ」

岡田仁兵衛よりだいぶ若輩になる福田林太郎が、顔を輝かせて相手に話しかけた。

一度に菊太郎に心酔した気配だった。

「林太郎どの、言葉がすぎる。それでは菊太郎どのを褒《ほ》めたことにはならぬ」

仁兵衛は若年の朋輩《ほうばい》をたしなめ、脇目もふらず帳簿に目を走らせた。

帳簿の題簽《だんせん》には、「島置人、品送り台帳」と記されている。

島置人とは、刑の執行をうけた島送りの罪人をいう。その帳簿には罪人の住所、氏名、年齢、犯罪歴と刑期、親許や身許引受人、もしくは品物を島に送る差出人と当人の続柄、年月日、品物の種類と特徴が克明に記録されていた。

金銭や食料品は不可、また薬品などは受けつけられない。送付は原則として年一回。これは徳川幕府の司法制度にもとづいたものではなく、皇域（京域）に住む者が、天皇の特別な慈悲に浴し、悔悟《かいご》につとめるとして、京都所司代によって定められた恩典であった。

数冊、帳簿をめくっていると、毎年、同一人物が島送りになった者に、品物を送っていることがわかる。

ところが女性名、とくに罪人の刑期が長く、女房と明記された人物の場合は、多くが一、二年で送付がとぎれ、あとがつづいていなかった。

わずか数行の墨跡のなかに、男女の生活の変化や心変り、また人間の業《ごう》の深さ、人生の悲哀が、そこはかとなく感じられた。

「お、おい林太郎どの。あったあった。これだ、これにちがいない——」

岡田仁兵衛が数冊の帳簿をめくり終えたあと、一冊に目を釘付《くぎづ》けにして叫んだ。

「おお、やはり菊太郎どののもうされる通りでございましたか」

林太郎が仁兵衛の手許をのぞきこんだ。

「下京、一貫町《いっかんちょう》、門左衛門店住《だなずまい》、無職安蔵、傷害、他に無法、島置き四年。親許なし、文化四年十月七日、単《ひとえ》古着二枚、足袋三足、手拭《てぬぐ》い三筋。送り人、方広寺前袋町《ふくろまち》筋、松兵衛店住、お霜、二十歳。このお霜とかもうす娘がさがす相手じゃ」

はずんだ声で仁兵衛が読みあげた。

「お霜でございますな。安蔵は無宿人で、島原に巣くっていたと思いましたら、一応、一貫町に住居していたのでございますな」

「そんな穿鑿は後まわしでよい。この翌年にも同じお霜が、島送りの安蔵に何か品物を送っていないか確かめるのじゃ。やくざな暮しをしていた安蔵を、堅気になろうと決めさせたのは、女子《おなご》の誠《まこと》ではないかと菊太郎どのがもうされていた。このお霜とやらが、その女子に相違ない。林太郎どの、しかと目を剝《む》いて、あとの帳簿を確かめてみてくれ。よいな」

仁兵衛にせかされ、林太郎も意気ごんで帳簿をめくりつづけた。

島置きの罪人に品物が送られるのは年一回。次の年の帳簿を選び、あわただしく一枚一枚確かめた。

するとまたお霜が、安蔵に袷《あわせ》や足袋を送った記録があり、それは年を追い四度におよんでいた。だが二回目の品書きのなかに、妙な物が記されていた。

「仁兵衛どの。この女物柘植櫛《つげぐし》一筋というのはなんでございましょう」

「なんだといわれても困る。それは文字通り女物の柘植の櫛であろうが」

林太郎に答える仁兵衛の声も、けっして明快ではない。怪訝《けげん》そうであった。

「お霜は安蔵に、なんでこんな品物を送りとどけたのでございましょうな」

仁兵衛にたずねながら、若い林太郎にも女の気持がわずかながら察せられてきた。

島置きの男に自分の想いを伝えるのは、品物か手紙しかない。だが手紙が許されない以上、品物となるが、お霜は自分の気持を、一筋の女櫛に託《たく》したのである。

「なるほど、女物の柘植櫛か。島置きになった安蔵を思うお霜とやらの切ない気持が、ひしひしと伝わってくるようじゃな。こんな品を送りとどけられたら、安蔵とて一念発起して、人生をやりなおそうと決意するだろうよ。安蔵が殺されたいまとなれば、そのお霜が哀れじや」

菊太郎は自分の推測が的中した驚きをかくし、表情を翳《かげ》らせてつぶやいた。

お霜という女性に会ってみたい気持が生じてくると、同心二人に最初からの関わりをのべ、自分が直接当ってみるといい出したのである。

その代り、二人には近くまで同道を許した。

「喜六、そなたも付いてきてくれ」

かれにも供をいいつけた。

「若旦那、袋町筋はこの先どっせ」

方広寺の大石垣を左手にみて、喜六が右の町筋にむかい顎《あご》をしゃくった。

方広寺は豊臣秀吉が創建し、奈良東大寺の盧遮那仏《るしゃなぶつ》を上まわる金銅仏と、華麗な伽藍《がらん》を造立《ぞうりつ》しようとしたが、火災や地変によって途中で倒壊した。その後、淀どのと秀頼母子がたびたび建立につくしたが、やはり災禍にあい、ついに再建はならなかった。

現在、ときどきみられる〈寛文銭《かんぶんせん》〉は、未完成に終った方広寺大仏を鋳潰《いつぶ》して作られたものであり、三条大橋の銅造擬宝珠《ぎぼうしゅ》もこれである。

菊太郎は、喜六が顎で示した町筋を眺めた。

方広寺前は少し高台になり、低い町屋がずっと見渡せた。

その先のほうに鴨川がながれている。

「松兵衛店がどこか、ちょっとたずねてまいれ」

「へい、かしこまりました」

菊太郎に命じられ、喜六は小走りに西に消えたが、すぐまた姿をみせ、数間先からかれを手招きした。

「若旦那、そこを入ったところやそうどす」

喜六に示され、菊太郎はかたわらに目をむけた。

町辻《まちつじ》から一段下がった場所に、古びた町木戸が立っている。

屋根の傾いた見すぼらしい長屋が、人目をはばかるように並んでいた。

そばに大きな樟《くす》の古木があり、長屋の眺めはどこか陰鬱《いんうつ》であった。

「なにか必要があれば呼ぶゆえ、ご両人はここで待っていていただこう」

菊太郎は仁兵衛と林太郎の二人にいい、町木戸にむかい短い坂道を下りていった。

木戸口の脇に板葺《いたぶき》の井戸がみられた。

長屋の者が鶏を放し飼いにしているらしく、赤い鶏冠《とさか》をたらした鶏が、菊太郎と喜六の足許を鳴きながらあわただしく走りすぎた。

長屋は六軒がむかい合っている。

どの家も見すぼらしく、表板戸の一部が、無残に剝《は》がれたままの家もあった。

幼児《おさなご》の泣き声がひびき、念仏を唱える低い声もきこえてくる。

そのうえ饐《す》えた臭いが鼻についた。

絵に描いたような貧乏長屋のたたずまいだった。

「少々、ものをおたずねしますが――」

喜六が気をきかせ、幼児を泣かせている家の表口から声をかけた。

継《つぎ》の当った襦袢《じゅばん》姿の女が、土間から顔をのぞかせた。

油気のない髪、全身から世帯の苦労が匂《にお》いたっていた。

「この松兵衛店に、お霜はんいわはるお人が住んではるはずどすけど、お霜はんのお家はどこでございまっしゃろ」

愛想笑いをうかべ、喜六がたずねる。

中年すぎの女は、かれと後ろにひかえる菊太郎の姿をじろりと眺め、お霜はんとこならこの棟の一番奥どすわと、つっけんどんなものいいで答えた。

奥の部屋で泣く幼児の声が、いよいよ激しくなっている。

諸国を流浪して世間の底をのぞいてきただけに、喉の底からしぼり上げるあの泣き方は、腹をすかせた声だとわかった。

「かたじけない。礼をもうす」

菊太郎は暗い気持になり礼をのべた。

「ごめんなはれ。お霜はんはおいででございましょうか」

教えられた家の表口から、喜六が訪《おとな》いの声をかける。

彼女の家も、他の家とさして変らない貧しさをのぞかせている。

多少ちがうのは、どこかに清潔さが感じられることぐらいだった。

「はい、どちらさまでございましょうか」

なかから澄んだ答えがもどってきた。

顔をみせたのは面やつれした女。薄汚れた地味な着物をつけ、髪の乱れなどに、やはり貧しい暮しの翳がうかがわれた。

「お霜はんはおいででございまっしゃろか」

喜六が奥をのぞきこむ恰好でたずねた。

「うちが、そのおたずねのお霜どすけど」

彼女の答えをきき、菊太郎も驚いた。

お霜は船会所の帳簿によれば、現在二十五歳のはずだが、目前の当人は一見して三十歳すぎにしか見えなかったからである。

粗末な服装や世帯の苦労が、彼女を年齢以上に老けさせているのだ。継の当った前掛けについた、竹の削り屑《くず》をはたいているところからうかがえば、彼女は扇骨作りの内職をしているらしかった。

「あんさんがお霜はんで――」

喜六は辛うじて平静を装った。

「はい、うちがお霜どすけど、どなたさまでございましょう」

「へ、へえ。てまえは姉小路大宮で公事宿をいとなむ鯉屋の手代で喜六といいますけど」

「公事宿の手代はん」

喜六に言葉を返しながら、お霜の目は後ろの菊太郎にそそがれていた。

「お霜どの。わしらは怪しい者ではない。安蔵の身について、そなたに確かめたいことがあり、こうしてたずねてきたのじゃ。一貫町に住んでいた安蔵、そなた存じていような」

菊太郎がかれの名を口にすると、お霜の顔つきが変った。

彼女の目や表情が、安蔵を知っているとはっきり告げていた。

数瞬、たがいが無言になった。

「や、安蔵はんがなにか間違いでも――」

お霜が喘《あえ》ぐようにきき返した。

「い、いや、安蔵がどうかしたのではない。安蔵はここしばらくの間にここへ参らなんだか」

菊太郎は動揺を隠してごまかした。

彼女はまだ安蔵が殺されたことを知らないでいる。

それを目前で怯《おび》えている彼女へ、冷酷に知らせるのがはばかられた。

とっさの判断が、菊太郎に嘘をいわせた。

「お霜、お霜。お客はんがおいでたんか。狭いところやけど、家のなかに入っていただいたらどないや——」

力のない男のかすれ声が、奥からとどいてきた。

お霜の顔に小さな狼狽《ろうばい》がうかび、項《うなじ》をまわし、あとの言葉をうかがった。

「お父つぁんどすか——」

小声で喜六がたずねた。

「へえ、病で寝てますさかい、安蔵はんのお話どしたら、外できかせていただきます」

お霜は明らかに、安蔵の名が父親の耳に入るのを恐れている気配であった。

## 四

鰯《いわし》の頭をちぎって、猫のお百にやる。

ろくに咀嚼《そしやく》もせず、二つ三つせわしく好物の鰯の頭をのみこんだ彼女は、鰯を悠長にかじりながら酒を飲む菊太郎の口許を、顔を上げ、じっと見つめていた。

「若旦那さま、今日も喜六に目明しの真似事をさせはるんどすか——」

今朝、菊太郎に、下代の吉左衛門が不服そうな顔でたずねかけた。

鯉屋の番頭役である吉左衛門にすれば、公事の依頼が多くなる時期でもあり、手代の喜六がほかの事にかかりきれば、店の仕事が留守になる。

苦情の一つもでるのは無理もなかった。

喜六が菊太郎の指図で店を空けるのは、今日で四日目になった。

「ああ、今日も東町奉行所の同心にしたがわせ、目明しの真似をしてもらっている。店の方も忙しいだろうが、吉左衛門、源十郎も目をつぶっていてくれることゆえ、そう渋い顔を見せるではない。これでもわしは、そなたたちに気を遣っているつもりじゃ」

「へえっ、それで気を遣うてはりますのか。わたしには、ちっともそんな風には見えしまへんけどなあ」

　菊太郎の朝寝、朝風呂《ぶろ》、朝酒を見ていたら、誰でもそういいたくなるだろう。

　しかし吉左衛門の口調には、嫌味は匂わなかった。かれはかれで菊太郎の人柄を愛し、それなりにやり取りを愉しんでいるのである。

「吉左衛門。ぶらぶらしているように見えながら、これでも頭の中は必死なんじゃ。前非を悔い、一生懸命、まっとうな道を歩こうとしていた安蔵を、どこのどいつかが無慈悲に殺しよった。安蔵を励まして真人間にさせ、世帯をもとうと考え、病んだ父を抱えて一心不乱に働いているお霜のことを思えば、わしはそなたにも目明しの代りをいいつけ、いまからでも外にやりたいくらいでおる」

「全く、逐一をきけばほんまに胸が切のうなってきますなあ。わたしでもそうしとうおすがな。喜六の奴、岡田さまや福田さまの手足となり、きちんとやってますやろなあ」

　吉左衛門は最後には、不服顔と矛盾《むじゅん》する心配までした。

「喜六は公事について、腕ききになりたいともうすだけあり、なかなか素速《すばし》っこいところをそなえている。いまに吉報をもってくるだろうよ。わしが出かけて、安蔵殺しの下手人を探せばいいのだが、それではご公儀の面目をまる潰しにするでなあ」

　菊太郎の見込みでは、安蔵殺しの下手人は、ほぼ一つに絞りこまれた感じであった。

お霜がその手掛かりをあたえてくれたのである。

彼女は方広寺前、袋町筋の長屋に、菊太郎と喜六をむかえたあと、二人を方広寺の広い境内に案内した。

そこでたずねられるまま、自分と安蔵の関係を率直に打ち明けた。

安蔵は西本願寺脇一貫町に住む桶屋《おけや》の息子だった。

二十歳のときまで、父親の栄蔵にしたがい稼業にはげんでいたが、両親をつづけざまに失ってから、若気の無分別というべきか、島原遊廓を縄張りにする〈かぶき者〉たちと懇意になった。当初は各妓楼《ぎろう》が店前におく天水桶《てんすいおけ》の仕事を一手にまかされ、相当な稼ぎを得ていた。

桶は竹で締める。袋町で長く扇骨作りで暮しをたててきたお霜の父甚助と、安蔵の父親は、竹屋を通して古くから顔見知りで、お霜は小さな胸を痛め、遠くから安蔵の変化を眺めていた。

「桶屋いうたらほとんどが、小店を構えて地味に稼ぐか、それとも棒手振《ぼてふ》りみたいに道具をかついで町中を歩き、人さんから細かい仕事をさせていただき、かつかつに食うていくのが関の山じゃ。島原全部の妓楼から、天水桶の仕事をもろうたら、そら大仕事で懐《ふところ》工合もええやろ。せやけど、そんなもんはいつまでもつづくもんやない。安蔵の奴、いまにならず者に誘いこまれ、稼いだ銭の全部を、かすめ取られてしまうわい。あげくは身を持ちくずし、ならず者に落ちてしまうやろ。わしが島原の仕事から手を引いたほうが身のためやと、いくら意見をいうたかて、あいつせせら笑ってききよらへん。お霜、あいつに色目をつかわれても、絶対、その気になったらあかんのやで」

あるとき、お霜の父親は彼女にいい渡した。

甚助の言葉や素振りから、安蔵との間にそれまで相当なやり取りが交されたようすであった。

数年がすぎると、安蔵は立派なやくざ者になっていた。博奕《ばくち》に誘いこまれ、大きな借金をかかえ、お定まりの道を歩きはじめたのである。

「それでもうちは、安蔵はんがいつか目を醒《さ》まして、真正直なもとの桶屋にもどってくれはると信じてました。そやさかいときどき、お父つぁんにかくれ、一貫町のお店をのぞき、お家の片付けや洗濯などをしてきました。てめえ、女房気取りで余分なことすんなと、安蔵はんからぶたれたこともありました」

そこまでいい、お霜はうっと声をつまらせ、前掛けで顔をおおった。

安蔵が一貫町の家に、島原遊廓のあばずれ女を引きこんでいる。お霜の行為を押しつけがましく思い、安蔵は自分への腹立ちがくわわり、お霜を足蹴《あしげ》にしたこともあったのだろう。

彼女がこらえきれず泣いたのは、こんな光景を思い出したからにちがいなかった。

やがてそんな安蔵に、破局がやってきた。

ならず者仲間に手を貸してくれと頼まれ、素人にひどい怪我をさせたのである。

奉行所ではきびしく余罪を調べられ、大小の悪事がつぎつぎにあばき出された。

本当は気の小さい優しいお人なんどす。それはこのうちが一番よう知ってます。あのお人がやった悪さは、廓《くるわ》の仲間に誘われ、しょうことなしにしたことにちがいありまへん。安蔵はんの吟味がすみ、お奉行所から島送り四年のお裁きをうけました。いよいよ島送りになるとき、うちはお父つぁんに内緒で、二条高瀬川の船会所の土間で、安蔵はんに会うことがでけました。そのとき安蔵はんは、島から生きて帰れたら、きっと真人間になり、もとの桶屋にもどるとうちに誓わはりましたのや。その決心を堅く持ちこたえてもらうため、うちは年に一度、安蔵はんに着物や足袋を送り届け、四年待ちつづけたんどす。お父つぁんが胸を患ろうて寝付いたのは、安蔵はんが島送りになってから二年目。うちは堅気になった安蔵はんと世帯をもつため、一生懸命頑張ってきました。ところがお父つぁんは、そんなうちに反対し、安蔵はんがやっと許されて島から京にもどり、長屋にたずねてきはった一年前でも、病んだ身体《からだ》で大声をあげて罵《ののし》り、家の敷居を一歩もまたがらさはらしまへんどした」

「お霜はん、お父つぁんが泣いて娘と世帯なんかもたされへんいわはるのも、わしがやってきたことを考えれば、無理ないと思うわ。なにもかも悪いのはこのわしや。せやけど、わしははいそうどすかとこのまま引き退《さが》らへんで。わしは暑いにつけ寒いにつけ、隠岐島でお霜はんのことだけを必死に思うてきた。このままで死ねるかい。どうしても生きて京にもどり、まっとうな人間になって、世間さまの前にもう一度顔を出せるようになり、お霜はんと世帯をもつのやと決めてきたんや。半年、いや一年、ついでだと思うていまのまま、このわしを辛抱して待っててくれへんか。そしたらきっと、天秤棒《てんびん》をかついだ町廻りの桶屋にでもなって、今度はお父つぁんが渋々でも世帯をゆるしてくれはるように頑張ってみるさかい。それには小店を借りる銭のほか、なにかと物要りやよってに、とにかくわしは一年の間働きまくるわ。そうや、一年後の今月の今夜、立派に生れ変ったわしを迎えに、五条大橋のまん中まできてくれへんか」

今月の今夜とはちょうど中秋、八月十五日を指している。

安蔵はやつれた顔に堅い決意をにじませ、お霜の両手をにぎりしめた。

彼女が安蔵と再会を約した中秋は、もう六日後だった。

お霜の一途な話をきくにつけ、菊太郎は彼女に、安蔵が実は殺され、賀茂川にすてられていたことをいいそびれてしまった。

いま本当のことを軽々しく語れば、彼女がなにを仕出かすかわからないと案じられたからである。

「去年の末、嵯峨野《さがの》の石屋にやとわれ、一生懸命働いていると、安蔵はんから連絡がありました」

「その嵯峨野の石屋とはどこじゃ」

菊太郎が生唾《なまつば》をのみこみたずねたのは、もちろんであった。

しかしお霜は、首を小さく横にふった。

自分の決意をひるがえさないためと、再出発を意志堅固に行なうためにも、安蔵はいま働いている場所を明かさなかったのである。

「やっぱり、安蔵はんになにか変ったことがあったんどすか」

お霜は顔を曇らせ執拗《しつよう》にたずねたが、菊太郎も喜六も、心配することはない、ただ公事宿としてききたいことがあるだけだとしか答えなかった。

「若旦那でも、あのお霜はんの一途さをみて、安蔵はんは殺されはりましたなどと、とてもいえしまへんわなあ。うちはなんや、目の奥がじわっと熱うなってきよりましたがな」

お霜の哀れにつき動かされたのか、今日も喜六は、岡田仁兵衛や福田林太郎にしたがい、嵯峨野の石屋を一軒一軒調べている。

安蔵が働いていた石屋が判明すれば、そこから下手人につながる糸がたぐり寄せられるはずであった。

菊太郎はまた膳《ぜん》の鰯をつかみ、焦げたその頭をもいだ。

お百が目を輝かせ、右前脚をかいてかれをせついている。

「わ、若旦那、えらいことどすわ。急いできておくんなはれ」

このとき喜六が息をきらせ、離れにとびこんできた。

「喜六、いかがしたのじゃ」

鰯の頭をお百にくれてやり、菊太郎が顔をあげた。

「わ、わかりました。安蔵が働いていた石屋がわかりましたのやがな。それが同時に思いがけない幕引きとなりよったんどすわ。まあ嵯峨野の番屋に行きながらご説明しますさかい、ともかく、うちが乗ってきた駕籠できておくんなはれ」

嵯峨野の天竜寺《てんりゅうじ》近くにもうけられた番屋に到着するまで、駕籠脇を小走りしながら喜六の語ったところによれば、安蔵が働いていたのは、法輪寺《ほうりんじ》門前の「阿波屋」という石屋。かれは名前も卯之助と変え、島帰りの身であることや、以前は京で桶屋をしていたことなどを、いっさい隠していたという。

阿波屋は天竜寺や大覚寺《だいかくじ》など、嵯峨野に散在する大小の寺院のご用をうけたまわり、相当手広く、墓石のほか石垣積みなどを委《まか》されていた。

ところが主《あるじ》の長右衛門は、欲の深い業突《ごうつく》張り。住みこみの安蔵が陰日向《かげひなた》なくよく働くのをみて、なにか理由《わけ》があるのかと猫なで声でたずねた。

人間のやさしさに飢えていた安蔵は、迂闊にも左腕の入れ墨をみせ、島帰りだと明かし、お霜との約束を語ってしまった。

「ほなら銭を大事にせなあかんがな。おまえが給金持っていたら、またしょうもないことに使うてしまうかもしれへん。よっしゃ、おまえが持ってる銭と、これからの給金は、全部わしが預かっておいてやろう。一年がきたら、それに利をつけてもどしたるさかいなあ」

阿波屋長右衛門は、それから安蔵をこき使った。

そして今月に入り、安蔵が暇をもらいたい、預かってもらった銭を返していただき、小さな店を借り桶屋をはじめたいともうし出た。

いざその時がきたら、安蔵になにかと因縁をつけ、一文も給金を払わず追い出そうと目論んでいた長右衛門は、当然、安蔵に居直った。

そのすえ手こずり、ついにかれを縄で絞め殺してしまったのである。

「奉行所の旦那方とわしが阿波屋をたずねると、手が廻ったと早とちりしたのか、長右衛門の奴が、顔色を変えていきなり逃げだしよりましたんや。奴は安蔵の死体を大堰川《おおいがわ》に捨てたら足がつくと考え、荷車に積み、わざわざ賀茂川の上流まで運んで投げ込んだんどすわ。弱い立場の人間を食いもんにする奴は、ほんまに八つ裂きにしとうおすなあ」

天竜寺の番屋に到着すると、後ろ手に縄をかけられた阿波屋長右衛門が、土間にうなだれて坐っていた。

「さっそくお運びいただき、かたじけのうございまする」

土間の縁《えん》から、岡田仁兵衛が立ち上がった。

菊太郎は刀の鐺《こじり》で、乱暴に長右衛門の顎を上むかせた。

安蔵の無念とお霜の嘆きを思えば、一閃《いっせん》をあびせかけたかった。

中秋八月十五日は、二日後にせまっている。

夜の橋に立ち、お霜は名月を仰ぎながら、安蔵を待ちつくすだろう。

——わしはいったいどうすればいいのじゃ。

菊太郎は暗澹《あんたん》として両目をふさいだ。

# ばけの皮

一

「夢見が悪い、再度のご吟味をやと――」

「いや、八戸屋《はちのへ》の米蔵《よねぞう》夫婦は、再度のご吟味をともうしているのではありまへん。夢見が悪いさかい、一度だけでも子供に会えるように、お取りなしを願えませんやろかというてますのやがな」

「お取りなしをというたかて、それやったら、お奉行所に再度のご吟味を願いあげてくれと頼んでいるのと同じやないか」

外からもどってきた公事宿《くじやど》「鯉屋《こいや》」の源十郎が、下代《げだい》（番頭）の吉左衛門と帳場でやり合っている。

主《あるじ》源十郎の帰りを待ちかまえていた吉左衛門が、すぐさま公事訴訟人に関わる問題をもち出したのだ。

京の町では木枯しが吹きはじめ、東山の峰々もすっかり紅葉を終《お》えている。

ぐっと冷えこめば、鞍馬《くらま》あたりなら雪が散らつきそうな日だった。

「一旦、東町奉行所から一件落着《らくちゃく》とお裁きをいただいた公事に対して、再度のご吟味ではないにしても、改めてお取りなしをと軽々しく願えますか。吉左衛門、おまえこの鯉屋で、何年帳場を預かっているのやな。夢見が悪いくらいの理由で、ご吟味でもお取りなしでも願えしまへんやろ」

虫の居所が悪いとみえ、源十郎がずけずけと吉左衛門を叱《しか》りつけた。

「そやけど旦那《だんな》さま――」

吉左衛門が主になにかを広げてみせたようすで、源十郎の叱り声があとつづかなかった。

「二人ともいい歳をして、いったい何を諍《いさか》っているのじゃ。それこそ人聞きが悪い、少し外聞をはばかったらどうじゃ」

厠《かわや》から出てきた田村菊太郎《きくたろう》が、二人の声をききつけ、奥と店の間に掛けられる中暖簾《なかのれん》をかき上げ、ひょいと顔をのぞかせた。

その顔の目がおやっと大きく見開かれた。

吉左衛門が切餅《きりもち》二つ、合わせて五十両を、膝許《ひざもと》に広げた袱紗《ふくさ》の上にのせていたからである。

源十郎が急に沈黙したのもこれだった。

「おい源十郎、そなたもまことに現金な奴《やつ》じゃな。吉左衛門に浴びせていた小言《こごと》も、切餅二つを見せられたらもう仕舞いか。なるほど金子《きんす》の力とは恐ろしいものじゃ」

「若旦那、無茶いわんときやすな。わたしかてこの鯉屋の看板を、人助けであげているわけやおへん。商いとして公事宿をしてたら、銭勘定もせななりまへんがな。奉公人に給金も出し、お飯《まんま》も食わさななりまへん。早い話が、若旦那はどこでお飯を食い、お酒を好き放題飲みやしてはるんどす。わたしかて綺麗事《きれいごと》いうてられしまへんのやわ。そうどっしゃろ」

　源十郎は坐《すわ》ったまま菊太郎を見上げ、微笑しながら辛辣《しんらつ》な言葉を叩《たた》きつけてきた。

「これは見事に一本取られた工合じゃ。まことわしでも金子には弱い。時と必要しだいで、心までそれで売ってしまうわなあ。その切餅二つ、いずれわしの食い扶持《ぶち》や酒になると思えば、二人がなんで諍っているかは知らぬが、わしも一つ相談に乗らねばならぬな。まあ、わしの部屋にきたらどうじゃ」

　五十両の金子を目前にした菊太郎は、主従二人の話がよほど大事なことだろうと察しをつけ、離れに源十郎をうながした。

「吉左衛門、店先でこみ入った話もできしまへん。若旦那の部屋にいきまひょか」

かれは急いで切餅を袱紗に包み、床《ゆか》から腰をうかせた。

つぎに、広い土間にひかえ、聞き耳をたてている手代の喜六や小僧の佐之助に、しっかり店番していなはれときつい声で命じ、菊太郎のあとにつづいた。

　前をいく菊太郎とかれの間を、猫のお百《ひゃく》がすました様子で歩いている。

　どうやらお百は、厠にたった菊太郎に付いていき、店先から今度はまた離れにもどるつもりらしかった。

「若旦那、お百を上手に手懐《てなず》けてしまわはりましたなあ。主のわたしにかて、まるで他人を見るみたいにしまっせ。鯉屋の主はわたしやいうのに、けったくその悪い猫どすわ」

「猫ぐらい手懐けたとて、なんの良いことがあるものか。せめてこいつが化け猫なら、南座《みなみざ》か北座でひと稼ぎできるものになあ」

菊太郎は離れの居間に坐ると、お百をひょいと膝に抱えあげた。

中庭で南天の実が赤くなりかけている。

「源十郎、それで再度のご吟味とかお取りなしとはなんのことじゃ。五十両の手付とは、およそ並ではないな」

すかさず菊太郎がたずねかけた。

「そうどすがな。鯉屋に泊ってもらい、公事（訴訟）を一つ片付け、高目に代金をいただいたかてせいぜい十両。やれ目安（訴状）や、相手に差紙《さしがみ》（出頭命令書）や、介添えとしてお白洲に出頭したかって、そんなもんどすわ。それにくらべたら、五十両は手付金でのうて全額にしても大金どすわ」

下代として働く吉左衛門の給金は年五両、手代の喜六は三両三分、これに比較しても大変な金額であった。

「旦那さま、八戸屋の米蔵はんは、五十両は半金、あとの半分はまた後《のち》ほど払わせていただきます、それからほかの費用は、どれだけでも出させてもらいますとおいいどした」

「すると全部で百両か。源十郎に吉左衛門、されば厄介な大仕事じゃな」

「いいや、それが考えようによれば、たいした事ではありまへんのや。この夏、昔貰《もら》い子にだした子供をどうしても引きとりたい、もともと暮しが楽になったら、返してもらう約束やったといい、相手を奉行所に訴えでた出入物《でいりもの》（民事訴訟事件）を扱いましたやろ。あれのつづきどすがな」

「おお、そういわれれば、そんな依頼人があったな」

「東町奉行所のご裁許（判決）は、公事をおこした八戸屋はん夫婦に、負けを下《くだ》しましたわな。いくら店が繁盛して世帯がようなっても、生れて間もない子をよそに貰い子にだし、そこで育ててもらい、今では八つにもなっている。育ての親の気持も察してやらねばならぬとのお沙汰《さた》どした」

鯉屋の源十郎は、この夏、自分が引きうけた公事を思いだしながら、菊太郎にいった。

八戸屋米蔵は、三条富小路《とみのこうじ》で海産物問屋の店を構えている。

ここに店を設けたのは一年前だが、仕入れ先の梃入《てこい》れが大きいのと、昆布や鰊《にしん》といった商品の品質が良く、しかも安価であるため、評判をめきめき上げている商人であった。

かれは八年ほど前、四条東洞院《ひがしのとういん》のやはり海産物商「越後屋」で、手代として働いていた。しかし店の女中お園と深い仲になり、家中の取り締りにきびしい主総兵衛から、二人そろって暇を出された。

米蔵とお園は、仏光寺《ぶっこうじ》脇《わき》の裏店《うらだな》で世帯をもち、新しい暮しをはじめた。だが二人が越後屋から暇を出された男女とわかると、新規の奉公先はすぐ米蔵を解雇した。

そんなとき、越後屋に奉公していた頃《ころ》顔馴染《なじ》みだった東北八戸藩の京屋敷詰めの老武士から、夫婦そろって八戸のお城下にきて、商いをしてみないかと誘われた。

当時、全く生活に窮していた米蔵とお園の夫婦は、このままではどうにもならないとして、八戸行きを承知した。

だが問題は、生れて数カ月しかたたない女の赤ん坊だった。

八戸藩の武士は、米蔵の商品流通の才覚を、藩財政に生かしたいと考えて誘ったのであり、夫婦が力を合わせ、酷寒の異郷で懸命に働かなければならないとき、赤児は当然足手まといになった。

「この子を夏でも寒いといわれる陸奥《みちのく》の八戸へ連れていき、やがては死なせてしまうより、どこぞで貰うていただき、育ててもらうのがえぇのとちがうやろか。八戸へ行ったかて、ほんまのところ、どうなるかわからへん。一家三人が、どん底で首をくくらなあかんかもしれへん。それより、この子だけでも京に置いていくのが、思案かもしれんなあ」

赤児の名前はお鶴といった。

幸い八戸藩の老武士から、支度金として四両の金子を渡されていた。

そこで米蔵とお園の夫婦は、二日一晩考えつづけたすえ、長屋に住む仏具職人留吉の世話で、お鶴に養育料として三両の金子をつけ、貰い子にだしたのである。

ところが約六年たって、状況が一変した。

八戸藩領で篤実、勤勉を認められた米蔵は、海産物を商う近在の人々から、国産品の販売を委《まか》すゆえ、京にもどり店を出さないかと相談をもちかけられ、故郷に錦《にしき》をかざるようにして帰洛《きらく》したのであった。

京に帰ってくると、七年前、生活苦から貰い子にだしたお鶴の消息がまず気にかかった。

八戸へ行ってから生れた女の子が、両親のそばで幸せに暮しているのを毎日見るにつけ、お鶴のことが夫婦の苦しみになってきた。

「お鶴の右の目の下には、小さな黒子《ほくろ》がありました。あれは泣き黒子どす。あの子が泣いて暮しているのやないかと思うと、うちは食べ物が喉《のど》に通らしまへん」

お園は米蔵に訴えた。

そこで昔住んでいた仏光寺脇の長屋を訪れ、留吉にお鶴の貰われ先をききだし、彼女を返してほしいと掛け合ったのである。

お鶴の貰われ先は、京の西のはずれに大きな伽藍《がらん》を置く一宗の大本山「青山寺《せいざんじ》」に仕える寺侍《てらざむらい》影山大炊《おおい》だった。

もちろん米蔵夫婦は、百両二百両でもお礼はするともうし入れた。

しかし影山大炊は頑《がん》として首を縦にふらなかった。

「お鶴はわが家の子として大事に育ててきましたさかい、今更、親や、返せもどせといわれたとて、絶対に返しませんぞ。無茶をもうしてはならぬ」

手厳しくはねつけられた結果、米蔵夫婦は公事宿鯉屋を通じて、東町奉行所に訴状を提出した。そして影山大炊との間に、対決（口頭弁論）と二度の糺《ただし》（審理）が行なわれたすえ、無法なもうし出として敗訴をいい渡されたのであった。

あの裁許からまだ数カ月しかたっていなかった。

「若旦那、一度だけでも子供に会えるようお取りなしをというてますけど、これはやっぱり、再吟味してもらいたいいう腹どすわなあ」

源十郎は膝許の五十両を改めて眺め、菊太郎に意見をもとめた。

「あと金を合わせて百両の大金となれば、それに相違なかろう。お鶴とかもうす子供を貰い子にだしたとき、返してもらえる身分になった折には、それ相当の養育料を払って返す約束をしたと、米蔵はいい張っていたが、寺侍の影山大炊は、そんな約束など交した覚えはないともうしていたな。合わせて百両の金子は、この鯉屋に撒《ま》くところには金を賂《まいない》としてでも撒いてもらいたいと、再吟味を依頼してきたのだろう。金子の額、ほかの費用も出すというところから、それしか考えられまい」

菊太郎はお百の喉を撫《な》でながら答えた。

京には、寺院に仕える武士がたくさんいる。

ただし、これは江戸幕府が正式に許可したものではなく、高い格式と豊かな財力をそなえる寺院にかぎられ、門跡寺院以外、武士の扶持は許されなかった。

そのため西本願寺は、姻戚《いんせき》関係をもつ九条家から武士の派遣を受けた形をとり、東本願寺は近衛家、専修寺《せんじゆじ》は有栖川《ありすがわ》家とそれぞれ恰好をつけていた。

だがこれは名目にすぎず、青山寺や東西両本願寺ではそれぞれ数百人の寺侍を抱え、法主や門主の警固、行列の供奉《ぐぶ》に当らせていた。

かれらは、寺務を統轄する〈坊官〉の次の位の諸大夫の許に置かれ、普通の武士並みに両刀を帯びていた。そして中《なか》小姓組、御仲居組、御歩行《おかち》衆、番方中、御鑓《おやり》組などの組に分けられ、伽藍のまわりに、二百坪ほどの屋敷を与えられ住んでいたのである。

禄高《ろくだか》は中級の武士で十石前後、多くはないが、軍役がないため十分やっていけた。

それにしても影山大炊は、どれだけ大枚の金子を積まれても、貰い子のお鶴は手放さぬと返答している。

かれは金銭に淡白で、高潔な寺侍なのであろう。

奉行所が一旦裁許を下したものに対して、再吟味を求めるには、よほど有力で新たな証拠がなければならない。高潔な影山大炊について、八戸屋米蔵は証拠を捏造《ねつぞう》してでもと、鯉屋に依頼しているわけになる。

「夢見が悪いとはなんどっしゃろ」

下代の吉左衛門が二人にたずねた。

「それはおそらく、お鶴の夢を見てのものやろ。親の身になれば、そら夢見が悪いやろな。ともかく、わしが留守やったとはいえ、下代のおまえが半金を受けとったからには、わしが八戸屋はんに直々会うて、これからの思案をつけななりまへん」

源十郎は方針を固めた口調でいった。

二

昨夜から急に冷えこんできた。

朝、京の空は青く冴《さ》え冴《ざ》えと晴れていたが、その分だけ冬の到来を強く感じさせた。

朝寝坊をした菊太郎は、独り台所に坐り、小女《こおんな》のお杉が温めてくれた蜆《しじみ》汁で朝食をとっていた。

お杉が鰯《いわし》の干物を焼き、膳《ぜん》にそえてくれた。

頭を千切り、膝許のお百にくれてやる。

いつもこうだが、ときにはお杉が眼を離した隙《すき》をみて、丸ごと一匹与える。

「若旦那さま、うちは猫にやるため鰯を焼いてまへんのえ。お店さまかてきっと小言をいわはりますわ。お店さまや喜六はんが、猫のお百なんかかまわんと、人の恰好《なり》した綺麗な女子《おなご》はんでも可愛がらはったらええのにというてはりまっせ。若旦那さまやったら、どんな女子はんでも付いてきはりまっしゃろ」

干物を丸ごとお百にやり、お杉から可愛らしい眼でにらまれ、ずけずけ言われた。

以来、菊太郎は居候の分《ぶん》を守るため、お百に与えるものにも気をつけている。

「今朝の蜆の味噌《みそ》汁は、ことのほか旨《うま》い」

汁をすすり終え、蜆を一つひとつせせりながら、菊太郎は前に坐るお杉を褒《ほ》めた。

「まだ残ってますさかい、お代りをよそいまひょか。その蜆、近江の瀬田《せた》から売りに来よりますねん」

「近江の瀬田の蜆売りか。ずい分早起きして京までくるのじゃな」

「へえ、今時分はひと稼ぎして、瀬田にもどってはりますわ」

彼女ははきはきいい、台所の土間に下りていった。

お杉からどれだけ皮肉な言葉を浴びせられても、不思議に腹をたてることはない。彼女に悪意はなく、言葉とは裏腹に、痒《かゆ》い所に手がとどくほど、何かと自分の身のまわりに眼を配ってくれているからであった。

「若旦那、お目覚めどすか」

お杉が味噌汁の椀《わん》を盆にのせ、再びかれの前に運んできたとき、手代の喜六がふと顔をのぞかせた。

鯉屋の印半纏《しるしばんてん》をはおり、前掛けがなかった。

「これからどこかへ出かけるのか」

「へえ、牢《ろう》屋敷の預かり人に届け物を差し入れ、それから鯉屋の番どすさかい、今日は東町奉行所に詰めななりまへんのやわ。ご本家の若旦那さまに、何かご伝言がおしたらお伝えしておきまっせ」

喜六はかがんだ姿勢で、菊太郎の返事を待った。

町奉行所には、「公事宿詰番部屋」が設けられている。公事宿仲間は、訴訟処理の円滑のため、毎日、東西両町奉行所に詰番を一人ずつ出していることは、前にのべた。

二条城や東西両町奉行所に近い姉小路、三条通り界隈《かいわい》は、司法制度の一端につらなる公事宿がたくさん店を構えるいわば特殊地域だった。

京の町の人たちも特別な目で見ていた。

「銕蔵《てつぞう》の奴に言伝《ことづけ》か。いまのところこれといってないなあ。親父さまのご容体は相変らず。まあ顔でも会わせたら、兄貴のわしが、子供はまだ生れんのかとたずねていたとでももうしてくれ」

きのうの八戸屋米蔵夫婦の依頼を、頭にうかべたからであった。

異腹弟田村銕蔵の妻奈々《なな》の父、播磨屋助左衛門に、料理茶屋「重阿弥《じゅうあみ》」で一席設けられたのは、この夏の送り火の日だった。

「若旦那がお子はまだかとおたずねどしたと、いうておけばええのどすな」

「ああ、それでよい。銭がたまったらまた無心いたすつもりじゃとでも付けくわえておけ」

「質《たち》の悪い冗談をおいいやすな」

「あいつのお役目熱心をみると、夜もゆっくりしておるまい。奈々どのも懐妊どころではなかろう。わしには奉行所同心組頭の役目など、とうてい勤まらぬわ」

菊太郎は田村家を継いだ弟銕蔵についてもらした。

「それだけは確かにいえてます。若旦那が奉行所にお勤めやしたら、毎日、なんやかんやの騒動どっせ。この鯉屋の居候でおいやすのが一番どすがな」

「こいつ——」

菊太郎が喜六をひとにらみすると、かれはすかさず「それでは」の言葉を残し、素早く店の間にとびだしていった。

「粗相《そそう》のないようにやってきなはれや」

帳場から喜六を送りだす吉左衛門の声がきこえてきた。

このあと菊太郎は、自分に与えられた離れにもどると、一日中、鯉屋が扱ってきた事件の目安や裁許書などを読んですごした。

土地や財産についての争い、商取引の紛争。出入物としてはじまった事件が、調べがすすむにつれ、吟味物（刑事訴訟）に切りかえられる場合もみられた。

どれ一つをとっても、その底にはどろどろした人間の欲と色がからんでいる。

かれは印象に残った事件の概略裁許を、そのつど冊子にひかえていた。

なんのために手控えを取っているのか、菊太郎は自分でもはっきりした目的はもっていなかった。しかしこれがやがて何かの役に立つはずであり、まずもって犯罪詮議《せんぎ》の参考になるほか、鯉屋の事件簿だけにはなる。

かれの胸裏には徳川八代将軍吉宗のころ、京都町奉行所の与力を務めていた神沢《かんざわ》貞幹の事跡が、いつも刻まれていた。

神沢貞幹（杜口《とこう》）は二十歳のころ、養父の後を継いで与力となり、二十年奉行所に奉職し、四十歳をすぎてから病気を理由に致仕《ちし》した。

かれが与力の職にあったなかで大きな出来事は、延享《えんきょう》三年（一七四六）十二月、三十七歳のとき、有名な盗賊日本《にほん》左衛門《ざえもん》の一味中村左膳を、京から江戸まで護送したことだ。

奉行所を致仕してから八十六歳で死ぬまでの約四十年間に、かれは役職についていた頃の事件や体験、また上下貴賤《きせん》の生活や、おりおりの考えを記した『翁草《おきなぐさ》』二百巻を完成させた。

この『翁草』は、現代でも江戸期の代表的な随筆として高く評価され、四百字原稿用紙にすれば約一万枚の大作。森鷗外《おうがい》はこれを資料にして、名作『高瀬舟』、『興津弥五右衛門《おきつやごえもん》の遺書』を書いている。

ここに記された貞幹の生活訓は、会社組織の歯車として日々あくせくさせられている現代のサラリーマンには、実に示唆《しさ》に富んでいる。

かれは「余技」をすすめ、役目を長持ちさせるには「気分の転換」が大事といい、何事もやりすぎるのは怪我のもとで、よくないと訓戒を垂れている。

——譬《たとえ》ば公務といへ共《ども》、余り心を委過《つぶさにすぎ》て、物に凝滞する時は、精神昏《くら》く成《なり》て理義に惑ふ。

然るを其夜一転して気を養へば翌日心爽朗と成《なり》て、昨日の朦朧灑然《もうろうしゃぜん》と晴渡り理義分明に成事多し。気は己が物なりとて、用捨《ようしゃ》なく遣《つか》ふは無理なり。強《し》ひて遣へば病を生ず。気をいたはり養ふも公務の一つ。されば公務を常として、出来栄《できばえ》もせず、越度《おちど》もなきがよし。出来《でか》したがり誉《ほめ》られたがるは、皆求たる私なり。故にえては怪我をする。

また貞幹は、歩くことが壮健の源だとのべ、八十歳になっても日に五里七里を歩いたという。『翁草』には老いをいかに生きるかの知恵が随所にうかがわれる。

人生は芝居ではない、二幕目はない——といったのは、確か太宰治だが、神沢貞幹は『翁草』のなかで、「生涯皆芝居也」と先駆的な言葉を吐いている。

この神沢貞幹は、菊太郎が身近な人として敬愛する一人。自分もいつか改めて筆硯《ひっけん》にむかい、『翁草』に似たものを著わしてみたい。かれの意識の底には、こんな気持が隠されていたのであった。

「若旦那、行灯《あんどん》に火を点《とも》さな暗うおすがな」

喜六が東町奉行所の公事宿詰番部屋からもどり、離れをのぞいて菊太郎に声をかけたのは、七つ半（午後五時）をすぎたころだった。

「おお喜六、もどってきたのか——」

小机にむかい書きものをしていた菊太郎は、喜六の声で、周囲が薄暗くなっているのに初めて気付いた。

「何を夢中でやってはりますのやな。外にも出んと、家んなかに籠《こも》ってばっかりいてはっては、身体《からだ》に毒どすえ。お杉も気のきかん奴ちゃ」

喜六はぶつくさいい、有明《ありあけ》行灯のそばに寄り、火打石を鳴らして火を点した。

「若旦那、もういい加減にやめときなはれ。わしにお酒のご相伴をさせておくれやすな」

かれは立ち上がって台所にむかい、若旦那がお銚子《ちょうし》を一本付けてくれいうてはりまっせと、勝手に大声をかけた。

「若旦那さまやのうて、喜六はんがお飲みやすのやろ。また若旦那さまを出《だ》しに使うてからに」

お杉がふくれっ面ですぐ銚子を二本運んできた。

鯉屋の源十郎とお多佳《たか》の夫婦は、下代の吉左衛門や手代の喜六が、菊太郎の居間に入りびたっても、悪い顔を見せることはなかった。

これも奉公人の修業のうちと心得ているのである。

「まあ一ついきまひょうな」

喜六は日安や裁許状を片付け、身体を自分の方にむけた菊太郎に、銚子をさし出した。

「今日は詰番でご苦労だったたな。一日中、あの部屋に坐らされていては、気骨が折れるだろうよ」

「へいな、商いが大事どすさかい、与力や同心衆に頭ばっかり下げ、首が痛うなりましたわ。ご用をいいつけられたら、手落ちのうせななりまへんやろ」

「だから気疲れを癒《いや》すため、お杉もこうして余分に銚子を付けてきてくれた。だが奉行所の詰番をしていると、何かと役に立つだろうよ。そなた、やがては公事宿株を手に入れ、独立して店を構える望みをもっているなら、あれも修業の一つじゃぞ」

「若旦那、ようわかってますがな。愚痴《ぐち》ってますけど、わしかて決してぼやっと詰番部屋に坐っていいしまへんで」

「それで今日はどうだった」

「奉行所は相変らずごたごたしてましたわ。ご本家の若旦那さまにお会いしましたけど、昼間、下っ引《したぴ》き（岡っ引き）が殺しを知らせてきて、若旦那さまは上京《かみぎょう》の船岡山《ふなおかやま》へ飛んでいかはりましたわ」

喜六は菊太郎が注《つ》いだ酒を二つたてつづけに空け、銕蔵の動きに触れた。

「船岡山で殺しか。してその殺しはどんなんじゃ」

「まだはっきり調べがついてへんそうどすけど、船岡山近くの竹藪《たけやぶ》道で、二十五、六の女子が、匕首《あいくち》で一突きされ死んでたんどすわ。ご本家の若旦那さまのお調べによれば、殺されたんは島原遊廓《ゆうかく》で年季奉公していたお久とかいう女子で、この秋口、三条両替町《りょうがえまち》で小間物屋を営む『高島屋』の隠居《いんきょ》に身請《みう》けされ、西陣の笹屋町《ささやちょう》に一軒構えさせられてたいいますねん」

「商家の隠居に身請けされたとは幸運だが、ならば廓《くるわ》奉公のときにからむ情痴のもつれではないかな」

「へえ、ご本家の若旦那さまもそう見当をおつけやして、お久が奉公していた妓楼《ぎろう》を当らはりましたけど、お久は朋輩《ほうばい》のお女郎衆や客の受けも良く、これというて、目星になる性悪《しょうわる》な情人《いろ》も付いてまへんどした。円満に退廓して揉《も》め事は一切なし。お久を身請けした高島屋の勘兵衛も、店は息子にすっかり譲り、お久の身請けも、息子の総吉がお父はんの幸せになり、余生が楽しく送れるんやったらいい、自分で諸事万端計らったそうどすわ。情痴のもつれとは考えられしまへん」

「するとこれは物盗りの犯行かな」

「その線でお調べが進みまっしゃろけど、そのお久には廓奉公する前に産んだ子供が一人おり、高島屋の隠居が貰い子に出されていたその子を、引き取って育ててもいいとうなずいた矢先の出来事やいいますがな。年寄りに身請けされ、あっちの方はちょっと辛抱せなりまへんけど、手離した子供を引き取って一緒に暮せるいう間際《まぎわ》、何者かに殺されるとは、お久も不憫《ふびん》どすなあ。それにしても、船岡山みたいな寂しい所に、お久はどうして出かけましたんやろ」

喜六が一気に語る被害者の生活歴に耳をかたむけ、菊太郎は何か腑《ふ》に落ちないものを感じた。

きのうは八戸屋米蔵夫婦の子供についてきかされ、今日は廓奉公をしていた母親の哀しい死である。

偶然の一致にしても、どこか訝《いぶか》しかった。

「喜六、ちょっとたずねたいのだが、おまえが知っているだけで、身のまわりに貰い子にだしたとか、貰い子をしたとかいう話はどれくらいある」

「貰い子でっか。そりゃあ若旦那、数えだしたらきりがおまへんで。貧乏人の子沢山いいまっしゃろな。世の中には子供ができたかて、育てとうても貧乏のため育てられへん親が、星の数ほどいてますわいな。口減らしいうてはなんどすけど、なんぼかの養育料を子供に付け、泣く泣く人さんにくれてやる親は仰山ありまっせ。わしの知っているだけでも、あっちこっち数えれば、十四、五人おますかいなあ。そやけど貰い子は、乳や食い物が小《ち》ちゃ《い》な子供の身体に合わへんのか、すぐに死んでしまういいますなあ」

喜六は貰い子の早死に、さして不審を感じない口調で答えた。

「貰い子は早死いたすのか――」

「へえ、人さんの子を育てるのはやっぱり大変どっしゃろ。実の親なら、子供の気持や身体の工合かてなんとなくわかりますけど、養育料をもろうて育てる他人さまでは、情《じょう》もなかなか移りまへんやろしなあ」

かれには、菊太郎が何を考えて自分に貰い子についてたずねるのか、まだわからなかった。

日本だけでなく、捨子や貰い子の風習は、世界各国、どの時代でも検証できる。

さまざまな理由により、親は子を捨てたり、また貰い子にだしたりした。

主な理由は貧困と災害。親は路傍に人の憐《あわ》れみと慈悲をもとめ、子供を遺棄《いき》したのだ。

中世から江戸時代にかけ、封建的地主層が存在した社会や地域では、捨子や貰い子も将来、譜代下人、家の子として労働力となり、価値が生じるため、生存が保証される余地があった。

ところが江戸、大坂、京都といった都市にはこれがなく、施設が不幸な子供を収容した。

昭和の初期頃まで、都会では捨子は珍しくなく、貰い子も同じだった。

この二つの不幸に、もう二つ子供にとって過酷な堕胎と嬰児《えいじ》殺しが、日本の社会には日常化していた。これも理由は経済的要因だった。

だが民俗学的には、堕胎と嬰児殺しは、捨子、貰い子と同格に論じられないそうだ。母胎に宿る子や生れて間もない嬰児は、まだ聖なる闇《やみ》と現世の中間に位置する存在と考えられ、堕胎や嬰児殺しは、共同体を守るため〈他界《たかい》〉へ返す意識があったからである。

「ところで若旦那、わしに貰い子の話をわざわざきかはったりして、何を思案してはりますねん」

喜六はようやく何かに気付き、菊太郎に眼をすえた。

「いや、ちょっと考える次第があってな。ところでおまえが奉行所からもどるとき、弟の銕蔵はどうしていた」

「へえ、今夜も聞きこみに出かけなあかんいうてはりましたけど、それがどうかしましたんか」

「夢見が悪いのと、船岡山の竹藪——」

菊太郎は盃《さかずき》を手にもったまま首をかしげた。

三

形が笹《ささ》の葉に似ている。

身付きが厚くも薄くもなく手頃で、ほんのり肌色がかり、見た目も雅《みや》びであった。

「ほう、これは若狭の笹鰈《ささがれい》じゃな」

鴨川《かもがわ》ぞいの料理茶屋重阿弥の奥座敷で、菊太郎は銚子を膝にかかえた仲居につぶやき、一《ひと》箸《はし》身をつまんで口に入れた。

「やはり、若狭の鰈はお味がちがいますか」

「ちがうどころか、ほかの土地の鰈は、若狭の物にくらべると、似て非なるものばかりじゃ。身がぽってりと厚く、どことなく水っぽい。味にしまりや濃《こく》がないのじゃ。同じ鰈でありながら、どうしてこうまで異なるのであろうな」

「どないしてでございましょう」

「日本海の冷たい荒海で、揉《も》まれながら育ったせいかもしれぬな。さように考えると、どこか人間の出来に似ている。人間でも苦労して育った者は、どこか味があり、ぬくぬく日向《ひなた》ばかり歩いてきた奴には面白味がない。こうした店で働き、多くの客に接していれば、そなたもそうした見分けがつくだろう」

菊太郎は仲居のお信《のぶ》に無駄口をきいた。

だが二十四、五の彼女を、なぜか観察する目付きだった。

かれが喜六を東町奉行所にやり、弟の田村銕蔵に会いたいと伝えさせたのは今朝。銕蔵は正午すぎ重阿弥でお待ちいただきたいとの返事を、喜六にもたせてきたのである。

「若旦那さま、うちらにお客はんのお人柄なんか、どうでもええことどす。店にとってええお客はんかどうか、それだけどすがな。自分がどう思うていたかて、うちらお客はんの悪口なんか、金輪際口にせえしまへんのえ」

「なるほど、それが客商売の心得だわなあ。ときに、そなた連れ合いはいかがしておる」

「うちが寡婦《やもめ》やいうたら口説《くど》かはるんどすか。冗談はやめておくれやす。うかうか若旦那さまの言葉にのったら、播磨屋の大旦那さまに叱られます。それにうちは子持ちどすえ」

お信はちょっと顔を赤らめ、しなをつくった。

「播磨屋の助左衛門どのは、わしの弟の舅《しゅうと》だが、それは別にして、そなたのことをきかせてくれぬか」

「いわないけまへんか」

「おお、ちょっときいておきたい」

「ほならいいますけど、うちはほんまの寡婦どす」

「連れ合いはいかがした」

「四年前に病死しましたさかい、子供を育てるため、この重阿弥で働かせてもろうてます」

「なるほど、女手一つで子供を育てるのは大変だろうな。働くにしろ、どこかの後家におさまるにしろ、子供がいては何かと足手まといになる」

菊太郎はため息まじりにいった。

かれが仲居のお信に寡婦かどうか質《ただ》したのは、浮わついた気持からではない。目前に坐る彼女を眺め、両親のどちらかを亡くした子供たちの暮しについて考えたからであった。

人生五十年というが、男女とも人生の盛りにありながら、死を迎える者は珍しくなく、後に残された者の多くは、生活のため、やはり同じように連れ合いに死なれた相手と結ばれる。

その余波として、子供の不幸がはじまる。

相手と添うため貰い子にだされたり、また物事を自分本位に考える親なら、幼い子を遺棄する場合もあるだろう。さらには、新しい親に継子《ままこ》としていじめられる子供も少なくなかったのである。

「もうしわけないことをたずねた。これはわしのほんの気持だ。子供に旨い物でも食わしてやってくれ」

財布から一分金をつまみだし、菊太郎は懐紙につつんでお信にあたえた。

「こんな仰山、気をつこうてもろたら、うちが困ります。やめておくれやす」

「早くしまうがよい。誰《だれ》かくる」

重阿弥の番頭に案内されてきたのは、銕蔵であった。

「兄上どの遅くなりました。だいぶお待ちでございましたか」

銕蔵は菊太郎の四脚膳を眺めて坐った。

お信がうるんだ眼で敷居際に手をつき、退いていった。

「いや、つい先ほどまいった。まだ銚子の一本も乾《ほ》しておらぬ。女殺しの詮議で忙しいところを呼びたて、すまなかったな」

かれは刀を置いた銕蔵から銚子を受け、殊勝に詫《わ》びた。

「すでにご存知でございましたか。兄上どのの早耳には恐れいりまする」

「なんのわけはない。きのう喜六からきいたのよ。そこでだが銕蔵、下手人の目星はついたのか」

「いいえ、全くもって、目星も何もついておりませぬ。兄上どのには、わたしに何かお知恵をおさずけくださるおつもりでございまするか」

「そのつもりもあり、また少々頼みごとがあって、そなたに使いを出したのだが、こんな値の張る料理屋に招きおって。そなた、わしが一身に関わる相談事でもいたすと思うたのか」

「いや、さように考えたわけではございませぬが、播磨屋の舅どのから、この店を兄上どのにも気楽に使うていただけともうしつかっておりますゆえ」

「それはありがたい。だが助左衛門どのも迂闊《うかつ》にさような情をわしにかけられると、節季のたび、眼を剝《む》くほどの勘定書がここからとどけられるぞ。いまわしの相手をしていた仲居のお信、あれはなかなか好い女子じゃ」

「仲居であれ何であれ、兄上どのが好かれるご婦人であれば、わたしに異存はございませぬ。

舅の助左衛門どのとて、口をかけられたからには、少々の覚悟ぐらいつけておいでになりましょう」

「これは参った。引っこみがつかなくなればなんといたす」

「受けて立っては不都合でございまするか」

「ばか、話が横にそれたわ。そんなことより船岡山の女殺しに話をもどすが、上京の笹屋町に住んでいた被害者が、いったいどんな用事で船岡山近くまで行ったか、理由ぐらいつかめたか」

「それがさっぱり。お久の旦那の勘兵衛も、船岡山付近に用などあるはずがないともうしております」

「すると誰かに誘い出されたのじゃな」

「それ以外には考えられませぬ。それゆえ——」

銕蔵があとの言葉をつづけかけたとき、部屋の外から声がかけられ、お信が銕蔵の膳を運んできた。

「若旦那さま、ではごゆるりとお過ごしくださいませ。お銚子のお代りはいかがいたしまひょ」

「わしはお役目の途中、これでよいが、兄上どのはどういたされます」

た。

菊太郎の返事をきき、お信に顔をむけた銕蔵の眼が、彼女の人柄をさぐるように凝《こ》らされ
「わしも十分じゃ——」

思いがけない質問と心付けをにぎらされたせいか、お信の態度が少しぎこちなかった。

「銕蔵、さよう露骨な眼で、相手を見るものではない。わしの方が赤面いたす。それより、それゆえともうしたがあとはいかがじゃ」

「はい、それゆえ不審な者を見なかったか、同心や手下《てか》に総出を命じ、船岡山界隈のきき込みに当らせておりまするが、兄上どのにはこの事件に、何かお見通しがございますのか」

「いや気の毒だが、船岡山の殺しについては、わしはなんの思案も持っておらぬ。ただ鯉屋にいま妙な依頼がきていてなあ。それに今度のお久殺しの二つ、どちらにも子供がからみ、わしはそのあたりに糸口があるのではないかと思うのよ。それを考えると、心がおだやかでない。お久は身請けしてくれた勘兵衛の承諾を得たうえで、貰い子に出した子供を、引き取ろうとしていたそうじゃな。それに相違はないのか」

「はい、その点はわたくしが勘兵衛に、しかと確かめております。鯉屋への依頼とはどんな件でございまする」

銕蔵にたずねられ、菊太郎は八戸屋米蔵夫婦が、五十両の着手金を出し、お取りなしをと

頼んできた子供の件について語った。

「なるほど、そんな出入物があったとは、わたしも小耳にいたしました。その件で子供の両親が、再吟味をと依頼してきたのでございますのか」

「いかにも。されど銕蔵、わしが心おだやかでないともうすのは、米蔵夫婦の子供を貰いうけた青山寺の寺侍影山大炊についてなのじゃ。初めは金を山と積まれても動じない清廉潔白な人物だと、内心敬服していたのだが、お久殺しと子供の話をきき、ちょっと妙ではないかと思いだしたのよ。寺侍といえば、禄高はせいぜい十石か二十石。暮しはさほど裕福ではあるまい。それでいながら、実の親が百両でも二百両でも出すともうしているのに、頑《がん》として子供を返さぬ。これはとても並ではない。地獄の沙汰も金次第、それだけの金子が入るとなれば、鬼の顔もほころび、子供を返さぬにしても、もう少し取る態度もあろうにと考えると、しだいに不審に思われてきてなあ。そこで八戸屋夫婦の夢見が悪いの言葉に行きつくのよ」

「それは何の意味でございまする」

「八戸屋の夫婦が、鯉屋にもうした言葉じゃ。貧乏のためわが子を人にやった。その親が今は裕福に暮している。わずかな銭を付け、人手に渡した子供が不憫と思えば、夢見も悪かろうぞ。さらにはその子供が養父母に虐待され、こき使われているのではないかと考えれば、夢見はいっそう悪くもなろう。子を思う親の気持を考えると、鯉屋としても商いを離れ、町奉行所に再吟味はともかく、実の親だとの名乗りぐらい許していただけるよう、働きかけはしてやらねばなるまい。もっとも、八戸屋夫婦の夢見がどんなものか、ろくでもない夢見でなければよいのだが――」

「それで兄上どのは、わたくしにいかがせよともうされるのでございまする」

菊太郎の話をひと通りきき終えた銕蔵は、居住いを改めてたずねた。

「鯉屋の喜六にやらせてもいいのだが、相手はなにしろ東西両本願寺にくらべられる青山寺の寺侍。喜六やわしの手に負える相手ではない。そなたに影山大炊の身辺を探ってもらいたいのじゃ。当人について、できるかぎりのきき込みを頼みたい」

菊太郎は奥歯にはさまった若狭鰈の骨をせせりながら、銕蔵の顔をじっと見すえた。

「青山寺の寺侍の身辺を洗うのでございまするか。役目柄とはいえ、なかなか厄介でございまするな」

「できぬか――」

「いいえ、できぬとはもうしておりませぬ。ただ厄介だともうしているにすぎませぬ」

銕蔵は思案の体《てい》で返した。

京都の町で青山寺や東西両本願寺などは「門前町」や「寺内町《じない》」をつくり、治外法権ともいえる地域を形成していた。

大寺のまわりには、各地から本山詣《もう》でに上洛する信者のための旅籠《はたご》が軒をつらね、仏具商のほか、信仰にかかわるさまざまな職種の人々が店を構えている。

その広さは東西両本願寺を例にとると、合わせて四千数百軒、百二十町もあり、地域には町政を行なう奉行衆すら置かれていた。奉行衆は寺の用人格から選ばれ、江戸幕府の出先機関である京都所司代、東西両町奉行所も、青山寺門前町や寺内町の町政に対しては、不可侵の伝統をつづけてきたからであった。

ここでの自治は、すべて奉行衆たちによってはかられる。地子銭《じしせん》（地代）の徴収、関所札の発行、地域でおこったことなら、犯罪の捜査や処罰まで行なわれ、町奉行所といえども、手をつけかねる一種の租界地だったのである。

一歩こうした地域の町内に足を入れれば、お上《かみ》のご威光も効き目がない。十手も一般武士の両刀も、なんの効力も発揮しなかった。

それどころか、下手に外部の規矩《きく》をもって当れば、ご本山をないがしろにしたとして、寺域の〈自治権〉で裁かれかねなかった。

宝暦二年（一七五二）五月、家重の時代のことだが、東町奉行所の手先の者が、盗みの犯人を追って本願寺の寺内町に入り、それが大きな揉め事に発展した。

盗みの犯人が、寺内町・太鼓番屋筋に居住する男だったためもあり、奉行衆は犯人の引き渡しを東町奉行所に拒否したうえ、寺内町奉行衆に断わりもなくご本山のご威光を犯したとして、当人の処罰を求めてきたのである。

当時の京都所司代は酒井讃岐守忠用《ただもち》、東町奉行は土屋越前守正方《まさかた》。二人がこの強硬な申し入れにどう対したか明らかではないが、おそらく辞を低くして、内々に問題をおさめたものと考えられる。

青山寺門前町、ましてや本山に仕える寺侍の身辺を探ることは、容易ではなかった。

それだけに、銕蔵は一瞬、躊躇《ちゅうちょ》したのだ。

「どうだ、やってくれるか」

菊太郎が確答をうながした。

「兄上どののお頼みとあらば、いたさねばなりますまい」

「だが無理であれば、断わってくれてもいいのじゃぞ。そなたの探索が露顕いたし、お役ご免どころか、切腹沙汰にでも相なれば、大事だからなあ」

「いざやるとなれば、わたくしにも覚悟ができております。こう見えてもわたくしも、それくらい叶《かな》う手足ともうしますか、人脈をもっておりますよ。ご案じなされますな」

銕蔵は赤松綱《あかまつつな》——の顔を、胸裏に思いうかべたのであった。

赤松綱は、禁裏を守る名目で、徳川幕府が役所のまわりに配した禁裏《きんり》御《お》付《つき》武士《ぶし》の一人。

『浄観筆記』は、幕府の職制に禁裏付武士あり。月番は禁裏伺候之間、与力、同心は各門に詰め、京都所司代并《ならび》に町奉行所と謀《はか》らい、朝廷の動きをうかがい、事件の探索に当る。多く伊賀、根来衆《ねごろ》をもって、つかう――と、その正体を伝えている。

禁裏御付同心の赤松綱とは、互いに情報の交換や事件の協力をしており、かれならこの難題にこたえてくれるにちがいないと考えたのだ。

「さればやってくれるのじゃな」

「所司代さまやお奉行はどうお思いか知りませぬが、京の定町廻りのわれわれには、門前町や寺内町のやり方には、常々腹にすえかねることが沢山ございまする。一矢報いてやらねばなりませぬ。その影山大炊の身辺を探り、いったい何がでてくるやら、わたくしも楽しみにいたしております」

腹を決めたとみえ、銕蔵は明るい顔でうなずいた。

四

数日、暖かい日がつづいたが、またぐっと強い冷えがきた。

菊太郎は火鉢に肘《ひじ》をつき、書見にふけっている。

こう寒さが厳しくなってくると、外出するのが億劫《おっくう》だった。

それでもかれは時刻をうかがうように、障子戸ごしに外の気配を眺めた。

「町駕籠《かご》を頼んでおきましたさかい、重阿弥へはそれで出かけておくれやす。ご本家の若旦那さまから、来てほしいいう言伝《ことづけ》どすよって、きっと八戸屋はんの事件についてどっしゃろ。喜六をお供にお付けしますさかい、結果がわかったらあれに顚末《てんまつ》をきかせ、すぐ店にもどしておくれやす。わたしかて八戸屋はんに着手金をもろてる手前、そろそろ返事らしいもんを持っていかなりまへんがな」

四半刻ほど前、鯉屋の源十郎が離れに姿をのぞかせ、菊太郎にいった。

かれは八戸屋米蔵夫婦に直接会い、その意向をきいたあと、影山大炊からお鶴をもどしてもらうには、奉行所に再吟味を願うしかないと方針を固めた。

そしてすぐ目安の作成にかかり、吟味役たちへの下拵《したごしら》えをはじめていた。

「源十郎、そなたに相談もいたさずまことに悪かったが、その再吟味を容易にいたすため、わしは思う仔細《しさい》があり、青山寺の影山大炊の身辺を、銕蔵の奴に調べてもらうことにいたした。だからその結果が出てから、動いてはいかがじゃ」

菊太郎が源十郎に打ち明けたのは、前日、重阿弥で銕蔵に会った日の夜だった。

「へえっ、ご本家の若旦那さまにどすかいな。寺や寺侍の身辺を探るやなんて、大変な仕事どっせ。そんなこと頼まはって大丈夫どすかいな。鯉屋には好都合どすけど、万に一つ、奉行所が調べに動いているとわかれば、これは大事《おおごと》になりまっせ。相手が相手どすさかいなあ」

源十郎は驚いた顔をみせた。

「わしも無理かなと一応は思ったが、銕蔵の奴、なにか手立てがあるとみえ、案外気楽にき入れてくれた。その代り、鯉屋に役立つ知らせをとどけてくれたら、あいつの無理もきいてやってくれ」

「そんなことぐらい、若旦那にいわれんかてわかってますがな。それにしても、町奉行所でも尻《しり》ごみする相手を、銕蔵の若旦那さまはどないして調べはりますのやろ」

「それはきかぬが華《はな》、蛇《じゃ》の道は蛇《へび》ともうすではないか。あれも若いが、東町奉行所の同心組頭をつとめるからには、そこそこ道筋をもっていよう」

「そらそうどすやろけど、わたしとしては慎重にやってほしおすわ。銭もつかわななりまへんやろし」

翌日、源十郎は、下代の吉左衛門に、なにがしかの金子を銕蔵にとどけさせた様子であった。

「お駕籠がまいりましたけど――」

ほどなく、障子戸のむこうからお杉の声がかかり、菊太郎は膝で丸くなっているお百をのけ、欠伸《あくび》を一つして立ち上がった。

町駕籠にゆられ、御池通りから高瀬川筋に入る。

三条の重阿弥では、お信に案内され、先日の部屋に通された。

「こないだは仰山お心付けをいただき、ありがとうございました」

長廊を案内しながら、お信が小声で礼をいった。

「さように気をつかわぬでもよい。わしには用がないものじゃ。ところで、弟の銕蔵はもう来ているのだな」

「へえ、おいでどす」

お信はぎこちない態度で答えた。

田村菊太郎が店に来ることは、朝からきいており、今日彼女は特に念入りに化粧をした。かれが独りで店にゆっくりきてくれたらと願わないではなかった。

女の勘としてかれと二人だけになれば、きっと何事かがおこるにちがいないと思った。

かれについての風評は、田村家の極道息子、公事宿の用心棒——などと、幾分きいていたが、今日で三度目、お信の眼に映る菊太郎の印象は全くちがっていた。

おそらく彼は外面と内面が大きく異なっており、だから錦小路の播磨屋助左衛門が丁重に対するのだろう。

　菊太郎の右前を歩き、部屋に導く。お信は胸の鼓動が高鳴るのを感じた。

「若旦那さま、兄上さまがおいでになりました」

　彼女が長廊に膝をつき、部屋に声をかけた。

「おお、入っていただいてくれ」

　声につれ、お信が襖《ふすま》を開いた。

「待たせたかな――」

「いや、わたくしもつい先ほどきたところです」

「密談はかような所で、密なるをもっていたすか」

　菊太郎は脇に刀を置いて坐り、自分を重阿弥に呼んだ銕蔵にかるくつぶやいた。

「お信さん、長居はできぬ。適当になにかみつくろってきてもらいたい」

　かれは菊太郎の言葉を無視して、お信に頼んだ。襖が、恥じらいをうかべてうなずいたお信の手で、ゆっくり閉じられた。

「銕蔵、影山大炊について、何かわかったのだな」

　お信の足音が遠ざかるのをききすまし、菊太郎がすかさずたずねかけた。

「ああわかりました。調べを頼んだ人物が、とんでもない返事を届けてくれましたよ。人は見かけによらぬともうしまするが、外面菩薩内面夜叉《がいめんぼさつないめんやしゃ》。兄上どの、青山寺の寺侍影山大炊は、悪党のなかの悪党、八つ裂きにしてもなおあきたらぬ奴でございまするぞ」

日頃温厚な銕蔵が、珍しく激していた。

「いったい、どんなじゃ」

「もうすのもはばかられまするが、影山大炊の家に、八戸屋米蔵の娘お鶴などという子供はおりませぬ」

「なんだと――」

漠然とした自分の予感が当ったと思いながら、菊太郎は眉根《まゆね》をひそめた。

「はい、影山大炊の屋敷に、子供は一人もおりませぬ。それどころか、奴はここ十数年のうちに、再々貰い子をしているそうですが、その子供たちがどうなったか、どこに姿を消したのか、さっぱり不明だともうします。調べてくれた人物が、大炊の奴が貰い子をいたすのは、おそらく実の親から受け取る養育料が目的。あ奴の許に貰われた子供たちは、そのつど間もなく殺され、どこかに埋められたか棄てられたに相違ないともうしておりました」

「貰い子をつぎつぎに殺しただと」

「さようです。一人につき三、四両でも、十人、二十人となれば、金子の額も多くなります。時には五両、十両と養育料を払う親もございましょうし、その実入《み》りはばかになりませぬ。

青山寺の寺侍でありながら、いたす所業は言語道断。神仏を恐れぬにもほどがありまする」

当の影山大炊を前にすえてでもいるように、銕蔵は激しくいい募《つの》った。

「やはり、にらんだ通りであったか」

意外な真相がわかり、菊太郎もうなった。

世の中には親から養育料をまきあげ、ぬくぬくと暮している怠惰な男や女が、ときどきいるものだ。しかし養育料をせしめ、子供をつぎつぎに殺して平然としている人物は、あまりきいた記憶がない。しかもその人物が、世間から特にうやまわれる大寺の寺侍ときている。

やりきれない憤《いきどお》りが、菊太郎の気持を沸騰《ふっとう》させてきた。

全国的にみて日本の庶民史のなかで、貰い子殺しや子供虐待、継子いじめの例は、決して少なくなかった。各藩の記録や『御仕置例類集《おしおきれいるいしゅう》』、また尾張藩士朝日重章《しげあき》の日記『鸚鵡籠中記《おうむろうちゅうき》』やその他の日記などから推定するに、こうした事件はむしろ日常茶飯事としておこっていた。

明治十八年十月三十一日付の『朝野新聞《ちょうや》』には、東京・芝に在住する五十三歳の女性が、七十余人の貰い子を殺して逮捕された記事が掲載されている。

おそらくこの悲惨な事件は、氷山の一角にすぎなかっただろう。

継子いじめや折檻《せっかん》は、誰にもきき馴れた言葉だった。折檻は中国の故事に由来し、皇帝の怒りにふれた廷臣が、部屋から引きずり出されようとしたとき、檻《てすり》につかまったためその檻が折れたことから、この文字が用いられはじめたといい、以上の二つは、昭和の初年頃まで庶民の生活の中に確実に生きていた。

「さような酷《むご》い話、わしもきくともなく小耳にはさんでいたが、実際、目の前にするのは初めてじゃ。養育料だけ取られ、お鶴が影山大炊に殺されていたと知れば、八戸屋米蔵がどれほど悲しむことか」

「兄上どの、しかしこれは八戸屋が奉行所にもうし出たところで、相手が青山寺の寺侍、外聞をはばかり、おそらく表沙汰にはなりますまい。内輪の人間として、わたくしには事の推移が察せられまする」

「ではどうすればいいとそなたはもうすのじゃ。町の治安をはかる立場の者として、銕蔵、そなたはくやしくないのか。いや、それでお扶持をいただいていて恥しくないのかと、わしはもうしている」

銕蔵に代り、菊太郎が激してきた。

お信が銚子と鯛《たい》の造りを運んできたとき、二人はちょっと声を低めたが、彼女が襖を閉めて去ると、菊太郎はまた銕蔵をなじった。

「兄上どのはさようにもうされまするが、この京では、大きな社寺や各藩京屋敷の内部には、町奉行所といえどもなかなか検断の手を出せませぬ。わたしとて腹が煮えたぎっておりまするが、わが身を考えれば、易々とは動けませぬよ」

「そなたにそういわれると、わしも返す言葉がない。だがこのまま影山大炊の所業を、見過ごしておくわけにはいかぬぞ」

「されば、いかがされるのです」

「銕蔵、白々しいことをきくな。このわしが、大炊の奴を糾弾したうえ斬《き》ってくれる。天誅《てんちゅう》を下してやるのじゃ」

かれの胸裏で、たくさんの子供たちが泣き叫んでいた。その中には、顔も歳も知らないが、お信の子供の姿もまじっていた。

「乱暴をもうされては、わたくしが困ります る」

「何が乱暴で何が困るだ。そなた、船岡山のお久殺しも、貰い子を殺害した奴が、悪事の露見をおそれた結果かもしれぬのだぞ。わしにはそんな悪臭がぷんぷんと匂《にお》ってくる。まあそなたに迷惑はかけぬが、只ではすまさぬと思っておれ」

菊太郎は冷めた酒をぐっとあおった。

夜が深々と更《ふ》けている。

田村菊太郎は頭部を黒い布でつつみ、北野神社に近い瀟洒《しょうしゃ》な構えの屋敷に忍びこんだ。

喜六にさぐらせた影山大炊の妾宅《しょうたく》だった。

北野神社の森から、梟《ふくろう》の陰気な鳴き声がきこえてくる。

庭を横ぎり、明りがみえる母屋に近づいた。

三日前、重阿弥で銕蔵からきかされた影山大炊の悪行が、かれの胸の中で憤りの火をまだ燃えたぎらせていた。

母屋から付け棟に作られた厠のかたわらに身をひそめ、明りに眼を凝らした。

すぐそこが影山大炊の寝室だと調べをつけていた。

だがどうしたわけか、雨戸が一枚開き、内障子も半開きになっている。

菊太郎が厠のそばに身をひそめたとき、部屋で何か小さな物音がひびいたようであった。

——家のなかで何かおこったのかな。

菊太郎はもっと雨戸に近づき、さっと内障子を開け、部屋に身体をすべりこませた。

いつでも抜刀できる構えをとっていた。

「おぬし、何者じゃ」

このとき、殺気をみなぎらせた菊太郎に、低いどすのきいた誰何《すいか》の声が、いきなり部屋の隅から浴びせられてきた。

「おぬしこそ何者——」

驚いて見開かれた菊太郎の眼が、絹の厚布団の上に血を流して横たわるものと、畳に倒れている若い女の姿をみとめた。

かれに誰何の声をかけてきた男も、黒い頭巾《ずきん》で顔をかくしている。

右手に血刀をにぎり、左手では血首の髻《もとどり》をつかんでいた。

影山大炊の首にちがいなかった。

「おぬし、この男のばけの皮を剝《は》がしにきたとにらんだが、それは間違いかな。見ての通り、影山大炊はすべてを白状させたうえ、わしが討ったわい。ところでおぬし、田村菊太郎どのではござらぬか」

正体不明の相手は、妙に馴れなれしくたずねてきた。

「そなた、わしの名をどうして存じておる。確かにわしは田村菊太郎じゃが……」

「やはりそうか。寒夜、こ奴に天誅を加えるためお出ましとはご苦労さまじゃ。わしは田村銕蔵どのと昵懇《じっこん》にいたす禁裏付の赤松綱。銕蔵どのがおぬしのことを案じられていたぞ。この血首は二条城の門前かご禁裏さまの堺町御門《さかいまちごもん》にでも、一札をつけて晒《さら》しておくつもりじゃ。されば、お心やすらかにお引き取りくだされ。女の方は当て身をくらわせただけ、ほどなく気付きましょう」

赤松綱と名乗った男は、眼だけのぞかせた頭巾の中で、小さく笑った。

「諸国に末寺をたくさんもつ青山寺の寺侍ともあろうお人が、よくもまあ長年にわたって、酷いことをしてはったもんやで。妾《めかけ》を囲うていた屋敷の庭から、小ちゃな子供の髑髏《どくろ》が仰山でてきたそうやないか……」

影山大炊の首は、京都所司代の門前に晒され、かれが首をはねられるまえ、赤松綱に白状した罪状のすべてが記された一札が、それに付けられていた。

養育料を目的にかれが手にかけた子供は、二十四人におよんでいた。

「少々苦しい暮しであっても、子供はやはり親の許で育つのが一番だ。間もなく新年を迎えるが、そなたは店が忙しかろうし、わしがそなたの子供を預かり、初詣でにでも連れていってやろう」

貰い子殺しの噂《うわさ》がひと段落ついたころ、菊太郎が重阿弥でくつろぎ、お信に持ちかけた。

「若旦那さま、初詣でなら、うちもいっしょに連れていっておくれやすな」

彼女が顔を赤らめてせがんだ。

# 年始の始末

一

羽子板を打つ音がひびいてくる。

正月三が日は日和《ひより》にめぐまれ、公事宿《くじやど》「鯉屋《こいや》」でも、おだやかな三が日をむかえていた。

奉公人たちは店の大戸を下ろし、近くの長屋に住む下代《げだい》（番頭）の吉左衛門にすべてを委《まか》せ、手代の喜六や小僧の佐之助も大晦日《おおみそか》から宿下《やどさが》りしていた。

だが主《あるじ》の源十郎は、三が日ともろくにじっとしていなかった。

公事宿仲間への挨拶《あいさつ》、東西両町奉行所や諸役への年賀と、席のあたたまる暇もなかったのだ。

「若旦那《わかだんな》、年の初めから家ん中でごろごろしておいやすのか。なんやしん気臭うおすのやなあ。奉行所の組屋敷では、銕蔵《てつぞう》さまご夫婦や次右衛門の大旦那さまが、顔をみせるもんとしてきっとお待ちかねどっせ。お顔をのぞかせはらんと、大奥さまに義理を欠くのとちがいますかいな」

正月元旦、年賀からもどった源十郎は、菊太郎《きくたろう》が布団をかぶって寝ている離れの居間をのぞき、かれの不精を咎《とが》め、また近所へ年賀に出かけていった。

「敷居の高い家じゃが、まあそれでは行ってくるとするか――」

義母政江にかこつけていわれると、横着をきめこんでいた菊太郎も、返す言葉がなかった。

お多佳《たか》がそろえてくれた新しい羽織袴《はかま》に着替え、かれは鯉屋からさほど離れていない東町奉行所の組屋敷へむかったが、半刻(一時間)もたたないうちに帰ってきた。

「なんやな若旦那、いま出かけはったとことちがいますのかいな」

近所へ年賀をすませ、再び店にもどってきた源十郎が、お多佳から菊太郎さまがお屋敷へご挨拶に行かはりましたときかされたとみえ、ほろ酔い機嫌の顔を翳《かげ》らせてたずねかけた。

「ああ、参るだけ参ったが、親父どのや義母上、銕蔵夫婦に挨拶してすぐ辞してきた」

「どうしてごゆっくりしてきはれしまへんのや」

「ゆっくりいたせば、親父どのから小言の一つもきかねばなるまい。それでは義母上《はは》に気をもませることになる。銕蔵も奈々《なな》どのもしきりに止めてくれたが、なにしろ銕蔵の奴《やつ》は、あれでも東町奉行所の同心組頭、輩下の者が年賀に参れば、酒も振舞わねばならぬ。さすれば、わしと輩下の者が顔を合わせるわけじゃ。公事宿の居候と奉行所の同心が、気安く同席できるはずがなかろう。万一わしが酩酊《めいてい》いたし、暴言でも吐けば、鯉屋の商売がやりにくくなろうが」

「いや、これは気いつかんことどしたわ。正月やからといい、顔見せればええいうもんとちがいますわなあ。うちが気を回しすぎて、どじ踏んでしまいましたわいな。そしたらいっそ、高台寺《こうだいじ》の親父のとこにでも行って、一杯やってきはりますか——」

源十郎が失敗を取り返すためすすめた。

鯉屋の先代宗琳《そうりん》（武市《ぶいち》）は、東山高台寺脇《わき》に妾宅《しょうたく》をかまえている。大宮通り姉小路《あねこうじ》上ルの店には、ほとんど寄りつかなかった。

「源十郎、わしが淋しい正月をすごしていると案じ、あれこれもうしてくれるのはありがたいが、これ以上の斟酌《しんしゃく》は無用にいたせ。わしは世の中や店内《みせうち》が静かで、せいせいいたしておる。高台寺の隠居家《いんきょや》にでも押しかけてみろ。若い女子《おなご》としっぽりやっているにちがいない武市から、無粋な奴と嫌われるわい。おぬしもまああまり気をつかわぬことじゃ」

菊太郎は苦笑をうかべ、源十郎をたしなめた。

それが正月一日。翌二日も三日の朝も、かれは離れにとじこもり、お多佳が運んできた御《お》節《せち》料理をつつき、一人のんびりすごしている。

「独りで酒を飲んでても、旨《うま》いわけがありまへんやろ。暇やったら若旦那に付き合うてやっておくんなはれな」

主の源十郎にいわれ、下代の吉左衛門が長屋から姿をのぞかせたのは、三日の昼前だった。

公事宿がずらっと軒を並べる大宮通りや姉小路界隈《かいわい》は、どこもが大戸を下ろし、年賀の人や羽子板をつく子供の姿があるだけで、閑散としていた。

「若旦那さま、お流れを頂戴《ちょうだい》させておくれやすか」

「飲むなら注《つ》いでやるが、吉左衛門、そなたいける口だったのか――」

菊太郎は胡座《あぐら》の上に猫のお百《ひゃく》をかかえたまま、腕をのばし銚子《ちょうし》を取りあげた。

「そら少々ぐらいならやりますがな。お正月どすさかいな」

吉左衛門は子供にといわれ、菊太郎から紙に包んだ小粒銀を預かっただけに、いっそう機嫌がよかった。

「少々ともうしながら、その様子ではすでにだいぶ飲んでいるのではないか」

「へえ、朝からあっちこっちでご馳走《ちそう》になってますさかい。ありがとうさんでございます」

「あまり急にすごすと、身体《からだ》に毒だぞ」

「なにをいうてはりますのやな。若旦那さまは、いつもちびりちびりやってはりますくせしてからに。人に文句なんかいえしまへんえ。そのお銚子、こっちへ寄こしなはれな」

かれは相当酔っている。

菊太郎の手から銚子を奪いとると、それをぐっとかれに突きつけた。

「おやっ、自分に注ぐのとちがうのか」

「わたしのことはどうでもよろし。若旦那さまにどんどん飲ませ、とことん酔わせて、わたしは一度本音をききとうおすのやわ。いつも弱味を見せず、良い子ぶってるのが、この吉左衛門には気に入りまへんなあ。そら腕や才のたつ若旦那さまが、この鯉屋にいてくれはり、わたしらは心強うおまっせ。旦那さまもお店さまもそないにいうてはりますわ。せやけど、これからまだまだ将来のある若旦那さまが、こんな公事宿なんかにくすぶってはってどないしはりますのやな。少しぐらい自分のことを、考えないかんのとちがいまっか」

　呂律《ろれつ》のまわらない舌で、吉左衛門はからんできた。

　だが言葉の一つひとつに真心があふれている。

　常日頃《ひごろ》は遠慮があり、いいたくても口に出せない。酔ったおりでもなければ、吐けない言葉であった。

　広く世間をみてきた年長者として、吉左衛門はそれなりに菊太郎の将来を案じているのだろう。

「それをいわれるとわしも辛い。返事に窮するわい」

　菊太郎は吉左衛門に調子を合わせ、剽軽《ひょうきん》に頭をかいてみせた。

「おどけて誤魔化してもあきまへんえ。若旦那さまが極道を装い、お家のあとを鋏蔵さまにお譲りしはったぐらい、誰《だれ》でももう知ってますがな。ご自分では、粋《いき》に身を引いたとご満足かもしれまへんけど、当の銕蔵さまや義理の大奥さまの身になっておみやすな。目の前に総領の若旦那さまがちらちらしてはったら、そら気兼ねどすわなあ。若旦那さまがなんとか身を落ちつけてくれたらと、お屋敷の大奥さまもさぞかしお思いでございまっしゃろ。身を引いたいうても、お刀を捨てて商人や坊主になったわけでもないし、ここは一つ腹をくくり、お上《かみ》の御用をつとめるお気持にでもならはったらいかがどすねん。若旦那さまみたいに腕が立ち、しかも知恵の働くお人どしたら、所司代でも町奉行所でも、そら新規にお召し抱えになりまっせ」

吉左衛門はお流れ頂戴どころか、菊太郎から奪った銚子を今度は幾度も傾け、独酌で飲みながらまくしたてた。

菊太郎の身のふり方について、義母の政江と奈々の父親播磨屋助左衛門が、相談を重ねていることは、吉左衛門も主の鯉屋源十郎からきいていた。

播磨屋助左衛門は、京の錦小路《にしきこうじ》で手広く海産物問屋をいとなんでいる。

愛娘の奈々を嫁がせた田村家では、総領息子の菊太郎が、腹ちがいの弟に家督をゆずるため、放蕩《ほうとう》を装い勘当されたときかされれば、助左衛門もすてておけなかった。

菊太郎の行く末について、鯉屋の源十郎にも相談をかける。またかれに対する心遣いの一つとして、鴨川沿いの料理茶屋「重阿弥」を、自由に使っていただきたいともうし入れていたのである。

「吉左衛門、そなたは気楽に考え、さようにもうすが、所司代や町奉行所は、わしみたいに勘当されたあげく、野放図に暮してきた男など雇わぬわい。同じ召し抱えるなら、やくざ者の方がましだとほざくだろうよ」

「そんなことありますかいな。若旦那さまは、いつも自分を卑しめてかかからはりますけど、それは若旦那さまのほんまに悪い癖どっせ。手代の喜六の奴もそういうてますわいな」

かれは悪酔いしたのか、菊太郎にどこまでもからんできた。

「ところで喜六の奴、いつ店に戻ってくるのじゃ」

「あす、あすの朝どすわ。そやけど喜六も、正月の宿下りいうたかて、そら難儀どすわ。呉服屋の手代の許に嫁いだ姉さんが、いま大変どしてなあ。あいつも頭の痛いこっちゃろ。いっそ親独り子独りで生きていってもろうた方が、なんぼましやったかしれまへん」

吉左衛門はわけのわからない言葉を吐き、また盃《さかずき》をぐっとあおった。

手代の喜六は、今年二十四歳になる。

嵐山に近い上嵯峨《かみさが》村から奉公にきて、鯉屋にもう十年勤めている。

店で奉公のこつをみっちり学び、やがては腕利きの公事宿の主になりたいというのが、かれの念頭だった。

「なんじゃ、その親独り子独りともうすのは」

「へえ、喜六の奴は、三つ年上の姉と二人だけの姉弟どすけど、六つのとき、棒手振《ぼてふ》り（行商）の親父に死なれよったんどすわ。葬式のすんだあとのことやいますけど、おっかはんが親戚《しんせき》や知辺《しるべ》にむかい、これから親独り子独りで頑張り、なんとか生きていきます、よろしゅうお力添えをと挨拶したんどすなあ」

母親が姉と自分を横にしたがえ、野辺送りに姿をのぞかせた親戚や知辺に、覚悟のほどをのべている。

普段から両親が、姉だけを可愛がり、自分はなにかと疎《うと》んじられているとひがんできた喜六は、母親の言葉にぎょっとした。

親独り子独りというからには、やはり自分は勘定に入っていないのだ。また六つだけに、深い絶望にうちのめされたという。

「それで喜六はどうしたのじゃ」

菊太郎は苦笑をにじませ、重阿弥のお信にした口約束を改めて思い出しながら、吉左衛門にたずねかけた。

お信との口約束とは、正月は店が忙しかろうで、わしがそなたの子供を預かり、初詣《はつもう》でにでも連れていってやろうと、軽い気持でもらした言葉であった。

正月元旦から、菊太郎はなんとなくそれを気にかけていたのである。

「へえ、それで喜六の奴、自分は母親の勘定のなかに入っていないのだと考え、家出したんやそうどすわ。大堰《おおい》川にそってずっと下《しも》にくだり、水の中に飛びこみ死んでしまおうかなあと考えているとき、通りかかった人に声をかけられ、家に連れ戻されたといいますがな。そやけどどこの母親でもそんなとき、子供が何人いてたかて、ふと親独り子独りなどと表現しますやんか。そうどっしゃろ」

吉左衛門はあきれはてた口調で説明した。

あれでいて喜六は、なかなか感受性が鋭く、繊細な神経をもっているようすであった。

「まあ、さようにこき下ろしてやるな。大人なら察せられる道理でも、五つや六つの子供には、言葉の文《あや》などわかるまい」

お信の子も、確か五、六歳だときいている。彼女がもしわが子に自分の口約束を語っていれば、幼い子供が寂しさから、何を曲解して考えるかわからない。菊太郎はやはり重阿弥に出かけてくるかと、内心でわが身につぶやいた。

羽子板の音がまだつづいており、歓声がわっとわき、小さな悲鳴があがった。

誰かが負け印の墨でも目のふちに塗られたのだろう。

二

「おめでとうさんどす」

「今年もよろしゅうにお引きまわしくだはりませ」

「いやあ、それはこっちの方どすがな」

「せやけど良いお日和で、結構なお正月どしたなあ」

鯉屋の店先に坐《すわ》っていると、暖簾《のれん》のむこうから、年賀の挨拶を交す声がきこえてくる。

正月四日は公事宿の店開きだが、大宮姉小路界隈はまだ正月気分につつまれていた。

今朝早く、小僧の佐之助や女中のお杉たちが、手土産《てみやげ》をもち、宿下りからもどってきた。

「旦那さまにお店さま、今年も一生懸命に気張りますさかい、何卒、あんじょうにご奉公させておくれやす」

商家の奉公人は、宿下りから主家にもどったとき、主夫婦に手土産をさし出し、だいたいこんな挨拶をする。

「身体に気をつけて、今年も手落ちのうお気張りやす。頼みますえ」

これに答え、主や番頭は、こうした言葉を返すのである。

鯉屋では手代の喜六をのぞき、奉公人たちがすべて顔をそろえ、店開きをすませた。

公事の依頼人はさすがにないが、牢屋に収監されている人々に、牢扶持《ろうぶち》（弁当）を届ける仕事がある。

年賀の客は客間に通され、一献《いっこん》がすすめられた。

いまも奥の客間から、店先まで談笑の声がとどいてきた。

「喜六の奴、なかなかもどってきよりまへんなあ。よっぽど難儀でもおこってるんどっしゃろか――」

袖《そで》囲いをした帳場に坐る吉左衛門が、足音のひびくたび、暖簾のむこうに眼を投げ、そばにいる田村菊太郎につぶやいた。

「今朝の使いは、昼までに帰ると確かにもうしていたのじゃな」

「へえ、直々、わたしがさようにききました」

吉左衛門は菊太郎の問いにはっきり答えた。

「さればそのうち現われるだろうよ」

平然とした顔でうなずいたが、菊太郎も内心では気をもんでいた。

宿下りをした奉公人が、決められた時刻までに主家にもどらないのは、どれだけ責められても仕方のない不埒《ふらち》で、当時の慣例として、暇を出されたり大幅に給金を減らされても、文句はいえなかった。

牢屋に閉じこめられた罪人や被疑者たちが、〈赤猫〉と称される火事にあったとき、一旦解き放たれ、刻限までに定められた場所にもどれば、罪一等が減じられる。だがこれ幸いと逃亡すれば、微罪の者でも死罪。お店の奉公人の場合でも、宿下りの遅参《ちさん》にはきびしかった。あらかじめ断わってきたものの、店を束ねる下代の立場として吉左衛門は、それだけに気をもんでいたのだ。

鯉屋の源十郎にかぎり、それほど厳しく咎めないだろうが、正月から縁起でもないと、小言を浴びせるにきまっていた。

「ときに吉左衛門、きのうはついききそびれたが、呉服屋の手代の許に嫁いだ喜六の姉の何が大変なのじゃ。わしにもうしてみい」

喜六の遅参は、それが原因にちがいなかった。

「へえ、それはこうでございますのや」

吉左衛門は声を低めて明かした。

喜六の姉はお民といい、十四歳になった春、綾小路《あやこうじ》寺町《てらまち》西の呉服屋「菱田屋」へ女中奉公に出た。菱田屋の主は条右衛門、古くから美濃《みの》郡上《ぐじょう》藩四万八千石、青山家の呉服所をつとめていた。

諸大名は江戸時代の初めから、それぞれ京都に藩邸を構えた。設置の理由は、有力公家や社寺と親密な関係をもち、藩主の官位昇進に便宜《べんぎ》を得るためや、呉服や茶道具、その他京で生産されるさまざまなすぐれた手工業製品の購入にそなえるのと、また国産品の販売、情報蒐集《しゅうしゅう》などの目的からだった。

各藩は京都の有力商人と結びつき、用達となったかれらは、「呉服所」と称して、藩入用の物品を一手に商うほか、金融の相談にものった。

大名の用達をつとめる呉服所は、いわば各藩の京における総代理店。その権益は藩の中枢にまで及んでいるといってもよかった。

お民は実直に働き、十八歳のとき、丁稚《でっち》からたたきあげ手代になった栄助と世帯をもった。

綾小路は四条のすぐ南の筋。栄助とお民の夫婦は、最初、店に近い徳正寺《とくしょうじ》裏の長屋に住んでいた。だが三年前、独り暮しをつづけていた喜六の母親が病で倒れたため、上嵯峨村の家で看病する者が必要になってきたのである。

「子供が二人もいてることやし、こんな狭い長屋では、おっかはんを引き取り看病もできしまへん。喜六はんはまだ一生懸命奉公してはる途中や。面倒見は初めからの約束で頼めしまへん。幸い菱田屋の旦那さまも大番頭の九兵衛はんも、通うのはきついさかい、おまえは店に寝泊りして、ときどき上嵯峨村へもどったらええというてくれてはります。お言葉に甘えてそうさせてもらいまひょ。あと三、四年もすれば、喜六はんも世帯をもち、わしらも勝手ができますわいな。義理の兄として、二十そこそこの喜六はんに苦労かけられしまへん。それまでの辛抱どすがな」

人のいい栄助は、主の条右衛門や大番頭の久兵衛のすすめもあり、女房のお民にいいきかせ、徳正寺裏の長屋を引き払い、住居を上嵯峨村に移した。

喜六の家には二反ばかりの田畑があり、これも守らなければならない。売るのは簡単だが、栄助もお民も母親や田畑をしっかり見守り、無事に喜六に渡したいと考えていたのであった。

こうして何事もなくすぎていけば問題はなかったが、一昨年の夏頃から、ようすが少し怪しくなってきた。

それまで十日に一度ぐらいの割合で、上嵯峨村にもどっていた栄助の足が遠のき、月に一度、さらには数カ月に一度、帰るか帰らないかになってきたのだという。

寺町綾小路の菱田屋から上嵯峨村までは、足早に歩いても一刻（二時間）弱ほどかかる。栄助がおっくうになるのはわかるが、それにしても、家にもどったとき見せる栄助の顔色が、またすぐれないという。

「喜六から相談をうけ、わたしは意見をしたんどすわ。夫婦が同じ京にいながら、別れて暮すのがともかくようない。栄助はんに遠い道を通わせるのも考えもんや。これは、いっそ田畑を人に委せるか売り払い、世帯をもとにもどさなあかんというたんどすがな。狭い長屋でも、みんなが一緒に住むのが一番。田畑みたい売りとばしたかて、銭さえあれば、また買いもどせまっしゃろ。喜六には、自分のことを考えてくれるのはありがたいが、姉さん夫婦にそれほど頑張ってくれんでもええといわなあかんと、わたしは懇々とさとしましたんやがな。喜六もそのつもりになり、上嵯峨村の家にもどり、病気の母親にたびたび因果をふくめてきたはずどす。あれの姉さんも、連れ合いの栄助はんにそれを頼んだそうどすけど、そのつど栄助はんは不機嫌になり、なかなか承知しなんだそうどすわ。喜六が女子でもできたんやろかともらしてましたけど、どうせそんなことどっしゃろ。うちの旦那さまが、今年から喜六の給金を一分上げ、四両にしたるさかい、ここら辺りの裏店を借り、母親の面倒をおまえが看《み》る算段せい、わたしもお多佳も何かと塩梅《あんばい》してやると、いうてくれはりました。この大晦日、わたしもそうせいと、宿下りのとき念をおしたんどすわ。そんなことで家の中がごたごたもめており、店への帰りが遅うなってるだけやったらよろしおすけど、姉さん夫婦の間で別れ話でももちあがってんのとちがいますやろか」

吉左衛門は真剣な表情で菊太郎の顔をみつめた。

「栄助とやらに女子ができて別れ話か。そなたからきいた限りでは、ありそうな話じゃな。

二反とはもうせ、女子が田畑を耕しておれば、化粧気もなく色気も失せてこよう。京にいて見目良い女子ばかり見ていれば、人のいい男でも、ふとほかの女子に目が移ろうというものじゃ。とにかく、夫婦が離れて暮すのはよくない。男ともうすものは、自分が悪いとわかっていても、表立って責められると、恰好をつけて怒鳴ったり不機嫌になったりいたす。喜六から改めて母親は自分が引き取る、姉上には京にもどっていただき、ご夫婦そろってお暮しくだされと急にいい出されたら、男の方はにわかなことで甘い算段が狂い、狼狽《ろうばい》いたすだろうよ。それほど悪い男でなくても、色の道はまた別の思案じゃでなあ。それに相違ないと決めつけるわけではないが、何事であれ、喜六にはうまくやってもらいたいものじゃ」

「まこと、さように思いますけど、こうも喜六のもどりが遅いと、気にかかってなりまへん。ひとっ走り、上嵯峨村に行ってきたい気持どすわ」

吉左衛門はいらだたしそうにつぶやいた。

鯉屋の表に足音がひびき、暖簾の裾《すそ》から人の下半身がのぞくものの、喜六の姿は一向に現われなかった。

「吉左衛門、それほど喜六のことが気がかりか」

「へえ、あれは真面目な奴どすさかいなあ。喜六が上嵯峨村からおっかはんを引き取って暮すんやったらと、わたしは女房にもいい、どこぞこの近くにええ長屋の借りもんはないか探させてますねん。寝たっきりの病人でも、わたしやうちの女房らが手助けしてやれば、喜六もなんとかしのいでいけますやろしなあ。それにあれも今年で二十四、嫁をもろてもええ歳《とし》どすわ。それにしても、あいつ何してけつかるのやろ」

口汚く吉左衛門はののしった。

「そなたが店を空けるわけにもまいるまい。それほど心配なら、わしが上嵯峨村に行き、ちょっとのぞいてきてやろうか。途中、どこかで行きちがいになるかもしれぬが――」

「若旦那さまが行ってくれはる、それはうれしゅうおすわ。上嵯峨村まではほとんど一本道、喜六が歩く道ぐらいわかってます。是非行ったっておくれやすな。もしまだむこうで夫婦がもめてるようなら、若旦那さまの口から十分に意見しておくれやす」

吉左衛門は自分が出かけるように腰をうかせ、菊太郎をせきたてた。

「されば、上嵯峨村まで出かけてくる」

一旦、菊太郎は離れにもどって腰のものをたずさえ、表に現われた。

「ご苦労さまどす。行き帰りご面倒どしたら、わたしが銭を出させていただきますさかい、どうぞ町駕籠《かご》を使うとくれやす。ほんまに喜六の奴、こっちの気持も知らんと――」

ぶつくさいいながら、吉左衛門は菊太郎を外に送り出した。

「気をつけて行ってきやす」

かれと店先に立つ小僧の佐之助が、菊太郎の背に見送りの声を投げかけた。

正月四日、町筋に並ぶ店はどこも暖簾をあげていたが、年賀の客が出入りするだけで、町はまだのんびりしていた。

大宮の姉小路から上嵯峨村に行くには、東町奉行所西の南北にのびる千本通《せんぼんどお》りをまっすぐ北にすすみ、下立売《しもだちうり》通りを左に折れ、紙屋《かみや》川《がわ》をわたって丹波街道に入る。

そしてどんどん道をたどれば妙心寺《みょうしんじ》につづいて法金剛院《ほうこんごういん》。そこから御室川《おむろがわ》にかかる極楽橋を渡り、常盤《ときわ》村、中野村をへて、さらに有栖《ありす》川《がわ》にそってのぼれば、名所が散在する嵯峨野となるのである。

上嵯峨村は、北嵯峨村と天竜寺村の中間にあった。

「おめでとうさんでございます」

「おめでとうさんどす」

下立売通りの町辻《まちつじ》では、どこからともなく一様にこんな声がきこえ、小路のところどころで独楽《こま》遊びをする子供たちの姿がみかけられた。

——お信の子は女の子、お清ともうすのか。

菊太郎は胸で二人の名前をなぞった。

きのう、かれは昼すぎ身形《みなり》をととのえ、三条鴨川沿いの重阿弥に出かけたのである。

「ちょうどお部屋が空いたところどす」

播磨屋助左衛門から粗略にしてはいけまへんと念を押されている番頭が、かれを川に面する一室に案内した。

間をおいてお信が現われた。

正月、料理茶屋はどこも大忙しだ。

静かなはずの部屋に入っても、忙しさの熱気がなんとなく伝わり、お信の額にも小粒の汗がにじんでいた。

「若旦那さま、明けましておめでとうございます」

部屋の襖《ふすま》を開け、彼女は敷居の外で、まず年賀の挨拶をのべた。

「堅苦しい挨拶はぬきじゃ。昨年末か早々に誘えばよかったが、そなたと交した口約束、それを叶《かな》えさせてもらえないものかと参ったのじゃ」

菊太郎は幾分酔いもあり、すんなりいってのけた。

「まあ若旦那さま――」

お信はぽっと顔を赤らめ、すぐお支度をととのえさせていただきます、と襖を閉めて辞していった。

「全くの冗談でもうしたわけではない」

やがて料理が運ばれ、お信の酌をうけて、菊太郎はまた口約束に触れた。

「半分本気、半分は口から出まかせのお世辞と思うてました。そやけどこうして若旦那さまがおいで下さっても、まだ信じられしまへん」

恥しいのか、お信は伏目勝ちにいった。

初詣での日は七日と決め、菊太郎は半刻ほど重阿弥ですごし、鯉屋にもどってきた。

店が忙しい最中、彼女を自分のそばに引き止めておけば、彼女が店に気兼ねだろうと慮《おもんぱか》ったのである。

お信は三条大橋東詰め、法林寺《ほうりんじ》脇の長屋に住んでいる。娘のお清は六歳、桶屋《おけや》に嫁いだ姉が近くにおり、留守中の世話は姉に頼んでいるときかされた。

――わしが重阿弥の女中と世帯をもつともうしたら、播磨屋助左衛門どのはどんな顔をされるであろう。

田村家に対する助左衛門の困惑ぶりが、菊太郎の胸をふとかすめた。

「菊太郎は所詮《しょせん》それだけの男じゃ。助左衛門どののせいではござらぬ。ご放念くだされ。むしろこれからなおあいつが、助左衛門どのにご迷惑をかけねばよいが――」

もつれる舌で悪態を吐く父次右衛門の声が、きこえるようであった。

町並みをぬけ、道は丹波街道に入った。

しばらく行くと、右手に妙心寺の大きな伽藍《がらん》が見え、やがて嵯峨野の眺望がひらけてきた。正月四日にしては珍しく、藹々《あいあい》とした陽射しが、西に傾きながら照りつけている。

喜六とは一向に出会わなかった。

「上嵯峨村はいずれでございましょう」

およその当てをつけてきた菊太郎は、それでも村の入口に立つ道祖神のそばにくるまで、二度ほど人にたずねた。

広く見渡せる嵯峨野の野面では、子供たちの声がさかんに湧《わ》き、青い冬空にいくつも凧《たこ》が揚がっていた。

上嵯峨村は、大覚寺《だいかくじ》領や公家領が複雑に入りまじり、村高は一千数百石。百数十軒があちこちに点在している。京の町が近いだけに、村人は野良仕事のかたわら、嵯峨野一帯で生産される蔬菜《そさい》類を商ったり、また日雇いに出かける者が多かった。

「喜六の家は、お宮さんの真むかいどすさかい」

吉左衛門の言葉を思い出し、菊太郎がそれらしい木立をめざし歩きだしたとき、行く手から異様な一団が現われた。

数十人の百姓風の男女が、興味の眼を光らせこちらにむかってくるのである。

頭に白い鉢巻きをしめ、六尺棒をたずさえた捕方《とりかた》の姿がみえ、村廻《まわ》り同心らしい男が、先頭をきっていた。

かれらは髪の毛をふり乱す女を縛った縄を、しっかりつかみ、まっすぐ進んでくる。

やがて数十人の村人が、声もなく立ち止まる。

いかめしい一行を見送るのである。

「お、お役人さま、そんなはずはありまへん。まって、待っておくんなはれ――」

一団の中から鋭い絶叫があがり、顔を悲痛にゆがめた喜六が走り出てきた。

かれは引き止めようとする村人の手を振りきり、村廻り同心の前に手をついた。

後手に縛られた女が、まるで意志のうかがえない白い顔を、そんなかれの姿にぼんやりむけている。

「ええい、邪魔をいたすな。この女子が夫を刺し殺したのは明白じゃ。公事宿鯉屋の奉公人とはいえ、これ以上とやかくもうせば、そなたも引っくくるぞ」

同心が大声で喜六を叱咤《しった》した。

「おい喜六、これはどうしたのじゃ」

菊太郎が改めてかれにたずねなくても、目前の光景を見れば、一切の察しがつく。あれこれもめた末に、喜六の姉が夫の栄助を殺したに決まっていた。

「こ、これは若旦那さま――」

喜六は思いがけずそこに菊太郎の姿をみて、短く声を奔《はし》らせた。

かれのそばを姉が裸足で歩いていった。

がくっと顎《あご》を引き、口のなかでなにかぶつぶつつぶやいている。

すでに気が変になっているのは明らかであった。

三

「やっぱり、一切口をきかんそうやわ」

六角牢屋敷からもどった鯉屋の源十郎が、帳場から立ち上がってきた吉左衛門や菊太郎に、首を横にふって見せた。

後ろに岡持を下げた喜六が、悄然《しょうぜん》とした顔でひかえている。

二人は先ほど、六角牢屋敷に収監された喜六の姉のお民に、食い扶持をとどけてきたのである。

「源十郎、医者の診断はいかがなのじゃ」

「牢医者は、衝撃がきついゆえの一時的な心神喪失やというてますわな」

「自分から過ちをおかす恐れはあるまいな」

菊太郎がいう過ちとは、自殺だった。

「それは大丈夫どす。今日も念を入れてきましたさかい。女牢の牢名主は、強請《ゆす》りたかりの常習者・百坊主の情婦《いろ》のお艶。今日もどっさり食い物をとどけたうえ、一両をにぎらせ、しっかり頼んでおきましたわ。いま女牢には、十数人の女子がいてますけど、お艶はお民はんを思い詰めさせたらあかんといい、昼間は綾取《あやと》りやお手玉をみんなといっしょにさせ、夜は交代で寝ずの番を付けてるそうどす」

お民が村廻り同心に捕えられ、六角牢屋敷の女牢に入れられてから、すでに七日がすぎていた。

これで松の内気分も一挙にふきとんだ。

菊太郎が感心したのは、凶報を知ったあとに見せた源十郎の迅速な行動だった。

「わたしは喜六の言葉を信じてます。あいつが、義兄を殺したのは姉やないというからには、わたしもそう思ってやらなどうにもなりまへんやろな」

源十郎は女房のお多佳と相談して、すぐさま喜六の母親と五歳と四歳になる幼い姉弟を、下代の吉左衛門の長屋に連れてこさせた。

つぎには西町奉行所と六角牢屋敷にでむき、吟味方与力組頭や同心組頭に会い、お手数をおかけいたしますと挨拶を入れ、さらに牢屋敷で五両の金を撒《ま》いてきた。

「わたしは黒を白にしてほしいと頼んでいるのではありまへん。喜六の姉が本当に夫を殺したんやったら、それも仕方おへんやろ。そやけど、当人は気が変になったのか、あんな工合どす。吟味のほども、様子をうかがいお手柔らかにやっていただき、またお艶はんには、十分目かけてやってほしいのどすわ」

源十郎は女牢の牢名主が百坊主のお艶だときくと、牢屋同心組頭の平野半右衛門に懇願し、お艶と別室でこっそり会わせてもらい、彼女に一両の金を渡して頼みこんだ。

「鯉屋の旦那はんから面倒見をいわれたら断われしまへんなあ。十分に気を配らせていただきますさかい、どうぞ安心しておくれやす。その代り、うちが打ち首にもならんとまた娑婆《しゃば》に出て、出入物《でいりもの》でお奉行所のお世話になることがおしたら、そのときの公事は只にしておくれやすな」

白い獄衣の左胸に、長い洗い髪を垂らしたお艶は、懐に素早く一両をおさめ、婉然《えんぜん》と笑った。

彼女が百坊主のお艶と異称されるのは、京都五山の一つで修行していた破戒僧良信の情婦となり、悪行を重ねてきたからである。

百坊主の良信は、いま隠岐島に流されている。お艶は若い男と組んで演じた美人局《つつもたせ》に失敗し、昨年十月初め、女牢にぶちこまれたのであった。

これらを即日すませると、源十郎は、上嵯峨村に行き、検死をおえた栄助の遺骸《いがい》を引きとり、丁重に葬式を行なった。

栄助は寝こんでいるところを、脇差で心臓を一突きされ、ほとんど即死だったという。

当の脇差は、菱田屋の手代として栄助が、大坂や奈良に遠出するとき用心のため持っていく品で、返り血をあびたお民の枕許《まくらもと》に投げ出されていた。

お民を捕えたのは、知らせをうけて駆けつけた西町奉行所支配の村廻り同心岩佐定之助であった。

「犯行は血をあびたお民が、ふらふら村道を歩いているのを人に見られ発覚いたしました。わたくしが現場に着くと、鯉屋の手代喜六が、栄助の死体のかたわらで呆然《ぼうぜん》と坐っていたと思われませ。それが四日五つ半（午前九時）すぎ。殺しの現場をみれば、犯人は女房のお民以外には考えられませぬ。お民が夫の脇差で、当人が寝こんでいるのをうかがい、心の臓を一突きしたのでございましょう」

かれは、関係者をすぐ西町奉行所に呼び出し、取り調べをはじめた吟味方与力にのべた。

この席には鯉屋の源十郎に付きそわれ、喜六も重要参考人として出頭していた。

喜六は三日の昼過ぎ、忙しいのを口実にしてやっと上嵯峨村の家にもどってきた義兄の栄助に対して、鯉屋の下代吉左衛門たちのすすめた通り、自分が病床の母親を引きとることに決めたと伝えた。田畑は売却する、夫婦親子はやはり一緒に暮すべきだといい、世帯を京にもどしてほしいと頼んだという。

「喜六はん、そう切りこまれたかて、わたしにも都合というもんがおます。すぐには住居の段取りもでけしまへん。それによそさまに奉公してるあんたが、病気のおっかはんの面倒を見るのも大変なことどすがな。もう少しいまのまま、やってみまひょやおまへんか。わたしの足がここから遠のいているというのやったら、精出して家に帰ってきますわいな」

栄助は、なかなか承知しなかった。

言を左右にして、結論を先にのばしたい気配がうかがわれた。

「義兄《にい》さん、わしはこんな文句いいとうおまへんけど、義兄さんは京に女子でもできたんとちがいますか。これはわし一人の推量どす。そやけど、口にこそ出さへんもんの、姉さんかてそう思ってはるにちがいありまへん。せやさかい、世帯を別にしたがってはる。義兄さんのいまの話、わしにはそうとしか考えられしまへんわ」

喜六は栄助に眼をすえ、思いきってたずねた。

義兄の顔の変化を、少しも見逃さないつもりだった。

「あ、阿呆《あほ》な。喜六はん、あんた何をいわはりますのや。女子ができたやなんて、わたしに限ってそんなことおますかいな。それほどに疑われては、わたしも女房のお民に顔むけがでけしまへん。わかりました。喜六はんのいう通り、京へ世帯を移して、夫婦親子がいっしょに住むようにしまひょやないか」

栄助ははっきり狼狽をのぞかせたあと、決心をつけるようにいったという。

正月の三日は、夜遅くまでその話し合いがつづけられた。

そのため喜六は、京の奉公先にもどる村の知辺に、四日の昼までに帰るとの伝言を頼んだのであった。

田畑は売り払って、病気の母親はやはり自分たち夫婦が面倒をみる。わたしに甲斐性《かいしょう》がないばっかりに、若い喜六はんにも苦労をかけると、栄助は詫《わ》びたそうであった。

「相談がおだやかにつき、気疲れしたためかぐっすり寝こみました。朝、子供の泣き声をきき、起きてみたら、義兄さんが布団の上で仰《あお》むきになって殺されてたんどすわ。姉さんの姿は見あたりまへんどした。姉さんは枕をならべて寝ていた義兄さんが、誰かに殺されているのを見て、驚きのあまり気が変になり、ふらふら外へ歩き出していったにちがいおへん、京へ世帯をもどす話は、円満についたのどすさかい、その上、姉さんが義兄さんを殺さなならん事情はもうありまへん。これは何かの手違いどす。何卒、よう吟味しておくれやす」

喜六は両手で白洲の砂を握りしめ、吟味方与力にいいつのった。

「じゃがな喜六、話は円満についたかもしれぬが、夫婦が寝床に入り、やはり夫の栄助に女子がいたとわかれば、お民はなんといたす。栄助が寝こんだすきに、たずさえてきた脇差で刺したことも、十二分に考えられるのではないかな。夫に女子ができれば、世の中の女房どもは誰でも逆上するものじゃ。そなたは吟味をつくしてくれともうすが、肝心のお民があの状態では、真相のきき出しようもないわい。この件、どこを眺めても、お民が夫を殺したことは明白じゃ」

吟味方与力は、喜六の陳述に耳をかたむけなかった。

さらに悪いことには、急遽《きゅうきょ》、白洲に呼び出されてきた菱田屋の大番頭九兵衛が、手代の栄助は祇園《ぎおん》社南に女子を囲っていたばかりか、お店の金千三百五十両を横領していた事実がわかったと告白したのである。

「栄助は丁稚あがりの手代どした。十歳で菱田屋へ奉公にあがってから、それは陰日向《かげひなた》なく真面目に働いてきましたさかい、旦那さまも信用してお目をかけられ、大番頭のわたしも、忙しさにかまけ、帳面や金の出入りまで安心して委せてまいりました。わたしはそのうち二番番頭に格上げしてやっておくれやすと、旦那さまにもうしあげていたところどすわ。まあ魔がさしたとでもいいますのやろかなあ。亭主が店の金に手をつけ、女子を囲っていたことを知ったお民さんは、いっそ心中でもと栄助を殺し、自分は生き残ったにちがいありまへん。それにしても手代に千三百両もの金を使いこまれ、大番頭としてわたしは、お店にもうしわけがたたしまへん。これからどんな落度がでてくるやら、どうしたらええのでございまっしゃろ」

九兵衛は泣き面で訴えた。

かれの陳述にもとづき、吟味方与力は祇園社南に同心を差しむけ、栄助が囲っていたという女を連行してきた。

そして関係者を一旦白洲から退《さが》らせ、彼女に対する尋問が改めて行なわれた。

「殺された栄助さんは、菱田屋さんの親戚筋。お店では番頭をつとめ、淀の大百姓の出《で》やとうちはきいてました。祇園社南に家を借り、ここで二年ほど、過分な手当てをいただいてましたけど、それがまさかお店の金であったやなんて、夢にも思うてしまへんどした。栄助さんとの出会いは、あの人が店へちょくちょく鰻《うなぎ》を食べにきはりまして、それが縁で深い仲になってしもたんどすわ。こうなれば、うちかて被害者どす。大嘘《おおうそ》をつかれ、騙《だま》されていたんどすがな」

彼女は二十九歳。以前は四条橋詰め東の川魚料理屋「魚万」の仲居。名はお紺といった。

色白、あだっぽい眼で、吟味方与力の尋問に一つひとつ答え、結果は九兵衛の陳述通りすべて事実と判明した。

なにもかもが、お民に不利に運んでいる。

お紺の取り調べで、夫の栄助に妾《めかけ》がいることがわかり、お民が逆上して心中を図ったという構図が、しだいにはっきりしてきたのである。

お店の金を使いこみ、女を囲っていた男とはいえ、夫殺しは大罪であった。

——やっぱり、一切口をきかんそうやわ。

鯉屋源十郎の言葉をきき、菊太郎はお民がいっそこのまま、正気に戻らず打ち首になった方が、本人も幸せではないかとさえ考えた。

「さようでございますか。喜六にはなんやけど、栄助さんの悪さがこれだけ明らかになったからには、もうどうしようもありまへんなあ。せやけど二人の子供や、病みついてはるお母はんには、なんの罪科もありまへん。喜六、そんなしみったれた顔、金輪際、みんなに見せたらいけまへんのやで」

吉左衛門が喜六の手から岡持を受けとり、さあひと休みしなはれとうながした。

「旦那さま、それで明日はどないいたしまひょ」

質問の意味は、翌日の食い扶持をどうするかたずねているのである。

六角牢屋敷へは、吉左衛門と源十郎が喜六を供につれ、交代で出かけていた。

「旦那さま、毎日毎日、もう十分でございます。姉の身を案じてくれはるのはありがとうおすけど、これ以上、ご面倒をおかけしては罰が当ります」

喜六が二人の話に割りこんできた。

「何をいうてんのや喜六。わたしはおまえが、栄助さんを殺したのは姉やないと力むさかい、不憫に思うてご膳《ぜん》を運んでるのやで。わたしや吉左衛門が牢屋敷に姿を見せるのと見せへんのとでは、大違いやということぐらいわかってるやろ。牢名主のお艶の機嫌もとっておかなならんのやわな」

源十郎が厳しい顔で喜六を咎めた。

「なら明日もわたしが牢屋敷にまいります。お艶の奴、油ののった鰻みたいなもんを食べたいいうてましたさかい、仕出し料理屋に、そんな品を見つくろって注文しておきなはれ。女牢のほかの衆の分もどっせ」

牢内でお民が機嫌良くすごせるのなら、源十郎はどんな出費も惜しまないつもりだった。

「油ののった鰻みたいなもんどすか。人の弱みにつけこんで、えらい口のおごったことをいいますのやなあ」

吉左衛門が眉《まゆ》をしかめていう声をきき、なぜか喜六が突然眼をきらきらさせ、だ、旦那さまと鋭く叫んだ。

「なんやな喜六、いきなりびっくりするやないか」

かれの異常に、菊太郎も驚いた。

「どうしたのじゃ――」

とその顔を眺めた。

「へ、へえ、いま気付きましたけど、栄助の義兄さんは、鰻が見るのも大嫌いどしたわ。そやさかい、鰻専門の料理屋なんかに行くはずがありまへん。お紺という女子は、義兄がちょいちょい鰻を食べにきたのが縁で、深間《ふかま》になったというてましたけど、あれはまっ赤な嘘どすわ。それにちがいありまへん」

喜六の顔が、事件の真相にせまる手掛かりを得てかがやいていた。

「喜六、それほんまか――」

「ち、ちがいありまへん。義兄さんは鰻という言葉をきくだけで、顔をしかめてはりました。ちょいちょい鰻を食べに行ったやなんて、とんでもありまへんわ」

夢中で喜六は叫んでいた。

「若旦那、この話、いったいどう思わはります」

源十郎が顔つきを改め、菊太郎にたずねた。

「あの女狐《めぎつね》は最初から馬脚を現わしていたのよ。わしらがそれに気付かなかっただけ。喜六、栄助とお民どのは誰かにはめられたのじゃ」

菊太郎の眼に怒りがにじんできた。

借家は明け渡す。

四

栄助が貢いだ品物は、すべて奉行所に没収されたうえ、金目の物はもともと主家からくすねた物として菱田屋に返された。

お紺は事情も知らず栄助に騙されていたと認められ、罪は問われなかったが、ほとんど身一つになり、六条菊屋町《きくやちょう》の裏店に家移《やうつ》りしていた。

「鰻の好き嫌いではござるが、それだけの証拠があれば、兄上どの、手前の方で改めて引っくくり、厳しく吟味いたしまする。されば何卒、あとはお委せくだされ」

菊太郎から耳打ちされた田村銕蔵は、意気ごんで身を乗りだした。

「ばかをいうな。あのお紺という女子、しゃあしゃあと嘘を並べたて、栄助殺しを女房お民の仕業にしてしまうほどの役者じゃ。何者かの差し金で動いているにちがいないが、なかなかの食わせ者、ちょっとやそっとの吟味で白状するはずがあるまい。お紺の後ろには、相当な奴が糸を引いていると思わねばならぬ。それを探り当てるためにも、あの女子を泳がしておくにかぎる。そなたの耳に入れたのは、時によっては力を借りねばならぬからじゃ。されど、とりあえず無用な手出しは構えて行なうまいぞ。よいな」

「しかしながら兄上どの、奉行所の手の者でもお使いにならねば、兄上どのと喜六だけでは、お紺の見張りはご無理でございましょう」

　銕蔵は東町奉行所の同心組頭の立場から、しきりに事件への介入をほのめかした。

「わしと喜六の二人だけで心許なければ、隣りの蔦屋《つたや》で帳場を預かる土井式部《しきぶ》どのに助けていただく。式部どのは山城淀《やましろよど》藩の浪人、腕の方はなかなかのお人じゃ。わしの頼みごとなら承知してくださるわい」

　菊太郎の言葉に、銕蔵は不承不承うなずいた。

　土井式部は、人を殺して金を奪ったとの疑いをかけられ、一時、同業の「若狭屋」から、奉行所の命令で鯉屋が預かっていた人物。無実を信じた菊太郎から、嫌疑がはれるまで温かい励ましをうけた。無実放免のあと、その縁から源十郎の口利きで、蔦屋の帳場を委されていたのであった。

「鯉屋の方々のお役にたち、しかも喜六どのの姉上の無実をはらすためなら、どんな難儀でも引きうけましょう。世の中で無実の罪をきせられるほど、辛いことはございませぬからなあ」

　身に覚えのある土井式部は、二つ返事で引きうけてくれた。

当日からかれをくわえ、菊太郎と喜六の三人は、毎日毎晩、交代でお紺の見張りについた。

お信母子と初詣でに行く約束は、これで先のばしになった。

喜六は姉の命がかかっており、寝食を忘れてお紺の動きをうかがった。

「あの女子、容易に動きよりまへんわ。いっそ奉行所に、なにもかも訴え出たらいかがでございまっしゃろ」

式部と交代して鯉屋にもどってきた喜六が、ため息まじりにぼやいた。しびれを切らせているのが、誰の目にもよくわかった。

見張りをはじめてからすでに六日がすぎ、夜が更《ふ》けかけていた。

「お紺の奴はどうしているのじゃ」

「へえ、近所の店屋へ買い物に出るほかは、一日中、家に閉じこもったままどすわ。退屈しのぎに三味線を爪弾《つまび》いてますけど、音をきくたび、わしは胸が煮えたぎりますがな」

かれは悠長にすごすお紺の姿に、気が変になったまま女牢に入れられている姉のそれを、重ね合わせるのであろう。

「喜六、腹もたとうが、いましばらく辛抱いたせ。これは縄引きに似ている。音《ね》をあげ手を放した方が負けよ。あれだけのことをしてのけたのじゃ。先方とてすぐにやすやすと動いてぼろは出すまい。まわりの様子をうかがっているに決まっているわい。だがな喜六、お紺は当座しのげるだけの物を残し、奉行所にほとんどの物を取り上げられ、無一文にひとしいはずじゃ。普通ならこれからいかがしようと、あたふた生活《たっき》の道を探し歩くはずであろう。それにもかかわらず、呑気《のんき》に三味線など爪弾いているのがすでに訝《いぶか》しい。隠せば顕《あら》われるの譬《たと》えがある。小悪党の分別は、せいぜいそれくらいのものよ。そなたが三味線の爪弾きをきいてきただけで上出来じゃ。いまにきっと動く。式部どのの考えもわしと同じじゃ」

菊太郎は悠然と構えていた。

その土井式部が、何者かの後をつけ、お紺の長屋を離れたのは、喜六が空きっ腹に茶漬けをかきこみ、ほっとひと息ついた頃であった。

人目を忍ぶように六条菊屋町の長屋の木戸をくぐった初老の男が、すっとお紺の家に入り、四半刻もたたないうちに、再びひそやかに夜の町辻に姿をのぞかせたのである。

木戸脇の小さな地蔵堂の陰に身をひそめていた土井式部は、もちろん男の後をそっと付けはじめた。

男は二度後ろを振り返り、尾行者がないかを確かめたが、男の目をくらますくらい、式部にはわけもなかった。

「その男、どこの何者でございました」

翌日の早朝、鯉屋に昨夜の顚末《てんまつ》を告げにきた土井式部に、菊太郎がたずねかけた。

かれにつづき離れにやってきた主の源十郎も、耳をそばだてた。

「何かがあってはならぬと、わたしは再びすぐお紺の長屋に引き返しましたが、その男、綾小路寺町の菱田屋に行き、わたしは九兵衛やと潜《くぐ》り戸を叩《たた》いていい、丁稚に戸を開けさせました」

「な、なんでございますと、その男が九兵衛。若旦那さま、大番頭の九兵衛はんは、義兄さんが何かと目をかけてくれるというてはったお人どすがな。そんなん――」

廊下にひかえ、式部の言葉をきいていた喜六が、奇声を発した。

「式部どの、それはご苦労でございました。なるほど、その男は菱田屋の大番頭九兵衛の奴でございましたか。黒幕は思いがけない所にいたものですなあ。大方、九兵衛の奴は、お紺に会いに行き、下手に動いてくれるな、じっとしておれとでもいい、金をとどけたのでございましょう。喜六、九兵衛が栄助に目をかけたり、恩をきせたりしていたというのが、そもそも怪しかったのじゃ」

「栄助さんを殺したのは、すると大番頭の九兵衛どすな」

「いいや、そうではあるまい。何かもっと裏があるだろうな。九兵衛が栄助を殺《あや》めたとは考えられぬ。奴は栄助のすべてを存じていたはずだが、自分の手で人を殺せるような玉ではない。下手人はきっとほかにいる」

源十郎の問いに、菊太郎は無造作に答えた。

美濃郡上藩・青山家呉服所菱田屋の屋台骨を支える大番頭の九兵衛には、後ろ暗い何かがありそうだった。

菱田屋の主条右衛門は、九兵衛を信頼して、店の采配《さいはい》をすべてかれに委せていると、銕蔵が急ぎ調べたことをすでに知らせてきていた。

「おそらく、菊太郎どのがもうされる通りだろうよ。わたしが見たところ、お紺とかいう女子、あれは大番頭九兵衛の妾。打算から栄助どのの妾を演じたのでござろう。女子は長年親しんだ男のためと、これからを勘定すれば、それくらいの役など造作なく演じてみせる」

九兵衛を送り出す微妙な女の態度、二人の声こそきこえなかったが、土井式部の意見は説得力に富んでいた。

「式部どのが確信をもってもうされるなら、もうまちがいあるまい。これで何もかも合点できる。九兵衛は誰にも内緒で、お紺を祇園社南に囲っていた。おそらく菱田屋の金子を女子に注ぎこんでいたのは奴じゃ。その露見を恐れ、栄助に罪をきせて殺した。手を下したのはほかにいるとして、どうせそんなところだろうよ」

菊太郎は一応筋道をのべたてた。

だが直接栄助を殺した人物や、栄助がお民との生活を京にもどすのを拒みつづけ、いったい何を考え、何をやっていたのかまでは、菊太郎にも推察はできなかった。

「若旦那、このあとどうしはります」

菊太郎の悠長さが喜六には怨《うら》めしかった。

「喜六が急いてるさかい、結論を出さなりまへんけど、大店やそこで働く番頭たちを仰山見てきたわたしには、事件の目安がだいたいつきましたで。菱田屋の条右衛門はんは、自分の得意先に眼も配らんと、大番頭の九兵衛に委《せ》せきってはったんやわ。旦那さまにいうて、そのうち二番番頭にしてもろてあげますとでもいわれたら、真面目な栄助はんかて、九兵衛の悪事に加担する気にもなるわいな。何をしてはったかしらんけど、ともかくおまえの姉さんの耳に入れられるこっちゃない。そやさかい、世帯は別のままにしておきたかったんやがな。若旦那、これはもう公事宿風情の手に余りますわいな」

語気を強め、源十郎が一気にいった。

「なるほど、菱田屋一番の得意先には、他家に忍びこみ、刀を使える人物は、どれだけでもいるわな。金や地位を得るためなら、武士とてどんな悪行でもいたそう。奴らは栄助の弱気が目障りになってきたのじゃ」

菊太郎は、郡上藩青山家京屋敷と、菱田屋の大番頭九兵衛が結託した汚職を考えたのである。

九兵衛と手を結んでいるのは、京屋敷用人《ようにん》にちがいなかった。

「菊太郎どの、さればいかがなされまする」

土井式部がかれに返事をうながした。

「式部どのに能筆をふるっていただき、九兵衛や京屋敷用人どもを脅しつけ、どこぞに誘《おび》き出して斬《き》れば、さぞかし溜飲《りゅういん》が下がろう」

菊太郎が当然の口調でいったとき、喜六がうっと声をつまらせ、両手で顔をおおった。

「若旦那、もうやめておくれやす。姉さんを女牢に入れられている喜六の身にもなってやっておくれやすな。ここは長引かせんと、銕蔵の若旦那にお知らせしていただけしまへんか」

喜六の嗚咽《おえつ》をききながら、源十郎が早期の決着をもとめた。

部屋のなかが急にしんと静まり、菊太郎が気付かぬことでそれはすまぬと低くつぶやいた。

京都所司代立ち会いのもとに、東町奉行所の尋問をうけた郡上藩京屋敷用人森山六大夫が、ひそかに自刃したのは二日後、京の町が猛吹雪につつまれた日であった。

かれと九兵衛は、菱田屋を通さず藩家に品物を納め、大金を着服していたのだ。

寺社にはまだ正月の気分が残っている。

吉田神社にも参拝の人の姿がちらほらみられた。

「遅がけだが、初詣ではいずこへ行くつもりかな」

森山六大夫が自刃したときいた翌日、菊太郎は土井式部を誘い、重阿弥に姿をのぞかせたのである。

六角牢屋敷に捕えられていたお民は、当日容疑がはれて解き放たれ、二人の子供が待つ吉左衛門の長屋に引き取られていた。

正気を失っていても、女牢ではどこか緊張を強いられていたのか、表情におだやかさがもどり、容体を看《み》にやってきた牢医が、快癒《かいゆ》の見こみがうかがわれるともらしていた。

「祇園社は近うてよろしおすけど、子連れで若旦那さまにお供するとなれば、人目にたちますさかい、ちょっとひかえ、吉田神社で十分でございます」

お信はまだ信じかねるのか、小声で答えた。

「そなたの母御はな、祇園社は近くてよいが、初詣ではちょっとひかえて吉田神社で十分だともうされた。吉田神社の祭神が耳にいたせば、気を悪くされるわなあ」

お信母子が住む三条大橋東詰めの近くで待ち合わせ、三人はそこから聖護院《しょうごいん》村をぬけ、あまり遠くもない吉田神社にむかった。

聖護院村の先が吉田村。吉田神社に参拝すれば、全国の八百万《やおよろず》の神々に参ったのと同じ霊験があるのだという。

お信の娘は幼いときから世間に触れて育ってきただけに、こまっしゃくれているが、菊太郎にはかえってそれが気安さを感じさせ、面映ゆい気持を忘れさせてくれた。

「どうじゃ、おじさんが手を引いてやろうか」

思いきって声をかけると、お清は諾《うん》とうなずいた。

参詣《さんけい》のもどり、三人は二条川東《にじょうがわひがし》の鴨料理屋へ行くことになっている。

「おじちゃん、おじちゃんはおかあちゃんのなんえ。お友達か――」

お清の質問は無邪気であった。

「うん、まあそんなもんじゃ。それでのう、今日からはまたお清ちゃんの友達になるというわけじゃ」

「ふうん、せやけど、腰に刀差した大人と子供が友達ちゅうのは、おかしいのとちがうか」

口では否定しているが、男親の愛情を知らずにきた彼女は、満更でもない顔つきだった。

二人はたわいのない会話を交し、吉田神社の参詣をすませた。

後ろを歩くお信が、微笑をうかべて二人を見守り、日陰にまだ雪を残した拝殿の前では、お賽銭《さいせん》を投じたあと長く手を合わせていた。

「さあ、ご馳走を食べにまいろうか――」

菊太郎は静かな境内に眼をやり、つぎに鬱蒼《うっそう》としげった神社の木立を見上げた。

長い石段につづき、両側に松を植えた参道が、まっすぐ西にのびている。

お清の手を引き、石段を下りかけた菊太郎が、このとき急に足を止め、彼女の身体をお信に押しつけた。

――どうかしはったんどすか。

お信はたったいま、無理な願いごとをしてきた後だけに、白い顔に不安の翳《かげ》をうかべた。

彼女に子供を托《たく》した菊太郎は、石段右手にそびえる老杉《ろうさん》の陰を鋭くうかがいながら、歩み寄り、刀の柄《つか》に手をかけた。

「先刻からわしのあとをつけているようすだが、そなた何者じゃ」

誰何《すいか》の声と同時に、老杉の後ろから中年の侍が、抜き放った一刀にすさまじい殺気をみなぎらせ、菊太郎をめがけ無言で斬りこんできた。

「こ奴、無体な――」

菊太郎は素早く右にとんで身体をかわし、殺戮者《さつりくしゃ》の背に激しい一撃を浴びせつけた。

相手は思いがけない反撃をうけ、悲鳴を奔《はし》らせ石段を転げ落ちていった。

「お、おじちゃん、おじちゃん」

お清が母親の腕のなかで泣き叫んでいる。

「大丈夫じゃ。ただの峰打ち、斬ったのではない。郡上藩の用人が手先に使っていた腕利きの侍が、逐電《ちくでん》したときいていたが、大方、そやつであろう。わしを一番甘くみて、最初に襲ったのであろうが、栄助を殺したうえ、わしらの命まで狙《ねら》うとは、不埒にもほどがある」

菊太郎は一撃で相手を倒せたことより、お清の声を聞いたのがうれしかった。

# 仇討ばなし

# 一

「畜生、いつまでいらいらさせるんじゃい」

小さな舌打ちとともに、一人の男が苛《いら》だたしげな声を、牢格子のむこうに奔《はし》らせた。

建物の外では、湿った春の雪がつぎつぎ地面に吸いとられていく。夜になれば、冷えがきて積もりそうだった。

六角牢屋敷の大牢のなかは、雪がふり冷えるせいもあるが、なぜか陰気にしんとしていた。

狭い牢内に閉じこめられた老若の男たちは、いずれも両手で膝《ひざ》をかかえ、虚《うつ》ろな顔の顎《あご》を膝に上に預け、おびえた目でときどき外の気配をうかがった。

「なにもおのれが首を斬《き》られるわけやねえ。そうびくつくこともないやろな。それともなんぞ、まだ胸に覚えがあるんかいな」

「こきやがれ。首をばさっとやられるほどのそんなわけがあってたまるけえ。脅し、盗み、美人局《つつもたせ》と、悪事の大方はやってきたけど、わしは人だけは殺《あや》めとらんのが自慢じゃわい。こう見えたかて、多少は本願寺はんのご門徒なんじゃい」

薄汚い袷《あわせ》を着た男が、膝から顎をあげ、険しい顔を声の方に向けた。

「ふん、本願寺はんのご門徒がきいてあきれるがな。ほんまをいえば、人を短刀《どす》で刺すほどの度胸がないだけのこっちゃろ。わしなら、四の五のとご託をならべる前にやってしまうで。なあ久蔵――」

「吉弥《きちや》兄いならそうやわさ」

すかさず返事がもどってきた。

六角牢屋敷の乾《いぬい》の大牢は、四間に五間の広さがあり、十数人が収容されている。

牢のすみに寝ござが重ねられ、薄い掛布が積まれていた。

薄笑いをにじませていい返した若い男のどすのきいた低声と、久蔵とよばれた男の相槌《あいづち》をきき、険しい表情になった男は、青白い顔にふとひるみをうかべた。

時刻は正午をだいぶまわっている。

今日、六角牢屋敷の土壇場《どたんば》で処刑が行なわれることは、きのうからわかっており、牢屋に閉じこめられている男たちは、朝から耳をすませ、その気配をうかがっているのであった。

自分が首を斬られないでも、土壇場に引きたてられていく罪人が、命乞《いのちご》いをしてわめきちらす声をきくのは、気持のいいものではない。ましてや首を斬り落す鋭い気合いがひびけば、それがわが身でなくても、気持が滅入るものである。

親殺し、主《あるじ》殺し、また強盗殺人など大罪を犯した者は、市中引き廻《まわ》しのうえ、粟田口《あわたぐち》か西土手の処刑場で始末されるが、単純な死罪の場合は、六角牢屋敷内の土壇場で首を斬られるのが普通だった。

双方のやりとりで、一瞬、牢内がしんとなり、つぎにかれらの目は、牢のすみで正座する頬《ほお》のとがった若い男におずおず向けられた。

誰《だれ》の目も、今度はおのれの番だといわんばかりの色をひそめ、若い男が身動《みじろ》ぎすると、かれらはさっと視線をもとにもどした。

当の若い男は、蓬髪《ほうはつ》を後ろで束ね、無精髭《ぶしょうひげ》をはやしているが、牢内ただ一人の浪人であった。

「あの痩《や》せ浪人、仔細《しさい》はしらんけど、なんでも銭に困りよって人を殺したそうやわ。お取り調べのうえ、いずれ首を斬られよるさかい、下手にちょっかいを出さん方がええで。なにしろ奴《やっこ》さんは、ああ見えたかて侍の端くれやがな。死ぬのがわかってるさかい、気を立てさせたら道連れに絞め殺されかねんさかいなあ。みんな気をつけや」

昨年末、浪人森丘佐一郎が取り調べのため、吟味方与力に引きたてられていったあと、先ほど吉弥兄いと呼ばれたならず者が、牢内のみんなに釘《くぎ》をさしていた。

かれは牢番に鼻薬でもかがせているのか、新入りの事情には早耳だった。

牢内の連中は、それぞれ入牢してくると、互いの罪状をならべあげ、同病相憐《あいあわれ》むようにさっそく懇意になる。

だが森丘佐一郎にかぎり、相手が浪人だというせいもあり、誰も親しく声をかけない。かれも強いて同牢者たちになじもうとはしなかった。

いまも正座したまま腕を組み、じっと瞑目《めいもく》している。

その姿には、何がおこっても話しかけるのを躊躇《ためら》わせる厳しさと、陰惨な孤独の翳《かげ》がにじんでいた。

「うっ、冷えよるやないか。こんな雪の日には、ええ女子《おなご》とこたつに入り、熱燗《あつかん》でしっぽりやりたいもんやで」

数日前、強請《ゆす》りで入牢してきた男が、太い牢格子に顔を押しつけ、外をうかがいながらつぶやいた。

大牢前の土間は石畳が敷かれており、石畳のむこうは厚い漆喰《しっくい》壁。牢番たちは右の出入口の詰所にひかえている。

漆喰壁のむこう側に、小さな牢がいくつも並んでおり、今日処刑される罪人は、そこにいるはずだった。

「ほんまやわ。ところがうまいこといかんさかい、今夜にでもそんな夢見なしようがないわなあ」

誰かが合いの手を入れたとき、詰所に接する開き戸が、音をたててあけられた。

牢屋同心たちの合図らしい声がとどいてくる。つぎにかれらの足音が漆喰壁のむこうにまわりこみ、南京錠をがちゃつかせる音がみんなの耳にひびいてきた。

「いよいよ来よったがな」

「あいつもこれでお陀仏《だぶつ》やで――」

かれらは首をすくめ、互いにささやき交した。

入牢者たちは取り調べ中は大牢に入れられるが、罪状が決まると、独牢に移される。

これから刑を執行されるお店《たな》者も、十日ほど前までこの大牢にいたのである。

下京数珠屋町《じゅずやまち》の仏具商に奉公していた勘助という手代で、店の金二十両を使いこみ、それを意見した大番頭を撲《なぐ》り殺したのであった。

かれはすでに覚悟をつけているのか、黙って牢屋から引きたてられていき、開き戸がばたんと閉じられた。

直後からみんなが身体《からだ》を固くして、じっと耳をすませた。

遠くからかすかに気合いの声がとどき、鈍い音をきいたように思ったのはほぼ同時だった。

「おい、ご門徒やったら、念仏の一つも唱えてやらんかいな」

「ちがいねえ」

笑いをふくんだ吉弥と久蔵の声で、牢内の緊張がやっとゆるんだ。

だが、その弛緩《しかん》が急にまたもとにもどる。

森丘佐一郎がゆっくり立ち上がり、牢内の潜り戸に近づいたからだった。

「ご牢番、ご牢番どの」

佐一郎は格子の外によびかけた。

「よんでいるのは誰やな」

六尺棒をたずさえた牢番が現われ、牢内に問いただした。

「おう、わたしじゃ」

「なんやおまえか、なんぞ用があるのかいな」

「ご用がおありやさかい、ご浪人はんは呼ばはったんとちがうか。偉そうな顔せんと、親切にしっかりおききしたりぃな」

また吉弥が揶揄《やゆ》を入れ、牢番は六尺棒を石畳にとんと突き、かれを黙らせた。

「卒爾《そつじ》ながら、お願いもうしたい仕儀がござる」

かれは牢番の顔を仰いでもうし入れた。

「お願いの筋やと。どんなこっちゃな」

「大宮姉小路の公事宿《くじやど》『鯉屋《こいや》』とやらに、田村菊太郎《きくたろう》どののともうされるお人がおいでになるときいた。その田村どのに御意《ぎょい》を得たいが、お骨折りくださるまいか」

「な、なんやて。公事宿に連絡をとってほしいのやと。おまえの事件は吟味物で、出入物《でいりもの》(民事)ではないやろな。今更、公事宿に頼んでお白洲の調べをくつがえそうたって、そんなわけにはいかへんのやで。第一おまえ、公事宿に頼むだけの銭持ってぇへんがな。命が惜しいぐらいわしにかてようわかるけど、見苦しいさかい、もうじたばたせんとき。おまえももとは侍なんやから、ここいらで覚悟を決めるこっちゃで」

牢番の返事はとりつくしまもなかった。

「いや、そこを曲げてお取り継ぎいただけまいか」

森丘佐一郎は執拗《しつよう》に食いさがった。

「阿呆《あほ》なこといいつづけたらあかん。おまえかて自分の立場いうもんを考えんかいな」

「ご浪人はんがこうまで頼んではるのに、なにが自分の立場じゃいな。てめえこそ牢番面してからに。牢番やったら牢番らしく、それこそ自分の立場を考えなあかんのとちがうか」

牢格子の上部を右手でつかみ、だらしなくもたれかかり二人のやり取りをきいていた吉弥が、牢番にかみついた。

「こ奴《やつ》、不埒《ふらち》やないか」

「なにがまた不埒やな」

吉弥が大声でいい返した。

かれは賭場《とば》のもめ事から、人を傷つけ、東町奉行所の手で捕えられた。余罪を調べられているため、牢暮しが長く、内心では焦《じ》れているのだろう。

「おい牢番、いかがしたのじゃ」

騒ぎをききつけ、牢屋同心組頭の横田伝七が駆けつけてきた。

かれは土壇場の露と消えた勘助の遺品を取り片付けに、丁度、牢屋に入ってきたのであった。

「へ、へぇ、横田さま、この浪人が公事宿鯉屋の田村さまに会わせろというてますねん」

牢番は横田伝七に、泣きそうな顔で訴えた。

「なにっ、田村さまとは、東町奉行所の同心組頭をつとめておいでになったあの田村次右衛門どののご子息のことか」

「おお、その田村次右衛門どののご嫡男《ちゃくなん》、菊太郎どのでございまする」

なぜか森丘佐一郎は、突然顔色を輝かせた。

横田伝七がそんなかれをまじまじと眺めた。

「そなた、田村菊太郎どのの懇意か。いままで、そんなことはついぞきかされなかったが

――」

伝七の言葉がいくらか改まっていた。

「いかにも。仔細はすぐにもうしあげられませぬが、田村菊太郎どのとは懇意でございます る。牢番どのは今更見苦しいともうされるが、てまえの一命に関わりますことゆえ、お会いできるようお計らい願えませぬか。お願いもうす」

立膝で懇願していた佐一郎は、正座の姿勢になり、伝七に両手をつき低頭した。

鯉屋に居候《いそうろう》をきめこんでいる田村菊太郎についてなら、数々話をきいている。

以前の悪評はともかく、最近の噂《うわさ》によれば、東西両町奉行所は、錦小路《にしきこうじ》の海産物問屋「播磨屋」助左衛門の働きかけで、かれのすぐれた犯罪捜査を認め、吟味方与力として登用するはずとのことだった。

それだけに、入牢者の請願はききずてにできなかった。

「田村家の菊太郎どのと懇意だともうすのなら、まあわしが鯉屋に取り継いでやらぬでもないが、取り継ぐにしても、それなりの手順を要する。一応、吟味方に意を通じねばならぬのじゃ。ところでそなた、いまになり菊太郎どのと昵懇《じっこん》だともうしたてるのはいかがしてじゃ。それならそれで、事件の当初からいうてもよさそうなものじゃが。されどいざとなれば、田村どのも例によって、そなたなど存ぜぬともうされるかもしれぬぞ」

伝七は佐一郎を気の毒そうに眺め、念を入れた。

森丘佐一郎は人殺しの罪で捕えられたとき、自分は美濃大垣《おおがき》藩戸田家の家中。三年前、父の仇を討つため国表から江戸に発ち、諸国をめぐったすえ、敵の手掛かりを得たため京に入った。ご不審とあれば、大垣藩京屋敷に問いあわせていただきたい。無実が少しでも証明されようと陳述した。

「しかれば、富小路《とみのこうじ》二条下ルの大垣藩京屋敷に身許を確かめてみろ。一応、同藩から仇討を許された書き付けを所持いたしておるが、かような書き付けなどどうにでもなる。もっともこ奴のもうすことが事実なら、人を殺めたとはいえ粗略には扱えぬ」

東町奉行所吟味方与力組頭・伊波又右衛門の指図で、早速、与力の一人が美濃大垣藩邸に聞き合わせに走った。だが京都留守居役野原十左衛門の答えは否であった。

「当大垣藩の家中に、森丘佐一郎ともうす人物はおりませぬ。ましてや、当家の書き付けを所持いたすとは不届至極。その森丘佐一郎とやら、法にしたがいどのように処分いたされようとも、当家になんら異存はござらぬ。存分にいたされませ」

それが大垣藩京屋敷の返事であった。

仇討に発ったはずの藩士が、人殺しの嫌疑で奉行所に捕えられた。大垣藩は藩家の体面を傷つけた士道不心得者として、かれを遺棄したぐらい、伊波又右衛門にも察せられた。

横田伝七が例によってと言葉を強めたには、こんなわけがあったのである。

「お役人どの、田村菊太郎どのはさようなお人ではございませぬ。わたくしの姓名を確かにお告げくだされば、必ずお答えいただけるはず。田村どのと昵懇といまになりもうしたてるのは、その田村菊太郎どのが、わたくしの知るお人と同一人物とは信じられなかったからでございまする。もしやとは存じましたが、先ほどのお役人どのが、東町奉行所同心組頭田村次右衛門どののご子息ともうされるのをきき、同じお人だと確信いたしました。吟味方とご相談のうえ、是非ともお取り計らいくださりませ」

冷たい床に手をつくかれの顔が、悲痛にゆがんできた。

「よっしゃ、待っておれ。早速に取り計ろうてやる」

横田伝七は大きくうなずき、牢番をうながした。

「ご浪人はん、なんとか命、助かりとうおすやろ。でけたらよろしいのになあ」

吉弥がかがみこみ、佐一郎の肩をたたいた。

## 二

陽が西にまわり、青空がのぞいている。

雪が舞っていたとはいえ、陽が照ると、もう春が近い感じであった。

「田村どの、こちらでございまする」

鯉屋から六角牢屋敷にやってきた田村菊太郎は、横田伝七に同行され、長廊を渡り、与力詰所の控部屋に案内された。

「裁許（判決）をまぢかにした者が、田村どのの昵懇だともうしたて、是非ともお会いしたいと願っておりますゆえ、不憫《ふびん》に思い、一応、お取り継ぎに参じました」

四半刻ほど前、横田伝七が自分で直接、鯉屋に告げにきたのである。

「その者、どのような人物、また裁許のしだいはいかがでございます」

「姓名は森丘佐一郎、自分では大垣藩士と名乗っておりますが、同藩からはさような者は在籍せぬとのもうしたてを受けました。罪名は強盗殺人。貧に窮して人を殺《あや》め、金品を奪いました。ほどなくお奉行さまから、斬首《ざんしゅ》のお裁きが下されるはずでございまする」

「大垣藩の森丘佐一郎どの――」

菊太郎は遠くを見る目になり、小さくつぶやいた。

なつかしさが不意にこみあげてきた。

「その森丘佐一郎、やはりご存知でございまするか」

横田伝七が膝を乗りだした。

「大垣藩の森丘佐一郎どのなら確かに覚えがございます。かつてそれがし、その者の親父どのにひどくお世話になり、佐一郎どのはなつかしいお人です」

「さようでございましたか」

「しかしながら、その森丘佐一郎どのが、どうしてこの京で斬り取り強盗を働き、首を斬られますのじゃ。ご当人は大垣で平穏にすごされているはず。よもやお人違いではございますまいな」

「田村どの、そこ、そこでございます」

「されど、別人ならそれがしがひと目見ればわかること、嘘《うそ》をもうしたとて益はございますまい。しかしともかく解《げ》せませぬなあ。その佐一郎どのは気性もおだやかで、いくら窮したとはもうせ、人を殺めて金品を奪うようなお人ではありませぬ。その件、なにかの間違いではございませぬか」

　菊太郎からいわれ、伝七は少したじろいだ。

「そこもとさまが当人に会うともうされれば、吟味方与力の伊波又右衛門どのが同席されますゆえ、それは吟味方にしかとおもうし出くだされ。なんせそれがしは牢役でございますれば」

　横田伝七は当然の答えを返した。

「さればさっそく牢屋敷に参じます」

「若旦那《わかだんな》、そうしてあげなはれ。そばで横田さまの話をきいていたら、こらご当人どっせ。それにちがいありまへんわ。どんなわけがあって、そうなってしまわはったのか知りまへんけど、その佐一郎はんとやらは、若旦那に助けを求めてはるのに決まってますがな。罪を犯して牢屋に閉じこめられた者にしかわかりまへんけど、ほどなく土壇場に坐《すわ》らされ、首を斬られる身になると、藁《わら》にでもすがりたい気持になりまっしゃろ。わたしたちにできることがあれば、してさしあげまひょうやないか」

同席していた鯉屋の源十郎が、菊太郎をせきたてた。

今日、六角牢屋敷では、罪人が処刑されたはずだ。

森丘佐一郎はそれに衝撃をうけ、菊太郎の名前をだしたに決まっている。

「田村どの、こちらでござる」

横田伝七が、与力控部屋の外で片膝をついた。

「伊波どの、お連れもうしあげました」

と部屋の中に声をかけ、板戸を開いた。

「田村どの、さあお入りくだされ」

伝七にうながされ、中に入る。

すぐ蓬髪の男の姿が目についた。

男をはさむようにして、二人の牢屋同心が、刀を脇《わき》に引きすえ身構えている。

吟味方与力組頭・伊波又右衛門が、二間ほど離れ、かれらの前に坐っていた。

田村菊太郎に面会を求めた入牢者は武士。窮鼠猫《きゅうそねこ》を嚙《か》むのたとえもあり、牢役人から刀を奪い、脱走を企てないともかぎらない。武士の情から縄を打たずにおいたがこれでよかろうか。伊波又右衛門がふと危惧《きぐ》を抱いたとき、菊太郎が到着したのであった。

「ご承知ではございましょうが、わたくしが田村菊太郎。ご造作をおかけいたしまする」

「いやいや、お呼びたてしてもうしわけござらぬ。ご舎弟の銕蔵《てつぞう》どのには、なにかとお世話になっておりまする」

又右衛門は蓬髪の男をじっと眺めている菊太郎に挨拶《あいさつ》を返した。

同じく菊太郎をみつめる森丘佐一郎の髭面が、すぐ悲痛にゆがんできた。

「おお、これはまさしく森丘家の佐一郎どの。い、いったいどういたされましたのじゃ」

菊太郎はまわりの情況もわすれ、佐一郎のそばににじり寄った。

「菊太郎さま、わたくしを忘れずに、やはりおいでくださいましたか。ありがたい、ありがたい。お礼をもうします」

森丘佐一郎は号泣せんばかりの声でいい、汚れた二の腕で両目をぬぐった。

「当人のもうしでた通りでございましたか――」

横田伝七と伊波又右衛門が、異口同音にうなずいた。

「いかにも。このお人はわたくしが分別もなく家を飛びだし、諸国を流浪していたころ、その日の路銀どころか、一碗《ひとわん》の飯にさえ窮していたとき、ひどく御世話になった大垣藩普請組森丘清兵衛どののご子息でござる。またこれは、いったい、どうしてこんなことになられたのじゃ」

菊太郎の口からでる言葉は、仰天、動揺、悲嘆、同情など、哀しみにみちたあらゆるものをにじませていた。

「おなつかしゅうございますが、かようにぶざまな姿を菊太郎どののお目にさらし、佐一郎、ただただ恥じいるばかりです」

かれは顔を伏せ、また両目をぬぐった。

「ここにまいる途中、組頭の横田どのから説明を受けましたが、そなた、仇を討ったため大垣を出たとのこと。しかしその仇とは何者で、そ奴に誰が討たれたのでござる」

嫌な想像をしながら菊太郎はただした。

「それは父清兵衛でございます」

佐一郎はぼそっともらし落涙した。

「やはり清兵衛どのでございましたか。そなたに対する大垣藩京屋敷の酷《むご》い扱いはすでにきましたが、それにしても、あの温厚で生真面目な清兵衛どのが、またどうして人の手に掛かったのか、わたしには合点がまいりませぬ。おきかせなされよ」

かれが木曾路《きそじ》の「馬籠宿《まごめ》」で森丘清兵衛に出会ったのは四年前。そのとき清兵衛は、藩用の木材を検《み》るため、お城下の材木商に案内されて木曾の妻籠《つまご》まで出張し、大垣城下にもどる途中だった。

その清兵衛の目前を、深編笠《あみがさ》をかぶった若い浪人が、着流し姿でふらふら歩いている。当人はしっかりした足取りのつもりだろうが、街道を西にむかう後ろ姿が、右に左にゆれている。暑い季節だというのに袷の着物、それも垢《あか》じみて、近よればぷんと異臭がただよった。

「暑うござるのう。失礼ながら旅は道連れ、同じ西にむかわれるなら、ご一緒にいっぷくいたされませぬか」

清兵衛が声をかけると、浪人は足を止めたが、両足をがくっとよろめかせた。

当惑顔でうなずくのを見て、清兵衛は早速、目前の飯屋のよしずの陰にかれを連れこんだ。

「いやぁ、武士にあるまじき言葉ながら、まことに助かりました。つい先ほどまで木曾路の炎天下で、飢《かつ》え死にするのではないかと案じておりました」

相手の率直な態度が、清兵衛に好感をいだかせた。

よく見れば、少々破天荒なところもうかがわれるが、警戒を要する若者ではない。あれこれ時事や歴史についてたずねても、的確な答えが返ってくる。身許も一部はいい渋ったが、満更嘘ではなさそうだった。

「諸国を遍歴中で、まだ京におもどりのつもりがなければ、いっそてまえといっしょに、大垣城下にまいられぬか。大きなお長屋ではござらぬが、わが家には息子と愚妻がいるだけ。ごゆっくり逗留《とうりゅう》されてはいかがじゃ」

森丘清兵衛が菊太郎を大垣に誘ったのは、菊太郎が死んだ長男の年恰好に似ていたのと、短時間接しただけで、その人柄に魅せられたからだった。

「ではお言葉に甘えて、居候をきめこませていただきますか——」

誘う相手は中年すぎの温厚な武士。柔らかい笑みが、自分の事情をすべて見すかしているようだった。

菊太郎はそのまま清兵衛と道中をつづけ、かれの家に二カ月逗留した。

窮した旅先での情は身にしみる。

ましてや清兵衛は、菊太郎が京を出奔した理由をきくと、ご尊父どのがさぞかし案じておられよう、すぐにとはもうさぬが、思案が決まりしだい京にもどられるがよいと、助言まであたえてくれた。

　鯉屋の居候になってから、一度、大垣城下に礼の手紙を出したが、返事はなにもなかった。あれから約四年、森丘清兵衛にはとんでもない凶変がおこっていたのである。

「父は、藩家御用の木材買い付けに上役の不正があるとして、数字を正し、大目付に訴える支度をしていたのでございまする。その矢先、日が暮れてお長屋にもどる途中、城外東の円《えん》通寺《つうじ》のかたわらで、大隅孫助なる同役に討たれました。孫助は、かねてからの遺恨によるとの書き置きを残して逐電いたしましたが、不正を働いたのは藩主の姻戚《いんせき》に当る戸田左大夫。孫助に因果をふくめ、逐電させたにちがいございませぬ。わたくしは仇を討つため、すぐさま孫助を追って出府いたしました」

　佐一郎が江戸をめざしたのは、大隅孫助が東にむかったとの情報を得たからだった。かれの家は祖父の代、江戸で大垣藩戸田家に抱えられ、今でも遠縁の者がおり、それを頼っての出府だった。

　仇討には藩家の許可がいり、路用の金子《きんす》は親戚がすべてまかなう。だが森丘家は禄高《ろくだか》六十五石、家中に有力な親戚もなく、蓄えも多くなかった。

　佐一郎の母はお長屋を引き払い、長年奉公していた下僕甚造の家に身をよせた。佐一郎はまだお目見得をすませておらず、無事に仇討を果たさなければ、家督相続が許されない。ほとんど孤立無援のなかで、江戸での探索がはじめられた。

かれは十九歳、またたくまに一年がすぎた。

ついでわずかな手掛かりを得て東北諸藩、越後から北陸にまわり、再び江戸に入って間もなく、大隅孫助が京にいるとの情報を得たのである。

母の訃報《ふほう》は金沢城下できいた。

江戸から京にむかう道中、大垣城下に近づきながら、かれは涙をのんで墓参もひかえた。

もちろん、尾羽《おは》打ち枯らした旅だった。

そして京に到着し、高瀬川仏光寺《ぶっこうじ》筋の木賃宿「山城屋」嘉兵衛方に逗留し、なお必死の探索に入った。

京では、浪人の定住に一定の制限がもうけられている。京屋敷に出頭したのは、所司代へとどけてもらい、許可を得るためだった。

「父御《ててご》の敵を捜しての諸国遍歴、わしにもご辛苦のほどが察せられる。大隅孫助が京にいるものなら、いずれ京屋敷にも奴の消息が伝えられる。その折には、必ずそなたに知らせてとらせる。これは京屋敷を預かるわしが、そなたの仇討成就を願うてあたえる寸志じゃ」

留守居役の野原十左衛門が、金一両をかれの膝許にすすめた。

佐一郎はひどく勇気付けられた。

三年近くの旅、かれは路用の金を使いはたすと、川人足やときには寺普請の現場にまじって働いてきた。

山城屋に逗留して孫助を探しながら、夜は伏見から高瀬川を二条の船溜《ふなだま》りにむかう上《のぼ》り船の綱引き人足となり、日銭を稼いでいた。

そして仏光寺筋の木賃宿への帰路、四条下ルの路地で、近くの薪炭商「石川屋」の手代巳之助を殺害し、懐から五両の金を盗んだとして、東町奉行所に捕えられたのである。

「菊太郎さま、わたくしは天地神明に誓って、さような悪行はいたしておりませぬ。しかしながら、手代巳之助を殺害した刀は、確かにわたくしの品。どう弁解したとて、奉行所の吟味方にはきき入れられませぬ」

森丘佐一郎は、菊太郎の後ろにひかえる伊波又右衛門をちょっと一瞥《いちべつ》し、血走った目を無念そうに再び膝に伏せた。

下手人と、犯行を吟味した与力の間に坐り、菊太郎は気まずいものを感じた。

又右衛門が眉根《まゆね》を険しくひそめた。

「佐一郎どの、そなたのもうされたいことは相わかった。ご吟味役どのに失礼があってはならぬゆえ、ここはひとまずご牢におもどりあれ。あとはわしから吟味役どのに仔細をおたずねもうし、そなたのために尽力してみる」

かれの言葉で、又右衛門が二人の同心に目配せをあたえ、佐一郎は渋々牢に連れもどされていった。

控部屋には、又右衛門と菊太郎だけが残された。

「又右衛門どの、わざわざのお立会いありがとうございました。森丘佐一郎の言葉に失礼がありましたこと、それがしが重々お詫《わ》びもうしあげまする。何卒、お許しくだされ」

「いやいや入牢者、ましてや打ち首を目前にいたせば、誰でもああなりまするよ。わしたちの奉公は、人に好かれていてはつとまりませぬ。田村どの、気にいたされまするな」

「さようにもうしていただくと、気が楽になります。さてそこでおたずねしたいのですが、手代を殺した刀は当人の品、どう弁解したとてとは、いかなる事情でございましょう」

菊太郎は柔らかく又右衛門にたずねた。

「殺生に用いられた刀について、本人は当日の晩、綱引きに出かけるとき、確かに宿に置いてきた、巳之助は盗まれた自分の刀で殺されたにすぎないと、頑強にもうしたてました。されどわれわれといたしましては、刀が当人の物、しかも木賃宿から盗まれた五両の金がでてくれば、巳之助殺しは森丘佐一郎と決めつけるしかありませぬ。ご承知の通り、弁解だけではどうにもなりませぬからなあ」

かれの説明は理路整然としている。

気の毒そうにいう言葉のはしばしに、満更、冷たい人間ではないらしいかれの人柄がうかがわれた。

問題の刀は、殺害された巳之助の死体のそばに、放置されていたという。

吟味方同心や町廻りたちの聞き込みの結果、刀は木賃宿山城屋に逗留する浪人の所持品とすぐに判明した。

黒鞘の鐺《こじり》に特徴があり、造作なくわかったのである。

「田村どののご心中お察しもうしあげるが、事件の情況はすべて当人に不都合にできておりましてなあ。哀れと思いましても、私情をはさむ余地はありませぬのよ。三年余、貧に窮しながらの仇討の旅、人を殺して金をせしめ、なお望みを果たそうとしたのではないかと、意見をのべる同心もございました」

又右衛門は目を固くつぶって吐息した。

「さようでございますか。しかしながら又右衛門どの、ご裁許までにはまだいくらか日があるのでございましょうな」

絶望を感じながら、菊太郎はたずねた。

人間はいざとなれば、自分の非を容易に認めないものだ。矜持《きょうじ》をもつ人間でも、事情によってはどんな悪行をするかしれたものではない。人間はそんな危ういものをかかえ生きている。

強い矜持をもつだけに、佐一郎は自分の犯行を認めたくないのではないのか。だが敵を探して暮す果てのない日々、佐一郎がふと悪に走ったとしても、その情況を考えればどうしても哀れだった。

「田村どのが何をお考えかは問いませぬが、お奉行のご裁許は、われらの心づもり一つでなんとでも計らえます」

「それはありがたい。では勝手なお頼みでござるが、今しばらくご猶予を願えませぬか。手代殺しの下手人は森丘佐一郎で首を打たれるにしろ、当人にも十分納得してもらわねばなりませぬ。また懇意の不幸を知ったわたしといたしましても、それはそれなりに気持に辻褄《つじつま》を合わせたいのでございます」

「道理をつくされたお言葉、ごもっともでござる。あの者、今生《こんじょう》の際《きわ》に田村どのにお会いでき、やがて潔く覚悟をつけましょう。何卒、わたしどものいたらぬところは助《すけ》てくだされ。牢の方はいつでもお会いできるよう、わたしからも口添えしておきますれば、存分になされるがよい」

伊波又右衛門は、佐一郎を下手人と決めつけている口調だった。

三

暗い目で鯉屋の看板を見上げる。

菊太郎は黒暖簾《のれん》をはねあげ、黙って店の土間に入った。

「若旦那、牢屋敷の工合はどないどした」

帳場に坐っていた源十郎が、そろばんを弾く手を止め、菊太郎に声をあびせてきた。

「うむ、どないときかれても——」

「案じた通り、大垣でお世話になったお人の息子はんどしたんやな」

「ひどくやつれ、わしに助けを求めていた」

「やはりとんでもないことをやらはりましたんか」

源十郎が帳場から立ち上がってきた。

「そのようであり、そのようでなし」

「はっきりしまへんのかいな」

「当人によれば、自分は無実だともうしている。それを誰かに訴えたいため、わしを思い出して呼んだのじゃ」

「ご当人が濡《ぬ》れ衣《ぎぬ》だともうされているなら、それはそうどっしゃろ。どんなお人か深うは知りまへんけど、若旦那が信用してさしあげな、どうもなりまへんがな。ましてや、若旦那がお世話になったお人の息子はんどすのやろ。それにうちの稼業は公事宿どっせ。まもなくご裁許がでるにしたって、やることがあれば、してさしあげななりまへん」

離れにむかう菊太郎の後を追い、源十郎が言いつのった。

「そなたはさように思うか――」

「へえ、それは思いまっせ」

はっきり源十郎は断言し、別棟の奥から何事かと顔をのぞかせた喜六に、お茶をくれといい、離れの部屋に坐りこんだ。

「わしとて、これはもしかすると人に謀《はか》られたのではないかと考えてじゃ。同役に討たれた森丘清兵衛どのも当の佐一郎どのも、親子とも清廉潔白なお人柄。その佐一郎どのが、いくら仇討の旅に疲れ、金に窮していたとはもうせ、斬り取り強盗をするわけがない。渇しても盗泉《とうせん》の水は飲まれぬはずじゃ。父を殺されたうえ、知れぬ土地で汚名をきせられたまま首を打たれるのは、いかにも口惜しかろう」

「そらそうどっせ。なにも命が惜しゅうて無実をいいたてておいやすとは限りまへん。そこのところをくんでさしあげないけまへんわなあ」

　源十郎はしきりに菊太郎を焚《た》きつけ、喜六がお茶を持って現われると、これからすぐ東町奉行所にいけと命じた。

「旦那さま、ご用はなんどすねん」

「六角牢屋敷に捕えられてる森丘佐一郎いうお武家はんの、対決（口頭弁論）や紏《ただし》（審理）の要点を写してきなはれ。独りではかがいかんようやったら、誰か人を連れていってもよろし」

「森丘佐一郎はんどすな」

「若旦那がお世話になったお人の息子はんや。腹くくってやってきなはれや」

「へえ、わかってます」

　喜六はすぐに腰を上げた。

「早速にすまぬ――」

「なにいうてはりますのやな」

「そこでだが、牢屋敷からのもどりに思案したのだが、なんとも解しかねることが一つ二つあるのじゃ」

「それを早くきかせておくれやす」

「当人は京に入ってから、大垣藩の京屋敷に出頭して、留守居役に挨拶をすませている。いくら士道不心得、斬り取り強盗を働いたとはいえ、当人が士籍を明らかにしたため奉行所が問い合わせたのに対し、そんな侍はいないと返答するものだろうか。藩家の恥ともなる事件ゆえ、知らぬふりをしたい気持はわかるものの、そこは相手も武士、互いに意のあるところを察してもらい、ご内聞にともっていくのが普通ではないのかな。誰が留守居役に会うたのかは知らぬが、あの吟味方与力組頭の伊波又右衛門どのなら、それくらいの度量はそなえておられる。さらにもう一つ、人を殺して金を奪い、あわてていたのだろうが、凶器の刀をこれ見よがしに現場へ残すものだろうか。短刀ならともかく、放置してきたのは大刀じゃ。迂《う》闊《かつ》にもほどがある」

菊太郎は両腕をくんでうなった。

「その刀は木賃宿の部屋に置いておいたと、佐一郎はんはいうてはりますんやな」

「川船引きに出かけるときは、人目につくため、脇差だけをござに巻いてたずさえる。大刀は宿に残すと、佐一郎どのがもうしたてたときいた。それはそれで納得できる」

「なんや、きいただけでこれはちょっと妙どすなあ。なにもかもご当人の分が悪いようにできてますけど、そこのところが訝《いぶか》しおすがな。すべてができすぎてますわいな。吟味役さま方が、ご当人を下手人と決めつけはる気持もようわかりますけど、若旦那、非の打ちどころのない筋書きが、かえって怪しおまっせ」

「実はそこよ。わしもそれに不審を感じている」

「どこの世間でも、弱い立場の者をはめるのは造作おへんわなあ。ちょっとしたことで、どすんと罠《わな》に落ちてしまいまっせ」

「佐一郎どのを罠にはめ、この世から消せば誰が得をするか。要するにその点だな」

菊太郎の胸裏で大きく蠢《うごめ》きだすものがあった。

源十郎にはそれがよく察せられた。

「若旦那、なにか気づかれましたんか」

「うん、森丘清兵衛どのが不正を暴こうとしたその相手じゃ。藩主戸田公の姻戚に当るともうしていた。それだけの人物なら、家柄を笠にきてどこにでも手を廻せる。同役に清兵衛どのを斬らせたのもそ奴、さらに悪企みをいたし、佐一郎どのの存在を禍根として、抹殺することもできる」

「なんや、ぷんぷん匂《にお》ってきますやないか。そやけどこの一件は、鯉屋の算段だけではどうにもなりまへんわ。伊波さまはお人柄のまっすぐなお人どすさかい、一席設けてじっくりお話しはったらどないどす。お奉行さまはまだご裁許を下してはらへんのやし、再度のご詮議《せんぎ》もかないまっせ。黒を白に変えてしまえたら、これは公事宿冥利《みょうり》どすがな。お上《かみ》に対したって鼻が高うなりますわ。明日、三条木屋町の重阿弥《じゅうあみ》に座敷をとってもらいまひょ。伊波さまの方には、わしがこれから手配しときますさかい、若旦那、そうおしやすな。今夜は喜六が写してきた奉行所の糺なんかに目を通し、よく策を練っといておくれやすか」

「そうと決まれば、目鼻がついたも同然だ」

菊太郎が顔を明るくして膝をうった。

「若旦那、舞台に上るまえに、髪結い屋に行ってきなはれ。重阿弥といえばお信《のぶ》はん。あんまりむさ苦しい恰好では、お信はんに嫌われまっせ」

源十郎は菊太郎と重阿弥のお信が、深い仲になっているのを知っていたのである。

「そなた、わしをからかったつもりか」

「へえ、そのつもりどす。破《わ》れ鍋《なべ》に綴《と》じ蓋《ぶた》、重阿弥のお信はんなら、若旦那とはお似合いどすがな。播磨屋はんがどないいわはるか知りまへんけど、まあしわい顔をしはっても、最後にはご承知しはりまっしゃろ」

播磨屋助左衛門は、錦小路で海産物問屋を営んでいる。田村家を継いだ異腹弟銕蔵の妻奈々《なな》の父。菊太郎に重阿弥を気楽につかえといったのは、その助左衛門だった。

外では暮色がただよいかけていた。

翌日は好天にめぐまれ、きのうまでの寒さが嘘のようにおだやかな日であった。

朝から離れにとじこもり、喜六が東町奉行所で写してきた事件の調書を熱心に読んでいた菊太郎は、昼前、源十郎にうながされ、三条鴨川《かもがわ》ぞいの料理茶屋重阿弥に出かけた。

吟味方与力組頭伊波又右衛門の役宅には、源十郎が駕籠《かご》をさしむけていた。

門口の左右に盛り塩をおいた重阿弥の暖簾をくぐり、敷石を伝い内玄関にくる。

式台の大衝立《ついたて》が、光琳絵の梅に代っていた。

「おいでなはりませ」

落ちついた物腰で、重阿弥の女将《おかみ》が菊太郎を迎えた。

「東町奉行所の伊波さまは来ておられようか」

「へえ、先ほど駕籠でお着きどす。さあこちらにどうぞ」

女将は愛想よくいい、長廊で結ばれた離れの棟にかれを案内していった。

そこは播磨屋助左衛門のような特別な顧客にあてる部屋とみえ、庭の手入れはいきとどき、形のいい春日灯籠《かすがどうろう》が古色をおび、女将が指をそえた襖《ふすま》の金具も七宝《しっぽう》でできていた。

「おとのさま、田村さまがおこしでございます」

「お招きしながら遅参《ちさん》いたしました。何卒、お許しのほどを」

床を背にした伊波又右衛門に、敷居際で低頭した。

「いやいや、それがしも今しがた到着したばかりです。ご用のおもむきは、すでに鯉屋の源十郎からききました。さあ、こちらにずっとお寄りくだされ」

きのう六角牢屋敷で顔を合わせたときとちがい、又右衛門はぐっとくつろいでいる。衣服も平服。かえって菊太郎の方が改まった感じだった。

「昨日《さくじつ》は何かとお世話をおかけいたし、まことにありがとうございました」

「役儀のことゆえ、お気をつかわれますな。昨日は早速、鯉屋から牢屋に扶持《ふち》の仕出しがとどけられましたそうな。しかもご牢内の全員にだと、牢役の横田どのが驚いておられた。森丘佐一郎の一件について、わたしも特別に扱うわけにはまいらぬが、田村どののお立場を考慮いたし、できるだけの相談には乗り、計らえることはさせていただくつもりでござる」

又右衛門は機先を制する気か、厳正無比の片鱗《へんりん》をちらっとのぞかせた。

「それはかたじけない。しかしながら、吟味方の役目を曲げてまで何かをお願いいたそうと、ここにお呼びしたわけではございませぬ。きのうから今日にかけ、手代殺しの一件でわたしがあれこれ考えた存念を、きいていただくだけで十分でございます」

「存念ともうされると、わたしも身構えてきかねばなりませぬな」

「まあまあ、それほど固く考えられても困ります」

二人は互いに笑顔で軽くいい合った。

「ごめんやす——」

このときむこうから声がひびき、襖がそっと開かれた。

女将とお信が、突出しと銚子《ちょうし》を運んできたのだ。

お信は遠慮がちに、ちらっと菊太郎の顔をうかがった。

「お客さまにおすすめしてくれ」

かれに指図され、お信は又右衛門に銚子を傾けた。

数度二人の盃《さかずき》に酒をつぎ、彼女は退《の》いていった。

顔や物腰に安心がにじみ、最初会ったころにくらべると、彼女の表情は随分おだやかになっていた。

「又右衛門どの、話をもとにもどしますが、手代を殺害した下手人の刀の、これ見よがしに被害者のそばに投げ捨てられていたのが、それがしにはいやはや、なんとも第一に解しかねるのでございますが」

菊太郎はまあ一献とすすめていった。

又右衛門も素直に盃を受けた。

「それをいわれると、わたしにも説明のしようがない。刀は盗まれて凶器に用いられたのではないかと、もうされたいのでござろうが、わたしとて一応、それも考えた。しかしながら、木賃宿の山城屋を調べたところ、当夜、誰も不審な人物を見かけた者はないのでござるよ」

「わたしは大垣藩京屋敷の扱いにも、妙なものを感じておりますが、この事件はもしかすれば、森丘佐一郎どのを罠にはめる仕掛けではないかとにらむのは、そこのところです。人を殺して金品を奪うほどの男が、いくらあわてても犯行に用いた大刀を、現場に残しておきましょうか。佐一郎どのは武芸練達の士とまではいきませぬが、若くてもまあまあ腕のたつ男です。長年の習慣から刀は腰におびるはず。奉行所の調べを読みますと、被害者は左の肩から腹にかけ、一刀のもとに斬られていると書かれておりますが、これは腰から刀をぬき、両手で斬りおろしたにちがいありませぬ。片手ではとてもそうは斬れませぬからな。ここで下手人は、相手を斬ったあと、その懐から金子を盗み、代りに腰の鞘をわざわざ抜いて、その場に置いていったことになります。こんな不都合はとてもありえますまい。つぎに木賃宿の部屋から発見された五両の金子でございますが、佐一郎どのを罪におとしいれ、奉行所の手で殺させようと考える連中の仕業といたせば、造作なく行なえることでございましょう」

菊太郎は相手に力んで説明しなかった。

ゆったりした口調で、矛盾《むじゅん》を指摘した。

その方が説得力があった。

「あの下手人を罪におとしいれようとする者、そんな者がいましょうかなあ」

「そこがそれがしと又右衛門どのの見方のちがい。森丘佐一郎どのの仇討の旅、大垣城下で過ごしたそれがしにはわかりますが、それは事実です。にもかかわらず、大垣藩の京屋敷では、なんの関わりもないとそれを否定しました。ご尊父清兵衛どのは、藩主の血筋に当る上役の不正を暴《あば》こうとして殺害されたのであり、仇の大隅孫助とやらには、その上役の息がかかっておりましょう。それがしは佐一郎どのが京藩邸に顔をのぞかせたのが運のつき、当の上役の顔色をうかがう連中が、佐一郎どのの宿や行動をすべて把握し、ひと芝居うったに相違ないと考えております。これを事実とすれば、なにもかもがはっきり説明できるではありませぬか」

かれの言葉がようやく熱をおびてきた。

「田村どの、一つひとつごもっともです。大垣藩の返答を信用するあまり、わたしの吟味が浅慮であったかもしれませぬ」

「さよう率直にもうしていただくと、かえってそれがしが恐縮いたします。これはあくまでも佐一郎どのをかばうそれがしの推察で、事実は又右衛門どの方が調べられた通りかもしれませぬ。されど幸い、それがしの推察にうなずかれるのでございますれば、無辜《むこ》の若者を一人救うことになるかもしれず、何卒、お力をお貸しくださいませぬか」

ここで菊太郎は盃を膳《ぜん》にもどし、座布団から下りて両手をついた。

「まあまあ田村どの、そのお手を上げてくだされ。下手人を捕えるのはわたしどものお役目。お力をお貸しくだされとは、当方がもうさねばならぬ言葉です。わたしは東町奉行所の吟味方与力として、過ちを改めるについては、いささかもひるむものではございませぬ」

「ありがたい、これで話がついた。あとは大垣藩京藩邸、また本当の下手人に対して、罠をしかければよいのです。やつらはきっと尻尾《しっぽ》をだしましょう」

かれは満面に笑みをうかべ、お信に銚子を催促するため、大きく手を叩《たた》いた。

四

富小路にむかい、冠木《かぶき》門が構えられている。

庭を箒《ほうき》ではいていた中間《ちゅうげん》が、伊波又右衛門と田村菊太郎の姿が式台に現われたのを見て、さっと箒を倒し、片膝ついて低頭した。

「当藩に関わりのない埒《らち》もないことで、朝からわざわざお出かけくださり、ご丁寧にかたじけない」

二人が小者のそろえた履物を足に拾うと、見送りにでた留守居役の野原十左衛門が、正座して挨拶をのべた。

「いやいや。ご当家と無関係なことは重々承知でござるが、最初からのいきさつもあり、一応、お知らせにと参上したまで。お手間をとらせもうした」

又右衛門が十左衛門に軽く会釈していった。

菊太郎はかれの手下《てか》、吟味方同心と偽《いつわ》り、大垣藩邸に同行したのである。

東町奉行所から前もって来訪を告げていただけに、野原十左衛門は慇懃《いんぎん》に二人を迎えた。

「本日、それがしが参上いたしたのは、ほかでもございませぬ。過日、貴藩の士籍を騙《かた》りおった森丘佐一郎なる浪人、罪状明白につき、近々、お奉行が打ち首のいい渡しを行ない、即日にも処刑が執行されます。それゆえ、ご迷惑をおかけいたしたご当家に、東町奉行所吟味方としてご挨拶にまいった次第。これなる供はそれがし手下の同心、田村菊太郎ともうす。以後、お見知りおきくだされ」

伊波又右衛門は打ち合わせ通りの言葉を、よどみもなくのべたてたのである。

「全くもって不埒な浪人、当藩の面目もこれで保たれまする。近々、処刑いたされますのじゃな」

十左衛門は念を入れてたずねた。

「いかにも近々でございまする」

菊太郎が又右衛門に代って答えた。

相手は猪首《いくび》で胆汁質な赤ら顔。抜けめのない能吏の感じだった。

その顔が、またもや当藩と関わりのないことだと重ねていっている。

——こ奴、なかなかの曲者、後ろ暗いことがあるにちがいない。

それがかれの表情にじっと目をすえていた菊太郎の観察だった。

「ではこれにてご無礼つかまつる」

又右衛門がいい、菊太郎は後ろに従った。

冠木門の外にでると、かれらは富小路の町筋に素早く目をくばった。

東町奉行所の与力や同心たちが、服装を変え、近辺にいるのを確かめたのである。

百姓に化け、空の荷車を止めて煙草を一服吸っている同心がおり、鋳掛屋《いかけや》になり、町辻に坐り込み鍋底をたたいている者もいた。

二十人近い与力や同心が、大垣藩の周辺に配され、これからおこる人の動きをじっとうかがっているのである。

「田村どののご舎弟銕蔵どのも、どこかにひそんでおいでになるはずです。手ぬかりは一切ありませぬぞ。藩邸の者が動けば、与力や同心がそれぞれあとをつけ、不審はないか確かめることになっております」

「お役目とはいえ、さすがでございますなあ」

「なんのこれしきの手配り。あとは鯉屋で知らせを待つだけでございますわい」

二人は富小路を御池《おいけ》まで下り、それから道を西にとり、鯉屋にと急いだ。

鯉屋の源十郎や下代《げだい》の吉左衛門、まだ手代の喜六たちが一斉に出迎えてたずねた。

「藩邸の方はどうどした」

「上々の首尾、わしの見込みちがいでなければ、あいつたちはさして時をおかずに動きはじめる。昼までには見張りについた与力や同心衆が、ここに駆けこんでこられるはずだ」

「いよいよ正体を暴いてやるんどすな」

吉左衛門が又右衛門に愛想をいった。

「伊波どのに、それまで奥の離れで休息していただく」

奉行所同心に化けていた菊太郎は、腰から刀を抜きとり、左手に持ちかえ式台に上った。

かれの足元に、猫のお百《ひゃく》が寄りそってきた。

「おお愛《う》いやつ、朝からご用で出かけていたわい」

菊太郎は右手でお百を掬《すく》いとり、頬ずりして離れにむかう。

やや遅れ、源十郎が又右衛門を案内してきた。

「昼にはちょっと間がありますけど、何がおこるかしれまへんさかい、戦の腹ごしらえをしてもらいまひょか」

源十郎の指図で、お多佳《たか》たちが膳を運んでくる。

一本だけと断わり膳につけられた銚子が、二本になり、菊太郎が焼き魚の頭をお百にあたえたとき、鯉屋の表からあわただしい気配がとどいてきた。

盃に手ものばさず食事をすませていた伊波又右衛門が、表の気配に耳をすました。

「若旦那さま、きよりましたがな」

喜六の知らせにつづき、離れに姿をみせたのは鋏蔵だった。

股引《ももひ》きをはき、半纏《はんてん》をひっかけている。

職人の風体だった。

「鋏蔵か、相手は動いたのじゃな」

「はい、伊波さまと兄上どのがもどられて間もなく。わたくしがあとをつけました」

かれの目は、役目柄、又右衛門にむけられている。

「して相手は誰だ」

「兄上どのの見込み通り、留守居役の野原十左衛門でございました」

「どこにむかいおった」

「寺町姉小路下ルの大垣藩御用商人、壺屋八兵衛の許でございます。なにやら北叟笑《ほくそえ》みながら、急いでまいりました」

「藩邸のすぐ近くではないか。北叟笑んでとは、おのれ十左衛門、御用商人まで抱きこんでおったのじゃな」

菊太郎は憎々しげに舌を鳴らした。

「森丘佐一郎の奴、目論みどおり近々、打ち首になるそうだ。これで一件落着よ。そなたも国表の戸田左大夫さまからいいつけられたご用がすみ、今後、大隅孫助も枕《まくら》を高くして寝られよう。殿の血筋の悩みごとに手を貸し、貸しをつくったからには、これからあと何かと儲《もう》けは大きいぞよ」

「お留守居役さま。なにをもうされますのやら。お血筋さまの不正を隠すため、その指図で孫助どのをかくまい、いろいろ細工したのは、お互いさまどすがな。お血筋さまの差し金で父親を討たれ、今度は無実の罪をきせられ首を刎《は》ねられるお人は、踏んだりけったりでお気の毒どすなあ。そやけどそれもなにかの因縁でございまっしゃろ。孫助どのを追っかけ、京にきて藩邸に顔をみせたのが不運どしたな。飛んで火に入る夏の虫とはこのことどすわ。わたしかて少しぐらい後ろめとうおすけど、何より店の商いが大事、お留守居役さまはこれからのご出世が大事どっしゃろ。つまり、お互い一蓮托生《いちれんたくしょう》。まあ何もかも無事に片付いてようしゅうおましたなあ」

菊太郎にも又右衛門にも、かれらが祝着《しゅうちゃく》をのべあう声がきこえるようであった。

「くそっ、野原十左衛門は大変な食わせもの。大きな目論みがあれば、森丘佐一郎なる者、当藩の士ではないと白を切るはず。奉行所をまんまと騙《だま》したつもりだろうが――」

事態が菊太郎の推察通りの動きをみせているだけに、又右衛門は目を怒らせてつぶやいた。

「伊波どの、野原十左衛門の悪企みはもはや千に一つの間違いもございませぬ。この弟鋏蔵めに命じ、木賃宿の主嘉兵衛を奉行所に引ったて、佐一郎どのの部屋から大刀を盗みだし、五両の金を置いた経緯《いきさつ》を、白状させていただけませぬか。おそらく嘉兵衛には壺屋八兵衛の息がかかっておりましょうぞ」

菊太郎は喜六にもう一本銚子をいいつけ、又右衛門に迫った。

「田村どの、およその綾《あや》がわかり、このわしもようやく腹にすえかねてまいった。鋏蔵どの手をわずらわせることはない。わしが直々木賃宿にまいり、主の嘉兵衛を引っくくってくれ、石を抱かせ、逆さ吊《づ》りにしても、真相を白状させてくれましょう。お上を愚弄《ぐろう》いたせばどうなるか、連中に見せつけてやるのじゃ」

かれは、鋏蔵どの、壺屋にも十左衛門にも見張りを配してあろうなと念をおし、十手をにぎりしめて立ち上がった。

お百がかれの殺気を感じたのか、菊太郎の膝許でふうっと毛を逆立てた。

開き戸があき、牢屋の石畳がにわかに騒がしくなった。

大牢にむかい、誰かが引きずられてくる。それが現われるより先に、荒い喘《あえ》ぎ声がきこえてきた。

「こりゃあひどい。てめえら、これほどまでに人を痛めつけてええのかいな。てめえたちのお袋や子供たちに見せてやりたいもんやで」

吉弥が格子の外を見て叫んだ。

吟味方同心と牢屋同心に両腕をかかえられた中年すぎの男が、息も絶えだえで、牢の鍵《かぎ》が開けられるのを待っている。

ひたいが割れ、鮮血が顔をぬらしていた。水桶《みずおけ》に首でもつっこまれたのか、全身ずぶぬれで、手足にも血がにじんでいた。

鍵ががちゃんと開き、男の身体が牢内に投げこまれた。

「そ奴をみんなで介抱してやれ」

若い同心が牢内にいいつけた。

「畜生、偉そうにこきやがってからに。てめえら、地獄の鬼のつもりででもいるのか」

牢内のみんなが、ぼろ布のように投げこまれた新入りの脇に集まるのを見て、吉弥がまた吼《ほ》えたてた。

「うるさいぞ小盗人《こぬすと》、そいつはおぬしみたいに腹の底が浅くないんじゃ。どれだけ痛めつけたとて、どこからも文句はでぬわい。そいつにくらべたら、おぬしは善人じゃ。わかったか

――」

あべこべに罵倒《ばとう》され、吉弥はきょとんとした顔で、床に横たわる新入りの顔を見下ろした。

「こ、これは、木賃宿山城屋の主ではないのか――」

牢のすみから森丘佐一郎が立ち上がり、新入りのそばにいざり寄ってきた。

嘉兵衛があっと声をあげて目をつぶり、顔をそらした。

「ご浪人はん、この新入りを知ってるんかいな」

久蔵が二人の表情をうかがってたずねた。

「うむ、これはわたしが逗留いたしていた木賃宿の主じゃ。いかなる仔細があってこれほどの拷問。さあわたしが手当てをしてつかわす」

佐一郎は懐から汚れた布をつかみだし、嘉兵衛のひたいの血をまず拭《ぬぐ》った。

嘉兵衛はそれでも目を閉じ、顔をそむけている。

なぜか佐一郎の手が自分に触れるたび、ぶるっと身体を震わせ、怯《おび》えをのぞかせた。

牢内の者は、奇妙な新入りと佐一郎を眺め、再び大牢の前に人が現われたことにも気付かなかった。

外から牢内のようすをじっと見つめていたのは、伊波又右衛門と着流し姿の田村菊太郎だった。

供についてきた牢屋同心が、牢の鍵をまた開けた。

「これ佐一郎どの、さような奴の手当てなど無用じゃ。強情な男で、きのうから今日にかけ、どれだけ責められても口を割らなんだが、やっとすべて白状しおった。そなたの刀を盗み、五両の金を細工したのはその嘉兵衛なのよ。大店《おおだな》を構える壺屋から、あれこれ甘い餌《えさ》を与えられれば無理もないが、そ奴が早く口を割らなんだゆえに、お父上清兵衛どのを闇討《やみう》ちした大隅孫助が、口封じのため殺害された。後ほどゆっくり説明いたすが、この牢には石川屋の番頭ばかりか大隅孫助を殺した浪人もほどなくぶちこまれてくる。さらに腹黒い商人もじゃ。さあ、そなたは早く外に出てまいられよ」

菊太郎が憮然《ぶぜん》とした顔と声で命じた。

「森丘佐一郎どの、そなたの疑いは、この田村どののお働きで何もかも晴れましたぞ。わしらも危うく罪を犯すところでござった」

伊波又右衛門のひたいには、びっしょり汗がうかんでいた。

これから京都所司代に行き、大垣藩京屋敷留守居役野原十左衛門の罪状を告げる。

あとの処置は、江戸の老中によって行なわれるのである。

佐一郎には自分の身になにがおこったのか、とっさにわからなかった。

唖然《あぜん》とした表情で、牢の外の菊太郎を眺めた。

「ご浪人はん、命がたすかったやおへんか。地獄から生き返ったようなもんどすなあ」

「あやかりたいもんどすわ」

吉弥の言葉に久蔵がつづけた。

――佐一郎どののお気持を考えれば、なにがあやかりたいもんじゃ。

菊太郎が胸のなかでつぶやき、嘉兵衛の泣き声だけが牢内にひびいた。

# 梅雨の螢

一

数日前から降りつづいていた雨が、昼すぎになりやっとあがった。

薄陽が京の町を明るく照らしつけている。

「毎日、うっとうしゅうおしたけど、これで梅雨はあがったんどっしゃろか」

下代《げだい》（番頭）の吉左衛門が、びっしょり水をふくんだ中庭から目を空に移し、田村菊太郎《きくたろう》にたずねかけた。

かれは先ほど店の帳場から離れに姿をのぞかせ、無駄口をきいていたのである。

手代の喜六は、月番の東町奉行所公事宿《くじやど》詰番部屋へ、朋輩《ほうばい》の幸吉と出かけ、主《あるじ》の鯉屋源十郎は女房のお多佳《たか》をともない、東山高台寺《こうだいじ》脇《わき》の隠居《いんきょ》所で、妾《めかけ》のお蝶と暮している先代宗琳《そうりん》のもとへ行っていた。

そこでややこしい問題がおこり、その紛糾解決のためだった。

先月から、いくつか厄介な公事をたてつづけに片付けたあとだけに、源十郎はひどく不機嫌な顔で出かけた。

「いやいや、なんで梅雨があけたものか。梅雨に入ったのはついこの間、これは中休み、これからが本番じゃ。それにしても蒸し暑い。源十郎の奴《やつ》はかっかとした顔でまいったが、ともかくご苦労じゃわ」

菊太郎はだらしなく開けた襟許に団扇《うちわ》で風を入れ、にやっと笑った。

「へえ、それでも実の親御はん、ましてや店のご先代はんのことどすさかい、棄てておけしまへん」

さすがに吉左衛門は顔付きを翳《かげ》らせた。

公事宿「鯉屋《こいや》」の先代、宗琳の世話をうけるお蝶が、高台寺脇からやつれた顔で店にきたのは、前日だった。

「高台寺のお蝶はん、いったいどないしはりましたんやな」

ときどき源十郎にいいつけられ、高台寺脇まで金品を届けにいく吉左衛門が、びっくりして彼女の来訪を主に取りついだ。

客間で源十郎は半刻（一時間）ほどお蝶と話しこみ、ついで小僧の佐之助に女房のお多佳をよばせて同座させ、最後には手代の喜六に彼女を妾宅《しょうたく》に送らせた。

このあと店の雰囲気が、源十郎の気分をそのままに映し出し、なにか剣呑《けんのん》になった。

「源十郎、今日は昼からすこぶるつきの不機嫌面だが、どうしたというのじゃ。公事宿の主がそんな渋い面では、客が鯉屋は公事下手、迂闊《うかつ》に頼めばばかをみると、店先から逃げていくぞよ。いいかげんにいたさぬか――」

早い夕食のあと、菊太郎は離れに蚊遣《かや》りを運んできた小女のお杉にかれを呼ばせ、話の口をきらせた。

外では雨がどしゃ降りだった。

「若旦那《わかだんな》、まあ恰好の悪い、ひとつ聞いておくれやすな」

かれは坐《すわ》るなり、膝許《ひざもと》の団扇に手をのばしていきりたった。

「恰好が悪いとはなにがじゃ」

「高台寺の親父に、また女子《おなご》ができたんどすがな。しかもそれが性悪女。お蝶はんがこのわたしに、どうにかしてほしいと泣きついてきよったんどすわ。こういうてはなんどすけど、親父のお妾はんがどっせ。実の息子として、これは工合がごつ悪おすわ。ほんまにあの歳してからに、しょうもない親父どすわ」

「武市が新しい女子をこしらえたとは、これは面くらった」

「そうどすやろ。年とって若いお妾はんと仲良う暮していると思うてたら、そうではありまへんのやわ。誰《だれ》でも面くらいますがな」

「だが、その妾どのが泣きついてきたとなれば、全く放っておくわけにもいくまい。ところで、武市は当年いくつになるのじゃ」

武市とは宗琳の前名。かれは若いころ菊太郎の父親の手先として働き、東町奉行所に近い大宮姉小路《あねこうじ》上ルに公事宿を構えたのである。

「もう六十九、来年は古稀《こき》どすがな」

「ほう来年は古稀か。中国の詩人杜甫《とほ》が、人生七十古来稀《こらいまれ》なりと詩中でうたったため、七十歳を称して古稀ともうすが、まさにこれは古来稀な話じゃ。わしの親父も、銕蔵《てつぞう》のおふくろどのと夫婦になってから祇園《ぎおん》の茶屋娘に手をつけ、わしが生れたわけだが、その点では元気な親父をもち、そなたもわしもえらい迷惑というべきかな。もっともいまでは中風《ちゅうふう》で倒れ、みんなを手こずらせておられるが」

「若旦那、あんまり混《まぜ》っ返さんとくれやすか。わたしにしたら、ほんまに困りきった真剣な話どっせ」

「まこと、その気持はよくわかる。老人の色事はとかくむきになりやすく、頑迷固陋《がんめいころう》、これまでの例では、多くがどうにもならぬ血なまぐさい結末をむかえておる」

菊太郎がいうのをきき、源十郎がさらに苦虫をかみしめたような顔をみせた。

多くがどうにもならぬ血なまぐさい結末をむかえるとは、恋に狂った年寄りの妄執《もうしゅう》の果てをいい、かれの脳裏に刃傷《にんじょう》の光景や、老醜のすさまじい姿がうかんでは消えた。

「よしておくれやす。若旦那はわたしや親父をなぶってはるんどすか」

源十郎が不快をあらわに示したのも、無理はなかった。

「おお、これはわしが悪かった。嫌味でもうしたわけではない。許せ、許してくれ。だが、そなたも、処置を誤ればさような次第になると、心得ておかねばなるまいぞ」

「へえ、その通りどすわ。わたしこそ若旦那に失礼な口をきいて堪忍しておくれやす。なにしろお蝶はんの話をきいてから、気が立ってならんのどすわ。わたしの身になって許しておくんなはれ」

ばたばた源十郎は団扇をあおいだ。

お蝶の打ち明けたところによれば、宗琳に不審な行動がはじまったのは、今年に入ってからであった。

正月、かれは〈初夷《はつえびす》〉に詣《もう》でるため、四条大和大路下ルの夷神社へ出かけた。

普通ならどこへでもお蝶が宗琳につきそい、かれが独りで外出するのは珍しかった。

当日、彼女は月のものがきたため、初詣でをひかえさせられたのである。

高台寺脇の妾宅から夷神社までは、東山の麓《ふもと》を下《くだ》り、建仁寺《けんにんじ》の前を通れば、すぐの距離になる。

初夷のにぎわいから八坂《やさか》の塔《とう》が望める。

一刻ほどでもどるといい、軽衫《かるさん》姿に綿入れの袖《そで》無し羽織で出かけた宗琳が、やっと帰ってきたのは、夜に入ってからだという。

じりじり心配して待ち、これ以上もどらなければ鯉屋に連絡をつけようかと思案していたお蝶は、ほっと胸をなで下ろした。

だが、ごゆっくりでございましたなあと声をかけただけで、なぜどうして遅くなったかまではたずねなかった。

彼女は妾といっても、もとは鯉屋の奉公人。十七のとき京の北・山国村《やまぐに》から女中奉公にきた女子で、長い間鰥夫《やもめ》暮しをしてきた宗琳が、二十二の彼女に手をつけ、世間体をはばかり高台寺脇に一軒構えさせたのだ。

宗琳と彼女は四十二、三も歳が離れていた。

もちろん、お蝶の両親を納得させるについては、相当の計らいや金が出された。

宗琳が店を息子の源十郎にゆずり、妾宅に移ったのは四年前。以来、お蝶は親娘以上に年のへだつかれによく仕えた。

暮しのきりもりは上手で、こまかいところにもよく気がつき、さらには料理に工夫をこらし、宗琳の口を楽しませた。

そのうえ無口、旦那の宗琳には願ったりかなったりの女子だった。

それだけに、財布は一切まかせていた。

鯉屋から源十郎や下代の吉左衛門がとどける月々の生活費も、お蝶に渡される。

宗琳は店を源十郎にゆずるとき、別に持って出た二百両の金も、彼女に預けていた。

初夷からもどった夜、かれは食事はすませてきたといい、湯をあびただけで、すぐお蝶に布団を敷かせた。

宗琳は微醺《びくん》をおびており、何事も深く穿鑿《せんさく》しないたちのお蝶にも、かれがどこかで一杯ひっかけてきたぐらい察せられた。

翌日の昼すぎ、かれはまたお蝶にちょっとそこまで行ってくると断わり、家をあとにしたが、帰ってきたのは夜、やはり酒をだいぶ飲んでいた。

こんなことがちょいちょいあり、二月になり、宗琳はお蝶に二十両の金子《きんす》を出させた。

それがさらに重なり、桜の季節までに、六十両近い金が彼女の手許から消えていった。

「そのお金、どうお使いでございます」

お蝶はよほどたずねようかと思ったが、自分は宗琳から金を預かっているにすぎない。おとなしい性格でもあり、とても口にできなかった。

そのうえ金のことをいいだすとき、宗琳はいつもにくらべひどく厳しい顔だった。

——旦那さまは、どこぞに女子はんをこしらえはったんやわ。

一生懸命宗琳に仕えてきたお蝶は、かれを見送ったあと、そっと目頭をおさえた。

もしそうなら、自分は黙って身を引いてもいい。若さこそ代償に奪われたが、宗琳は山国村の両親や兄に十分な手当てをしてくれた。山や田畑を買いあたえられており、自分が村に帰っても、冷遇されるはずはなかった。

今日こそこっそり村にもどろうと、手荷物をまとめてみる。しかしやはり決意が鈍り、家を出るのが一日一日のばされ、梅雨にはいった。

決断のためお蝶は、預かっていた金の全部を、ある夜、何もいわず宗琳の膝許に置いたという。だがかれは渋い顔でそれを受けとり、自分の文庫にしまったそうだった。

なにかの弁解を期待していたお蝶は、布団に顔をうずめ、長い間、涙を流しつづけた。

「どうして、それをもっと早うわたしにいうてくれなんだんやねん。若旦那、わたしはお蝶を叱《しか》りつけましたけど、息子のわたしにつげ口するみたいで、そんなことやっぱりいえしまへんわなあ」

源十郎はお蝶からきかされた話の概略を、やっと菊太郎に語り終えた。

「それはそうだろう。下手に話せば誤解される。また自分の立場を考えれば、どうしても気持がひるむであろう。女子としていじらしいではないか」

菊太郎は盆正月、宗琳の供にしたがい、鯉屋へ挨拶《あいさつ》にくるお蝶の伏し目がちな顔を思いうかべてつぶやいた。

　おそらく彼女は、一旦、黙って身を引こうとしたものの、宗琳の身が案じられ、躊躇《ちゅうちょ》しながら源十郎に相談をかけてきたのだ。

「若旦那、ほんまにいじらしおすわ。お蝶みたいな女子、今時、どこにもいてしまへん。それだけに、親父はしたい放題なんどっしゃろ。分別をわきまえた親父やと思うてましたけど、もうあきまへんなあ」

「お蝶どののもうされるのが本当だとすれば、厄介だわなあ。相手がどのような女子か、その話だけでは全くわからぬが、ただ一つここでもうせるのは、敵も商売、腕によりをかけて宗琳をたぶらかしているのであろうよ。いくら世間の泥沼を見てきたとはいえ、なにしろ宗琳も寄る年波じゃ。目鼻だちがととのい、口のうまい女狐《めぎつね》にあまえられたら、ひとたまりもあるまいよ。色事に歳はない、また思案のほかともうすでなあ」

「金子の方はともかく、その相手が一番気になりますのやがな。うちの親父はいっこく者どっしゃろ。それがあの歳で女子に狂うたとなれば、いったいどうなるやらと、背筋が寒うなりますわ。お蝶にはもう少し我慢してくれ。わたしがあんじょう親父に話してみる。山国村にもどるくらいやったら、この鯉屋を実家と思い、遠慮なく帰ってきなはれといい、高台寺脇に帰しましたけど、若旦那、いったいどうしたらよろしゅうおまっしゃろ。女房のお多佳の奴が、あんまりの仕打ちやゆうて、頭から角だして怒ってますねんやわ」

「そら怒るのは無理もない。女子にはもっとも忌むべき話だからな」

「それもそうどすけど、お蝶が親父の子を産むことがあれば、子供のないわしら夫婦の子として育て、店のあとを継がせようというてましたさかいどすわ。とにかく明日にでも高台寺脇に出かけ、親父から話をきかなりまへん。せやけど、わたしの意見をきいてくれはったら別条ありまへんけど、一度つむじを曲げさせたら、若旦那がいわはるように、面倒になりかねまへん。普段はものわかりのええ顔をしてますけど、いざとなると、なかなかわたしの話に諾《うん》といいよりまへん。いつまでもわたしを若造やと思うてからに。大旦那さまが中風で寝ついてはらへんかったら、意見の一つもいうていただけますのやけどなあ」

かれは深いため息をつき、肩を落した。

「源十郎、ここでぼやいていてもはじまるまい。なにはさておき、明日は宗琳をたらしこんでも、逐一をきいてまいれ。対策はそれからじゃ。わしもいくらそなたから相談をうけたとて、色におぼれた老耄《おいぼれ》につける妙薬など、持ち合わせぬぞよ」

菊太郎もただただあきれ、腕をくんでうなるよりほかなかった。

源十郎が女房のお多佳を連れて出かけたのは、これまで宗琳が、彼女の言葉には従ってきたからである。

丁稚《でっち》から手代、つぎには下代として先代宗琳につかえてきた吉左衛門は、高台寺脇の妾宅で、いまごろ源十郎夫婦がどう話をきりだしているだろうと考えると、帳場にじっと坐っておれない気分だった。かれは、やっぱり棄てておけしまへん、大旦那さまは魔がさしたんどっしゃろなあ——と改めてつぶやき、襟許に風を入れている菊太郎を、話のなかに誘いこもうとした。

だが菊太郎は、依然として熱心に団扇を使っている。

「若旦那さま、涼しい顔してはりますけど、高台寺脇はどないなってるか、少しも気にならはれしまへんか——」

かれは焦《じ》れた顔で菊太郎に迫った。

「吉左衛門、わしらがここでいくら心配したとて仕方あるまい。なるようにしかならぬ。この世でできたことは、この世で始末がつくものじゃ。どれ、台所に行って、お杉から煮干しでももらってくるとするか」

団扇をあおいだまま、菊太郎は立ち上がった。

猫のお百《ひゃく》が、中庭から縁側に足音もなくあがってきたからだ。

お百は吉左衛門をちらっと眺めると、小さな声で鳴き、菊太郎を見上げた。

二

今日もまた雨だった。

連日、降りつづいているだけに、鴨川《かもがわ》も増水し、三条大橋の橋げた近くまで濁流が迫っていた。

菊太郎はかすかにひびいてくる無気味な音をききながら、昼すぎから三条大橋東詰めにあるお信《のぶ》の長屋で羽根をのばしていた。

娘のお清は、桶屋に嫁いだお信の姉の許に遊びに行っており、お信は寝乱れた髪をまとめ、近所の酒屋へ酒を買いに出かけた。

――おまえはこのまま鯉屋に居候をきめこみ、まだ横着をつづけたいともうすのか。

布団の横にひかえた菊太郎に、中風のおぼつかない言葉で叱咤《しった》した父次右衛門の声がよみがえってくると、かれは苦笑をうかべ、染《し》みのうきでた天井板を見上げた。

東町奉行所で組頭をつとめる異腹弟の銕蔵が、菊太郎を吟味方与力として登用することが、上役の間で正式に決まったとの話を鯉屋に知らせてきたのは、源十郎夫婦が渋い顔で高台寺脇からもどってほどなくだった。

新規召し抱えとしてだという。

「それはお目出度いことどすなあ。大旦那さまもこれでご安心どっしゃろ。なあお多佳——」

まだ着替えもしていない彼女に、源十郎は笑顔でいった。

源十郎にも当の菊太郎にも、銕蔵の舅《しゅうと》、錦小路《にしきこうじ》の海産物問屋「播磨屋《はりまや》」助左衛門の働きかけで、奉行所が決定したぐらい十分わかっていた。

「若旦那さま、ほんまによろしゅうおましたなあ。今夜は赤飯を炊いてお祝いさせてもらいまひょか」

固い顔でもどったお多佳が、無理に笑いをうかべ夫にうなずいた。

「わずかな扶持《ふち》をもらい、命をまとの吟味方与力とは片腹痛い。なにが目出度いじゃ。そなたたち夫婦は、わしをそれほどここから追い出したいのか」

菊太郎は銕蔵が思わず腰をうかせるのを無視して、源十郎に皮肉をあびせつけた。

「わ、若旦那、なにをいわはりますねん。わたしがこの鯉屋から、若旦那を追い出したがってるとは、あんまり情けないいいようどっせ」

「兄上どの、それはいいすぎでございまするぞ」

自分が持ってきた吉報を一蹴《いっしゅう》され、銕蔵が鼻白んだ表情で意見をくわえた。

「銕蔵に源十郎。わしがいいすぎているぐらい、自分でもわかっている。だがなあ、このわしが与力のお仕着せをきて、毎日毎日奉行所勤めができるものか、よく考えてみろ。とてもできまいがな。わしは堅苦しい暮しは大嫌いじゃ。ふらふらなまくらに生きる習慣が、身についてしまっておる。わしが吟味方与力として奉行所に仕え、犯人を強請《ゆす》って賄賂《わいろ》でもとる不埒《ふらち》をいたせば、新規召し抱えとはもうせ、今度こそ田村家はお取り潰《つぶ》しになるわなあ。桑《くわ》原《ばら》桑原。銕蔵、田村家の後取りとして、奈々《なな》どのと平和にやっていこうと考えるなら、わしの身などさように心配いたすな。なあ源十郎、そうではないのかな。錦小路の助左衛門どのも、算勘《さんかん》を狂わせておいでになる」

ずけずけと菊太郎はいいつづける。

かれはそれより、宗琳の始末がどうつけられたのか、それを早くききたかった。源十郎とお多佳の気配では、一筋縄でいきそうにないことだけは、はっきり見てとれていた。

「それで兄上どのは、いかがいたされますのじゃ」

「ありがたいが、わしには迷惑。正式に沙汰《さた》があった折には辞退いたす。悪く思わんでもらいたい」

「この話、すでに父上さまもご存知でございますれば、兄上どのからよろしくご説明くださいませぬか。もちろん、きついお叱りをお覚悟のうえで」

銕蔵はあきれ顔で感情をおさえてつけ加え、最後に明日、屋敷に顔をのぞかせる約束までかれから取りつけた。よほど腹にすえかねたのだろう。

菊太郎が育ったなつかしい家を訪れ、父次右衛門の病室に手をつかえると、かれはすでに銕蔵から役儀辞退をきいていたとみえ、初めから機嫌が悪かった。

父の枕許《まくらもと》で義母の政江が気をもんでいた。

「わたくしの身を案じてのお小言でございましょうが、何卒、ご斟酌《しんしゃく》はご無用にしてくだされ。鯉屋の源十郎もさして迷惑ではないともうしておりますれば、いずれ寺小屋など営み、生計をたてたいと思案していたところでございました」

とっさに当りさわりのない話を作り、了承をもとめると、次右衛門は急に険しい顔をゆるめた。

「それならそれでもよいが、そなたもそろそろ年、身を落ちつけるなら、合わせて妻をめとらねばなるまいぞ。わしはそなたに――」

ここで政江と銕蔵が、気をきかせてあわてて座を離れた。

次右衛門があとにつづく言葉を、ぐっと飲みこんだのを察したからであった。

「父上どの、もうお休みなされませ。何もかも一度にもうされては、お身体《からだ》に毒でございまする」

痩《や》せた父親の腕をとり、菊太郎は布団のなかにもどした。

「き、菊太郎、まことをもうせば、わ、わしはそなたにすまなんだと思うておる」

嗚咽《おえつ》をこらえた声だった。

「いまさら、な、なにを世迷言《よまいごと》をもうされますのじゃ」

菊太郎はいきなり詫《わ》びられ驚いた。

あのときの狼狽《ろうばい》を思い出すたび、いまでも胸が熱くなってくる。

父は、自分が家督を異腹弟の銕蔵にゆずるため、遊蕩《ゆうとう》のすえ家から出奔したのを、早くから気付いていたのだ。播磨屋助左衛門を動かしたのは、案外、義母の政江や病床についたままの次右衛門かもしれなかった。

――身を落ちつけよともうされるなら、わたくしにはお信ともうす女子がござる。

即座にいってやったら、次右衛門はなんと答えるだろう。

料理茶屋で仲居をつとめ、しかも子連れだと告げれば、すまなんだと詫びた手前、叱る言葉に窮するに決まっていた。

菊太郎は胸の中で悪戯事《いたずらごと》をひねり、また苦笑をうかべた。

小さな足音が戸口に近づいてくる。

足音は、表で止まり、番傘を閉じる音がきこえてきた。

「ただいまもどりました」

徳利をかかえ、お信が帰ってきたのだ。

「雨のなかをもうしわけない」

「いいえ、とんでもおへん。これから仰山《ぎようさん》買いおきをしておきますさかい。うちこそすんまへん」

お信は濡《ぬ》れた足を拭《ぬぐ》い、台所で燗《かん》付けにかかった。

項《うなじ》をまわして答えるお信の腰付きが、気だるそうに見える。

約四年半前、連れ合いに死なれてから、初めて男に抱かれるのだと、最初のとき彼女は声を忍んでしがみついてきた。

菊太郎が三条大橋東詰めに近い法林寺《ほうりんじ》脇のこの長屋を訪れたのは、これが二度目。酒のあるはずがなかった。

「ここまで鴨川の水音がとどいてくるが、水はまだ増える気配かな」

「もう大丈夫、朝とくらべると、だいぶ減ってきてます。それでも近年にない大水やそうで、川岸は見物人でいっぱいどした」

「姉上どのの許に遊びにまいっているお清、まさか大水の見物には行っていまいな。水が減りつつあるとはもうせ、もし堤が崩れでもすれば大変じゃ」

菊太郎は、お信が持ってきた銚子《ちようし》にのばした手を止め、彼女にたずねかけた。

一瞬、お信が動きを止めた。

「姉は慎重な質《たち》、心配あらしまへん」

彼女は小さな声でいい、うっと口許をおさえ、台所に身をひるがえしていった。

――いったいどうしたのじゃ。

怪訝《けげん》な表情で菊太郎は盃《さかずき》をあおった。

やがてお信が、小指で目許を拭《ぬぐ》い、もどってきた。

菊太郎が娘の身を案じてくれたことがうれしかったのである。

「いかがしたのじゃ。何かあったのか」

「いいえ、なんでもおへん。ただうちはうれしかっただけどす」

「何がそれほどうれしいのじゃ」

「こんなこと、軽々しくいえしまへん」

「そんなものかな。ここに機嫌のよい女子がいれば、別なところでは、わけのわからぬことで頭を悩ませている男がいる」

「それは鯉屋の旦那さまどすか。途中まできかせてもらいましたあの話どすなあ。高台寺脇からおもどりやしてどないどした」

先ほど菊太郎は、お信に、源十郎が宗琳の隠居所に出かけたことまでを語っていたのである。

「どうもこうもない。源十郎がどれだけ訳をきいても、武市の奴《やつ》はお前には関係のないこと、放っておいてくれとむつかしい顔をするばかりで、全く取りつく島もないそうじゃ。もっとも、自分の手で片をつけるとはもうしていたというが——」

「大旦那さまとすれば、ほかにいいようがありまへんのどすやろ」

「そなたとわしならともかく、武市ほどの歳《とし》になって、息子から女出入りを詰問されれば、語る言葉もあるまい。されば、自分で片をつけるともうすより仕方ないわなあ。またそれができればまことによいのじゃが」

　源十郎は帰宅したあと、奉行所の詰番部屋から引きあげてきた手代の喜六に、すぐ宗琳の動きを見張るようにと命じた。

　喜六はさっそく高台寺脇に出かけたが、その夜、宗琳は妾宅に閉じこもったまま、どこにも出かけなかった。

　しかし、翌日の夕刻になり、傘をさして外出した。

　蓑《みの》をつけ笠《かさ》をかぶった喜六が、小雨のなかそっとあとを付けた。

「大旦那さまがお入りやしたのは、四条大和大路に近い料理茶屋の蔦重《つたしげ》。台所口からのぞいた小女に小銭をにぎらせ、たずねましたところ、どこのご隠居はんか知りまへんけど、この頃《ごろ》ちょくちょくおいでどすというてましたけど」

喜六の働きにより、宗琳の動きが少しわかってきた。

かれは女に会うため、蔦重に通っているにちがいない。料理茶屋といっても、蔦重は普通の店ではなく、訪れる金持ちの客は女目当てで、堅気の貧乏人の行くところではなかった。京都に藩邸をもつ用人たちが、接客のために用いたり、公家や僧侶《そうりょ》たちがお忍びでくるとの芳《かんば》しくない評判だった。

そんな蔦重に足しげく通えば、どれだけ金があってもすぐ底をつく。

店も宗琳が相手にしている女も、性根を入れてかれを虜《とりこ》にしているに相違ないと、源十郎はにらんだ。

「親父がどこの誰と名乗ったり、また蔦重に身許が割れたりすれば、この鯉屋にも累《るい》がおよばんともかぎりまへん。そのために、片付けるもんは早う片付けるにかぎりますわなあ。喜六では役者不足どす。若旦那、親父の相手がどんな女子か、ひとつ蔦重に行ってさぐってきておくれやすか。場合によったら、わしが直々、店に出かけて話をつけなあきまへん」

源十郎がそれをすぐ実行に移さなかったのは、宗琳の気持や面子《めんつ》、さらには鯉屋の立場を考えた躊躇からだった。

「されば、今夜当ってみる」

「勘定の方やったら心配せんとくれやす。まず、二十五両がとこ、お渡ししておきまひょ」

かれは切餅《きりもち》を一つ菊太郎の前に置いた。

「金子はこれでよいとして源十郎、その蔦重がわしを客として迎えてくれるかな。この浪人面では、玄関払いにされかねぬ」

「いいえ大丈夫どす。身形《みなり》さえきちんとしていけば、若旦那ならただの浪人には見えしまへん。なんというたかて品がおますさかい。わけありのご浪人、ひょっとすると、大藩のしかるべきご身分のお方が、お忍びできはったと思うてくれるかもしれまへん」

「そなた、わしに親父の面倒みさせるため、お世辞をもうしているのじゃな」

「そないにひがまんでもよろしゅうおまっしゃろ。若旦那を一目見たら、誰でも貧乏浪人とは思いまへんわ」

かれの言葉に、同席のお多佳までうなずいた。

「ざっとこんなわけで、わしはしばらくここで時をすごしたあと、蔦重に出かけてくる。そなた今日は遅働き、重阿弥《じゅうあみ》の近くまで一緒にまいってもよい。もどりの時刻、わしが店の裏で待っていてやる」

菊太郎が意味ありげに告げた。

店で待っているとは、再びここにもどり、泊ってもいいといっているのだ。

同業だけに、お信は蔦重の悪い評判ぐらい知っており、かれの言葉がいっそううれしかった。

「そしたらうち、姉さんの所まで行ってきますさかい、ちょっと留守番しててくれやすか」

満面に笑みをうかべ、彼女が立ち上がる。

今夜、娘のお清をそのまま泊めてもらえないかと頼んでくるつもりだった。

姉には菊太郎との仲を、それとなく打ち明けていた。

ご浪人さまとはいえお立場のあるお人。身分がちがいすぎるやん。おまえ夢をみているのとちがうか。わたしはおまえが泣くことになるのやないかと案じているのえ——と、姉は上目遣いで忠告したが、お信はそれでもかまへん、金輪際、うちの紐《ひも》にだけはならへんお人やさかいと安心させていた。

彼女は菊太郎に、連れ合いは病死したと告げていたが、それは嘘《うそ》だった。

お清の父親はもと櫛《くし》職人。三条車屋町《くるまやちょう》の「伊勢市」で働いていた。

ところが博打《ばくち》と女に血道をあげ、お信に苦労をかけつづけた末、大きな不義理をつくり、深間になった女と行方をくらましたのであった。

以来、なんの音沙汰もなく、お信は重阿弥の調理場に桶をおさめる姉婿《むこ》の世話で働き口を得、お清を育ててきたのである。

客に連れ合いの有無をたずねられた場合、先立たれたというのが、この種の仕事にたずさわる女の常套文句《じょうとうもんく》。菊太郎も頭から信じているわけではなかった。

だが、嬉々《きき》として桶屋に出かける彼女を見ていると、夫に病死されたのも本当ではないかと思えてきた。

重阿弥で知り合ってから、それとなく観察してきたが、彼女の態度に、男を持つ素振りやおびえは感じられない。菊太郎はこれまで半信半疑できたが、身体を合わせてやっと病死の言葉を信じはじめたのであった。

「お待たせしてすんまへん。雨は小降りになり、もうすぐ晴れそうどすわ。お清は今夜、姉さんのところに泊めてもらういうてます」

しばらくあと、小走りで家にもどってきたお信が、顔に恥じらいをうかべて伝えた。

三

「どうぞこちらにおいでやしとくれやす」

品のいい初老の女中に導かれ、中庭にかけられた屋根つきの歩廊を渡り、別棟の一室に案内された。

いま通りすぎてきた歩廊の下で、ばしっと鯉のはねる水音がきこえた。

女中が敷居際に手をついて去る。

腰の物は彼女が袖で受け、袋戸の前の刀架けへすでに横たえられており、菊太郎が手早く懐紙につつんで渡した一分金が、それなりな効果を現わすはずだった。

部屋の天井は網代《あじろ》、おそらく夜具の敷かれている隣室への襖《ふすま》の取り手は七宝《しっぽう》、全体に贅《ぜい》のこらされた部屋。茶花《ちゃばな》をいけた床に、なじみのある絵がかかっている。

みると松村呉春《ごしゅん》の「朝顔図」であった。

菊太郎は画幅を眺め、つぎに東の障子戸を開けてみた。

そこにも作りのいい庭がひろがり、先は黒塗りの高塀。夕闇《ゆうやみ》をただよわせた鴨川の大きな水音も、ここまではさすがにきこえてこなかった。

——やれやれ、敵の懐には入ったものの、これからいかがするかじゃ。喜六の奴、うちもおこぼれにあやかりとうおすわともうしておったが、こちらはあやかるどころではないわい。

胸の中でつぶやき、床を背にして坐る。

つい先ほど、一旦、蔦重の前を通りすぎたとき、路地から喜六が菊太郎に声をかけてきた。

かれは高台寺脇から、宗琳を蔦重まで付けてきたのだ。

「若旦那、高台寺の大旦那さまは、あの店に入らはりましたで。塩梅《あんばい》ようおやりやっしゃ」

といい、あとに羨望《せんぼう》の言葉を付けくわえたのであった。

宗琳はどこに案内されたのだろう。

両隣りの部屋に耳をすませたが、物音はなにもせず、手掛かりに窮した。

このとき足音がひびいてくるのをきき、かれは居住いを正した。

「ごめんくださいませ――」

歩廊に面した障子戸が開かれた。

仲居をしたがえた女将《おかみ》らしい女が、手をついて部屋の中に入り、銚子や口取りの小鉢をのせた膳《ぜん》を外から受けとり、菊太郎に改めてまた両指をつかえた。

「ああ――」

かれは鷹揚《おうよう》にうなずいた。

「先ほどは案内の者にお心付けをいただき、ありがとうございました。蔦重の女将でお若ともうします」

彼女は丁寧に挨拶し、さあお一ついかがどすと銚子をとり、かれにすすめた。

一分金がさっそく効果をみせたのだ。

「お客さまはここには初めておいでどすか。どこかでお目にかかったようにも思いますけど」

　客の値踏みをしているのだ。

「蔦重は初めてじゃが、そなたと会うことがあったかのう。きてみてわかったが、なかなか良い店じゃ」

「お気に入っていただきましたら、これからもどうぞご贔屓《ひいき》にしておくれやす」

「それはここの料理と扱い次第。もっとも本音をもうせば、料理は扱いのつまみたいなものじゃが」

「おほほほっ、お客さま、そないなことようおいいやすわ」

「わしはこの通り、気ままな浪人暮しだが、西国の大藩につかえる親しい者が、この蔦重の話をしておった。すべてを承知で遊ばせてもらうつもりできたのじゃ」

「それはそれは、ようおこしやした」

「初めての客、懐工合を心配させるのもいかがかと思うゆえ、財布を預けておこう」

　菊太郎は源十郎から借りてきた唐織《からおり》財布を、懐からとり出した。

　刀架けの物はしっかりした拵《こしら》え、腰の印籠《いんろう》も凝ったものをつけている。さらに唐織財布を素早く一瞥《いちべつ》し、彼女は愛想よく美しい顔をゆるめた。

「とんでもおへん。さようなお気遣いをしていただかなくても、お客さまを一遍見たら、茶屋風情を泣かせるお人やおへんぐらい、すぐわかります」
「どうせなら、わしは茶屋風情より、女子を泣かせてみたい」
「まあ憎らしい。お上手にいわはりますなあ。お客さまはどんな女子はんを泣かせたいとも
うされるんどす」
　かれとのやり取りは堂に入っており、美しい顔とは裏腹になかなかのものだった。
　男女の色事や損得の修羅場を、いくつもくぐりぬけてきた女子に相違なかろう。
「どんな女子か。そうだなあ、わしはそなたみたいな女子がよい。どうじゃ、店にさような
女子がおらねば、そなたここでゆっくりしていかぬか――」
「何気ないお顔で、女子の胸にぐっとくるご冗談を粋《いき》にいわはりますなあ。お武家さまは江
戸のお方どすか」
「江戸者が口がうまいとでももうすのか」
「いいえ、そうやないかとちょっと思うたもんどすさかい。やっぱり江戸のお方どすなあ」
「まあ、さような穿鑿はどうでもよい。それより、そなたの返事をききたいものじゃ。どう
だわしと」
「お上手なご冗談ばっかし。こんな年増のおばあちゃんより、本音は若い女子はんがよろし
おすんどっしゃろ。すぐお目にかなう子を参じさせますさかい、年増はお邪魔せんように、

退散させていただきます」

ではごゆっくりと、彼女はまたすっとのびた指をつき、婉然《えんぜん》とした笑みを菊太郎に投げ、部屋から退《の》いていった。

障子戸が閉められ、足音が遠ざかっていく。

店のざわめきにまじり、女の嬌声《きょうせい》がようやくきこえてきた。

「あの女狐、たいしたもんじゃ。初《うぶ》な客ならひとたまりもあるまい。だが宗琳ほどの男が、あんな女ごときにころっと鼻毛をぬかれるはずもないが――」

菊太郎は口にだしてつぶやいた。

客に料理を供する体《てい》をよそおい、その実、女子を供する蔦重の商いは、正確にいえばご法度にそむいている。この種の営業は、一定の地域に限って許されるだけで、ほかは岡場所と総称され、本来なら所司代や町奉行所の摘発をうける。

おそらく蔦重の主は、司直や町の要路に賂《まいない》をまき、巧妙に商いをつづけているのだろう。利権のあるところには、欲の深い男たちが集まり、見目良い女子たちも寄ってくる。

この蔦重は、いわばそんな色と欲に狂った男女が歓をつくす場所で、叩《たた》けばなにがぼろぼろ出てくるかわからなかった。

女狐が退いていったあと膳が運ばれ、すぐ素人づくりの若い女がやってきた。

一見して相当の美形、えもいわれぬ品までそなえており、しっかり菊太郎の好みにかなっている。かれは女狐の具眼に驚嘆した。

「どうぞお一つくこんをお受けくださりませ」

彼女は菊太郎のよこに坐り、おずおず銚子をすすめた。

「外の雨はすっかりあがったようだ。そなたいま、確か名前は妙《たえ》とかもうしたな」

かれはさりげなく妙と名乗った女に話しかけたが、胸の中ではおっと驚いていた。

彼女のその言葉遣いに不審を感じたのである。

妙は酒のことを〈くこん〉といった。

くこんは九献からきており、おっこんともいい、御所言葉であった。

そうだったのか。この蔦重はただ金持ちの客に一夜妻を供するだけではなく、場合によれば、妾として仕える女子まで、客に物色させているらしい。客の相手をする女子は素人、しかも、身分がありながら生活に困る公家の娘たちなのだ。どうやら女狐は、菊太郎の西国の大藩とか、すべてを承知して遊びにきたとの言葉を真にうけ、妾探しの下見にきた武士と、深読みしたようであった。

京都には宮家や宮門跡《みやもんぜき》、尼門跡までくわえれば、約二百家近い公家たちが、御所のまわりや洛中《らくちゅう》洛外にひしめいている。

眷族《けんぞく》を合わせれば、この数は何倍にもなり、摂家《せっけ》、精華家《せいかけ》、大臣家《だいじんけ》など主だつ上級公家をのぞき、かれらの大部分は、幕府から三十石三人扶持を給されるだけの御蔵米公家《おくらまいくげ》。年中、生活に窮して、内職にはげんでいるありさまだった。

見目良い娘が、裕福な武家や僧侶の妾にでもなれば、暮しの援助がうけられ、貧乏からぬけ出せる。生活苦に疲れた公家たちは、不心得を承知で、可愛い娘に因果をふくめ、屋敷から出すのだと仄聞《そくぶん》していた。

だが身分柄、誰にも相談できない。いきおい蔦重の商いが重宝され、また成りたつのである。

妙と名乗った女は、公家の娘にちがいなかった。

「はい――」

彼女は言葉少なにうなずいた。

宗琳はこんな若い女に血道をあげているのだろうか。死を目前にした年寄りと若い公家の娘。菊太郎はなにか物哀しい気分になってきた。

妙は平静を装っているものの、明らかにおびえを匂《にお》わせていた。

おのずと菊太郎の態度も堅くなった。

「わしがこの蔦重にきたとき、一足先、見覚えのあるご老体がおいでだったが、あれはどこのご老体であったかのう」

菊太郎は独言《ひとりごと》をつぶやき、妙にさぐりを入れてみた。

「どのようなお人でございましたやろ。そんなお人ともうせば——」

彼女はここで言葉を濁らせた。

「思い当るお人があるのじゃな」

「は、はい」

「ここではそれはもうさぬが花。だがそのご老体が、誰を目当てにまいられるかは、はなはだもって気にかかる。さぞかし、そなたみたいに若くて美しい女子であろうな。もうしてはなんだが、ご老体もいい気なもんじゃ」

「いい気とはあまりなもうされよう。あのご老人は、さような卑しいお人ではありませぬ」

きっとした目で妙は菊太郎をにらみつけた。

「な、なんじゃと。卑しいお人ではないともうすのか」

「いかにもでございまする」

彼女が答えたとき、遠くから男たちのなにかやり合う声がひびいてきた。

菊太郎の盃に銚子を傾ける妙が、気がかりそうな素振りで耳をすませた。

「どういたしたのじゃ」

「あのご老人と店の者が、もめているのでございまする」

もの事が客の耳にとどくのを恐れ、低い声でなされているが、それだけに切迫した気配が感じられた。

「どうしてご老体がもめておられるのじゃ」

「それは、もうせませせぬ」

妙の返事をきき、菊太郎は席から立ち上がった。障子戸を細めに開き、声の方をうかがう。

もめ事は蔦重の離れでおこっていた。

半纏《はんてん》をきた数人の男が、おさえた態度で宗琳にもどりを願っていたが、それはうわべだけ、かれをみんなで取り囲み、店の裏口から外へ出そうとしているのであった。

「妙とやら、そなたに財布を預けておく。わしはすぐまたもどるゆえ、あとを頼む――」

菊太郎はいうより早く、部屋からするっと抜けだした。

厠《かわや》にでも行く態度で廊下をいそぎ、人気がないのを見定め、さっと離れの裏に身をおどらせた。

「やい老耄《おいぼれ》、蔦重の旦那はんがどれだけ断われば、てめえは承知するんじゃい」

「どこの老耄か知らんけど、ええ歳《とし》してからに、若い女子にご執心とは、きいて見て、二つともあきれ返ってしまうがな。狒《ひ》親父、ええかげんにさらさんかい」

裏口のそばまで宗琳をつれてくれば、そこにはもう人目がない。男たちは口汚く宗琳に罵《ば》声《せい》をあびせ、胸ぐらをつかんだ。

「わ、わしは、銭ならそろえるというている」

顔は見えないが、宗琳の必死な声がきこえてきた。

「あほ、てめえが五百両千両積んだって追いつかねえんじゃい。することもできねえくせしてからに、なにが女子の世話をみるんやな。あの女子にはもうとっくに唾《つば》がつけられてるんやわいさ。それをどれだけいうたらわかるんじゃい」

宗琳の顔をもちあげ、一人が憎々しげにいった。

「最初、そうはきいてまへんどしたで。あとになって、急にそれをいい出したんじゃ」

「それがどうしたんやな。あとの客が、銭を仰山出すいうてるだけのこっちゃ。てめえが旦那はんの前に並べたてる銭とは、桁《けた》がちがうんじゃい。若うなっておとといきやがれ」

かれらは裏口の戸を開け、ついに宗琳を路地に引きずり出した。

「こん畜生、なんやて。高い銭が取れるからいい、約束を反故《ほご》にして、あの子を外《げ》道《どう》に売り払うのかいな」

闇の中で宗琳の悲痛な声がはじけた。

「てめえもその外道の一人やないけえ。老耄のくせしてようい うやんか」

　ばしっと頬《ほお》を打つ音がひびき、痛みをこらえるうめき声が、菊太郎の耳をゆすった。

「なにしやがる。この老耄、てめえ自分の足腰も考えんと、わしらとやるというのやな」

無我夢中になった宗琳が、なにか抵抗したとみえ、男の声が一層とがった。

「やるならどこまでもやってやろうやないか。こんなことが世間に知れたら、恥をかくのは、てめえやてめえの女房、息子たちなんやで。棺桶に片足つっこんだ耄碌爺《もうろく》が、なにをさらすねん」

　ばしっとまた頬を叩《たた》く音がひびいた。

　——これはいかん。わしが源十郎にもうした通り、最悪の事態になってきた。

　一瞬、菊太郎は自分が頬をなぐられたように目を閉じ、小さくうめいた。

　しかし、宗琳は年甲斐《としがい》もなく抵抗の態度をとり、事態はますます険悪になっている。

　ただ傍観するわけにはいかなかった。

　かれは裏戸を開け、暗い路地につづいて現われた。

「おいみんな、耄碌親父が再びここに来れんようにしてやれや」

　頭分らしい男が、仲間に顎《あご》をしゃくった。

　蔦重の奉公人は、普段はおとなしくしているが、いざとなれば素人面をかなぐりすて、なんでも行なう質《たち》の男たちらしかった。

「へい――」

　とうなずいた男が、急に痛ててと後ろにのけぞった。

　菊太郎が利き腕をつかみ、ねじり上げたのである。

「てめえ、なにをさらすんじゃ」

　まわりが一斉に殺気だった。

　宗琳の身体が地面に突きとばされた。

「なにをさらすとは笑止な。さように老人を手荒にいたして、なんといたす」

「手荒もくそもあるけえ。邪魔しやがると、ただではすまさへんで」

「どうただではすまさぬのじゃ」

「なんやと。何者かしらんがやってしまえ」

　頭分の合図で、数人の男たちがわっと菊太郎にとびかかってきた。

　かれは身をかがめ、最初の一撃をかわし、相手の腕をつかみ、肩から投げとばした。

「ぎゃあ――」

「畜生、やりやがったな」

　次にとびかかってきた男には、当て身をくらわし、素早く身をひるがえして、新しい相手の胸ぐらをつかみ取った。

そのとき、後ろから強い力で羽交締めされた。

「う、うぬ——」

身体をふるい、払い除けようとするが、敵は相当喧嘩《けんか》になれているとみえ、容易に力をゆるめなかった。

連中がにわかに劣勢から立ち直る。

数間先で倒れていた宗琳が、よろよろ立ち上がり、路地から表通りに逃げる。外でまだ見張っていた喜六が、駆けよるのがちらっと見えた。

「やい清吉。みせしめにこいつの頬っぺたに匕首《どす》で傷をつけてやれ。腹に一つぐらいくれてやったって、命までとらへんかったらかまへんで」

菊太郎を羽交締めにしたのは、頭分の男であった。

「へ、へえ、やってこましたりまっせ」

初め投げとばした中年の男が、懐から匕首を抜きだし、菊太郎をにらみつけた。

「く、くそっ」

かれは必死でもがき、相手が近づいたら足蹴《あしげ》にしようと下半身を身構えた。

しかしどうしたことか、清吉とよばれた男の気勢が急に萎《な》え、顔を哀しそうにゆがめた。

「やい、どうしたんじゃい」

「兄貴、訳があってわしにはこの人刺せしまへん」

「な、なんやと。てめえ、おじ気づきよったんやな」

頭分が他の連中に顎をしゃくろうとしたとき、蔦重の裏口の戸がきいっと開いた。

「あれあれお客さま、酔うてこんな所で管《くだ》なんかおまきやして。さあうちとお部屋にもどりまひょな。おまえたちも酔うてんのか。ちょっとはお店の信用も考え、行儀よくしなはれ」

女狐が現われ、うまいあしらいをみせたのである。

四

二条城から正午の太鼓がひびいてくる。

もうそろそろ銕蔵がやってくる頃だった。

菊太郎は小ざっぱりした身なりに着替え、煮干しをちぎってはお百にやっていた。

「本日昼から、さし迫った御用がなければ、少しお時間をいただきたい」

今朝ほど喜六を同心屋敷にやり、口上を伝えさせてあった。

「若旦那、銕蔵さまがおいでになりました」

源十郎が低姿勢で知らせてきた。

「おおそうか。では出かけてくる」

かれは腰のものをつかみ立ち上がった。

「これも親孝行どすさかい、何卒よろしゅうお頼みしますわ。金子の方は大丈夫どすやろか。なんならもう二、三十両お持ちやすか」

「そなた、今日はいやに気前がよいのだな。銭ならまだ二十両も残っておる。それにそなたから別に預かった五十両、これだけあれば十分じゃ。本来なら、この間散じた三両もとり返し、合わせて身請《みう》けの銭も払わずに娘を連れもどしたい」

「そんなあこぎをいわんと、今日のところはなんとか、穏便に話をつけてきておくれやす」

「悪党どもに対し、なにやら妙におとなしいなあ。そなたは穏便にともうすが、なかなかそうもゆくまい。もっとも、わしとて無茶をいたす気はないが、今日は相手を脅しつけねば話はつくまい。場合によれば、ご法度を破っているとして、わしが蔦重を奉行所に訴えてやる。そのときは、鯉屋の源十郎が公事を引きうけてくれるわなあ。そうなれば、蔦重と大小関わりを持つお歴々がどうさばくかじゃ。かように展開すれば面白いが、まあそうはゆくまい。わしもそこまでやるつもりはないゆえ安心いたせ。何事も丸く納めてくる」

菊太郎は冗談めかしていい、源十郎をしたがえ、鯉屋の店先に姿を現わした。

店の広い土間で銕蔵が待っていた。

「銕蔵、ちょっと付き合ってくれぬか。行く先は四条の大和大路。宗琳の用事を片付けにまいるのじゃ」

「鯉屋のご隠居の――」

「事情は先方にむかいながら説明いたす。そなたに何をしてもらうつもりもない。ただそばに坐っていてもらいたいのじゃ」

「何かは存じませぬが、坐っているだけでよいのでございますするか」

「ああ、茶でも飲んでいたらよい。親孝行な源十郎が、あのように頼んでいる。忙しかろうが、まあわしに同道してくれ」

迷惑顔の銕蔵の肩を、菊太郎はぽんと叩いていった。

はあ、とかれは浮かぬ表情で答え、暖簾《のれん》をくぐりぬけ外にでた菊太郎のあとにつづいた。

「ご隠居の用事とはなんでございます」

肩を並べて歩きはじめ、銕蔵が兄にたずねた。

往きちがう人々が二人に低頭する。

菊太郎は鷹揚にうなずきを返したが、兄弟がならんでいると、どうしても兄の菊太郎の方に威厳があり、銕蔵は供の感じがした。

「兄上どの――」

「うむ、それじゃが、宗琳の用事は女子、女子じゃ。これから宗琳が執心する若い女子を引き取れないか、掛け合いにまいるのよ。まあくだいてもうせば、一種の身請けじゃな」

「兄上どのはこのわたくしに、宗琳の色事の始末に同道いたせともうされますのか。ばかばかしい。高台寺脇には、お蝶とかもうす若い妾がいるはず。それでは足りず、また女子を囲うつもりなのですか。破廉恥にもほどがござる。いくら兄上どのが鯉屋の世話になっているとはいえ、そんなお役目、わたくしはお断わりいたしまする。源十郎も源十郎じゃ。親父が大事でも、黙ってそれを見過すばかりか、兄上どのにさような用事をいいつけるとはあんまりじゃ」

　いきなり立ち止まり、銕蔵がまくしたてた。

「これ銕蔵、さように怒るではない。わしの言い方がまずかった。宗琳が若い女子を身請けするともうしてもな、なにも妾にするつもりではないのじゃ。若いころ、大変お世話になった御蔵米公家の園池家《そのいけ》、そこの姫さまが、貧乏暮しのため、そなたも噂《うわさ》ぐらいきいていようが、例の蔦重で客の座敷にお出になられた。幸い初店《はつみせ》で出会い、しだいに深刻な事情がわかり、宗琳が借金のけりをつけ引き取りたいと主にもうし入れた。ところが姫さまを一目見たどこかの狒親父が、大枚の金子を積んで世話をしたいと、内々、蔦重へ頼んできたのじゃそうな。宗琳ではあまり儲《もう》けにならぬでなあ。蔦重に急に鞍替《くらが》えをされ、宗琳は頭にきて大騒ぎ。それでわしの出番になったのよ。そなたが考えるような破廉恥な色事ではない。これも人助け、源十郎にしてみれば大散財。宗琳の道楽には金がかかるわい」

菊太郎は一気に事情を説明した。

昨夜、乱闘のあと、かれは部屋にもどり、妙を相手に銚子を二本空けた。

女狐は、あんな年寄りにどうして手荒をしたかについては、宗琳が無体ばかりいう客だからと弁明した。

頭から嘘《うそ》とわかったが、菊太郎はなりゆきから蔦重の若い衆に乱暴をしてしまったと詫《わ》び、これで飲んでもらってくれと一両を渡した。

そんな二人のやりとりを、かれの席についた妙は、沈んだ顔で黙ってきいており、ときどき女狐の横顔を非難する目で眺めた。

今夜はけちがついた、明日にでも改めてまたまいるといい、蔦重をあとにしたかれは、その足で高台寺脇に走り、宗琳に一切の事情を語らせたのであった。

「うちの早とちりどした。堪忍しておくれやす」

お蝶に詫びて送り出され、菊太郎は鯉屋にもどってきた。

そして源十郎と相談をぶち、これから園池家の娘を引き取りに行くことになったのである。

「さようでございましたか。蔦重の評判はわたくしもきいており、所司代や町奉行所の面目を潰す事態にならねばよいがと案じておりました。それにしても、その娘を大枚な金子で身請けするともうす不埒者が、実際にいるとなれば、借金を返してすむとは考えられませぬが」

「それくらい、わしにもわかっているわい。そこでそなたに同道してもらったのよ」

「とんでもない、兄上どの。同心組頭のわたくしごときでは、あの蔦重にはなんの効果もありませぬ。なにしろお偉方の息がかかっておりますゆえ」

「初めにもうした通り、そなたは坐っているだけでよいのじゃ。そなたそれでも奉行所の同心組頭か。腑抜《ふぬ》けには何もさせぬわい」

蔦重の店を間近にして、菊太郎は険しい顔になってきた。

銕蔵はふくれっ面のまま、やがて二人は店の暖簾をくぐった。

「まあ、さっそくおこしくださり、おおきにどっせ。きのうはすんまへんどした」

女将、女狐のお若に案内され、昨夜の部屋に通される。

彼女は銕蔵の腰の十手にちらっと目を走らせ、怪訝な表情をうかべたが、菊太郎の身許がこれでわかったとでも思ったのか、いっそう愛想よく二人に座布団をすすめた。

「女将、本日こうしてすぐにまいったのは、おり入って相談があってじゃ。主九兵衛に是非会って話をいたしたい」

宗琳からきいた主の名をあげ、菊太郎は女狐にもちかけた。

「なんどっしゃろ。そやけど、まあお客さまのことどすさかい、悪いお話ではおへんわなあ」

何を勝手に想像したのか、彼女はいそいそと立っていき、すぐ九兵衛をともない部屋にもどってきた。

九兵衛は五十すぎ、意外に人当りがよさそうで、柔和な顔付きをしていた。

「お客さま、わたくしにご相談とはなんでございまっしゃろ」

互いに名前を名乗り、銕蔵がその身分を明かすと、九兵衛は用件をさぐる目付きで、二人を眺めた。

「そなたもすでに存じていようが、昨夜、この蔦重の裏の路地で、ちょっとした騒ぎがおこった。油断からわしはすんでのところで脇腹を刺されそうになったが、そのときここの奉公人が叩きだした老人、実をもうせば、わしの親代りも同然の男でなあ。あのご老人が引き取りたいとそなたにもうし入れている園池家の娘、その娘御を、黙ってわしにお渡し願いたいのよ。そなたが園池家に渡した三十両、それに加えて二十両の礼金は持参してまいった」

菊太郎は九兵衛の前に金子を置いた。

「な、なんどすって。いきなりで頭の中が変になりますがな。せやけど、いまのお話、それはできんことどすわ。あのお年寄りがどなたさまか存じまへんが、その件は重々お断わりしたはずどす。五十両や百両の金子では、とてもご相談には応じられしまへん」

かれは柔和な顔に薄ら笑いをうかべ、急にふてぶてしくいった。

後ろにひかえるお若も口許をゆがめた。

その正体をちらっと見せた感じだった。

「とても相談には乗れぬともうすか——」

「へえ、お奉行所の旦那はんをご同道しはったかて、うちには京のお偉方がついててくれはります。十手を見たとて、ちょっとも驚かしまへんで」

「そうか。ではもうすが、東町奉行所が素浪人のわしに、吟味方与力として役儀についてほしいと頼んできている。東町の奉行所界隈でたずねてもらえばわかるが、わしは相当のひねくれ者でなあ。気ままな暮しがしたいゆえ、断わることに決めておる。だが、もしそなたが園池家の娘をわしに渡さぬとあれば、わしは吟味方与力として奉行所に仕え、ご法度にそむくこの蔦重の商いが立ちいかぬよう、ぎりぎりしぼりあげてやる所存じゃが、それでもよいか。おぬしは京のお偉方がついているとぬけぬけともうすが、お偉方の全部が、おぬしに肩入れしているわけでもあるまい。性根のすわった御仁《ごじん》もおられるわい。わしの就任を妨げようとしてもそれはかなわぬぞ。わずかな欲を出して、ひねくれ者を敵にまわし、おぬしは自分の味方につくお偉方に累をおよぼすつもりか。なんと勘定に合わぬことをいたすものよ。わしがもうしたこと嘘ではない。なあ同心組頭どの――」

かれの言葉に銕蔵が大きくうなずいた。

二人には、部屋の険悪な気配を察し、お店者《たなもの》の面をかぶった昨夜の男たちが、障子の外に忍びよっているのがわかっていた。

「田村さま、昨夜からのやりようを見ききしてますと、あんたはん相当な役者どすなあ。お言葉、ただの脅しとは思えしまへん。吟味方与力にならはりましたら、それはきついお役人になられまっしゃろ。わかりました。わたくしも商いが大事どす。ご法度にそむく人ぎきの悪いことをしてますさかい、事を荒だてとうはおへん。結構どす。五十両できれいさっぱり手を打とうやおまへんか」

九兵衛は再び柔和な顔になり、お若にもどる支度をしてもらい、すぐここにお連れしなはれと命じた。

彼女が邪険な態度で立っていった。

ほどなく足音がひびき、部屋の障子戸が開けられた。

おずおず入ってきたのは、昨夜、菊太郎の席についた美しい女、妙であった。

「あなたさまは――」

彼女が小さく驚きをもらした。

「そなたが園池家の娘か。わしは宗琳の使いで、そなたを迎えにきたのじゃ」

昨夜、心ならずも宗琳の悪口をのべたのに対し、彼女がどうして強く抗弁したのか、いまになりやっと合点できた。

同時に手もにぎらず行儀よくしていてよかったと、菊太郎は安堵《あんど》した。

「さあまいろう」

菊太郎が銕蔵をうながした。

「もうし田村さま、奉行所のお扶持《ふち》をいただかれんままお暮しどしたら、いつでもここへ遊びにきておくれやす。いろいろ相談にも乗ってもらえそうどすさかい」

「九兵衛、わしの用心棒代は高いぞ。そのときには頼むわなあ」

歩廊の下の池に、また雨が落ちていた。

蚊帳《かや》のむこうでお信が髪を梳《くしけず》っている。

菊太郎は肘枕《ひじまくら》をし、ぼんやり彼女の後姿にみとれていた。お清は昨夜につづき、今日も桶屋泊りのようだった。

「田村さま、夕方、お清が田村のおじちゃんにと持ってきたものを眺め、うち、嘘ついたらあかんと思いました」

お信が消え入りそうな声でつぶやいた。

「お信さん、それがどんな嘘かぐらい、わしにはわかっておる。仲間に命じられ、わしに匕首をむけた男がいてな。その男がわしの顔をにらみつけ、訳があってわしにはこのお人は刺せしまへんといいおった。ただそれだけじゃ。なにももうさんでもよい」

天井にむき直った菊太郎。お信が小さくすすり泣きはじめた。

「それでええのどすか――」

「あの男も承知のはず。わしはかまわぬぞ。早くこっちにまいるがよい」

かれの声につれ、行灯《あんどん》の火が吹き消された。

「これ、おじちゃんにと、お清が白川で捕まえてきた螢どすねん」

お信が数匹の螢を蚊帳の中に放った。

闇の中に青白い光が寂しく明滅し、ふわっと浮かんだ。

# 解説

藤田昌司

『闇の掟』は短篇連作シリーズ〈公事宿事件書留帳〉の第一弾である。この時代小説の、他に類例を見ない面白さは、まず舞台を京の公事宿《くじやど》に設定した点にある。

「公事宿」とは何か。作者は第一話で、〈地方ヨリ、江戸ニ出デテ訴訟スル者ノ、定宿トセシ旅店。江戸、馬喰町ニ多カリキ〉と記した『大言海』の説明を引用している。だが公事宿は江戸にだけあったわけではない。〈大阪では東西両町奉行所に近い谷町一丁目、京都では、丹波口や三条口に通じる二条城南の大宮通り界隈《かいわい》にかたまっていた〉と作者はこの説明を補足している。

現代でもそうだが、訴訟の手続きや書類の作成などは、庶民には苦手だ。そこで江戸時代は、公事訴訟人たちは幕府の認可した旅籠《はたご》に泊まり、そこの主人や下代《げだい》（番頭）など、訴訟専門家の助けを借りた。つまり公事宿はたんなる旅籠ではなく、司法書士や弁護士の役割もになっていたわけだ。

ついでに「公事《くじ》」についても説明しておこう。これは現代でいえば「民事訴訟」である。江戸時代の司法では、〈出入物《でいりもの》〉と呼ばれた。これに対し、〈吟味物〉と呼ばれる訴訟があった。現代の「刑事訴訟」事件である。

公事、すなわち民事訴訟は、主として〝色とカネ〟にまつわる争いごとだ。その底にあるのは、ドロドロとした人間の欲望である。公事宿を舞台に展開されるのは、そういった欲望の争いなのだ。

面白さの第二は、主人公の魅力である。シリーズの主人公、田村菊太郎《きくたろう》は三十歳に手がとどこうという年だが、いまだに独身で、京の公事宿・鯉屋《こいや》の居候《いそうろう》だ。終日、飼い猫のお百《ひゃく》と戯《じゃ》れているが、用心棒でもあり、また相談役でもあるという設定。京都東町奉行所同心組頭の田村銕蔵《てつぞう》は弟だ。いや、正確にいえば、異腹の弟である。

菊太郎は十八歳ごろまでは品行方正で、〝神童〟とまで噂されていた。学業に励み、武芸にもすぐれていた。それがある日から突如として遊蕩《ゆうとう》をはじめ、出奔《しゅっぽん》し、各地を無頼漢として渡り歩いた末、京に戻ってきて、公事宿・鯉屋の居候となったのだ。じつは菊太郎は、東町奉行所同心組頭をつとめる父が、祇園の茶屋娘に産ませた子だった。こうした事情から菊太郎は、世襲の同心組頭の役職を正嫡の弟、銕蔵に継がせるため、自己韜晦《とうかい》して家出したのだ。銕蔵はもとより、両親ともこの菊太郎の心のやさしさに感じ入っている。菊太郎が鯉屋の居候に招かれたのは、鯉屋宗琳《そうりん》が菊太郎の父の贔屓《ひいき》をうけ、公事宿を開いたという恩誼《おんぎ》があるためだ。もっとも宗琳は、今は家督を長男源十郎に譲り、気ままな妾宅《しょうたく》暮らし。菊太郎と源十郎は隔意なく何でも話せる息の合った間柄になっている。

『闇の掟』には、こうした設定の上で展開される七つのストーリーが収められている。どのストーリーも、表面からはうかがい知れない人間の欲望のドラマが渦巻いている。その闇の中の謎をズバリ洞察することができるのは、居候の菊太郎だ。神童といわれながら、世の裏街道を渡り歩き、人間の表と裏を見てきたからだ。菊太郎は公事宿・鯉屋の相談役のみならず、時には弟の同心組頭田村銕蔵の相談相手となり、乱れた麻のようにもつれた難事件も解決してみせる。

たとえば冒頭の「火札」。放火犯として捕えられた兄・長吉の無実を晴らしたいと、島原の遊廓に自らの身を売って訴訟費用をつくり、鯉屋に救援を求めてきた娘の訴えを聞いた菊太郎が、すでに引き廻しのうえ磔《はりつけ》と決まっていた長吉の判決をくつがえし、放火事件が捏造《ねつぞう》であることを突き止め、真犯人を明らかにして長吉の無罪放免をかちとる話だ。

表題作は鯉屋の源十郎ら公事宿仲間（組合）男女十八人が、暑気払いに出かけた琵琶《びわ》湖竹《ちく》生《ぶ》島詣《しまもう》での途次、一行の中の相模屋の主《あるじ》が、比叡山に近い山峡《やまかい》で何者かに狙撃、殺害された事件に取り組む話。事件はもちろん出入物ではなく、吟味物だから、同心組頭の弟・銕蔵が部下をひきいて探偵に当たるが、解決の目途《めど》がつかない。だが菊太郎は隠岐島《おきのしま》の遠島から四年ぶりに戻ってきた大工の善五郎が下手人だと断定、善五郎を襲う。

〈「て、てめえ、だ、誰やな」

善五郎は島で悪の度胸をみがいてきたとみえ、素早く立ち上がり、低く匕首《あいくち》をかまえてたずねた。

蛇の目のように、両目がぬめりをおび、青く光っている。

「わしか、わしは闇の掟。どこの誰か胸に覚えがあろう」

「闇の掟だと、しゃらくさい。こきやがれ」……〉

手下と共に匕首をくり出してくる相手に、菊太郎は横なぐりに刀を一閃《いっせん》させる。思わず、カッコイイ！　と叫びたくなる場面だ。

「夜の橋」は賀茂川の土左衛門の話。その水死体の二の腕の奥に前科を示す入れ墨があり、首に絞められた跡があることを見てとった菊太郎の指摘で、村人たちはたんなる土左衛門として処理せず、奉行所に届け出る。その結果遺体はかつて島原遊廓のごろつきだったが、島流しの刑を終えて帰京後は真人間になろうと堅気に暮らしていた男と判明、ここから菊太郎の名推理が働く……。

「ばけの皮」は貧しいころ貰い子に出した女の子に、ぜひ一目だけでも会いたいという商家の夫婦の話だ。昔、青山寺《せいざんじ》の影山大炊《おおい》という寺侍に娘を貰い子に出したが、海産物商として成功し暮らしも楽になったので、大金を積んででもいいから引き取りたいと奉行所に願い出たのは八戸屋《はちのへ》の米蔵《よねぞう》夫婦。不裁可となったにもかかわらず、「夢見が悪い」といって再吟味を願い上げてほしいと鯉屋に泣きついてきたのだ。菊太郎が探ってみると、米蔵夫婦の子を貰い受けた寺侍は、金を山と積まれても動じない清廉潔白な人物だと思っていたが、意外にも……。養育料目的に貰い子した子を次つぎに殺し、その数は二十四人にもおよんでいたのだ。

「年始の始末」。手代の喜六が正月に宿下がりで上嵯峨《さが》村に戻ったまま帰ってこないので菊太郎が訪ねて行くと、とんでもない事件が発生している。喜六の姉が夫を殺害したとして捕えられていたのだ。夫が料理屋の女に夢中になり、それを嫉妬《しっと》して刺し殺したというのだが、喜六は「そんなはずはありまへん」と絶叫。やがて夫殺しはまっ赤な嘘であることが判明する……。

「仇討ばなし」は父の仇討《あだう》ちの途次、強盗殺人を働いたとして捕えられた大垣藩浪人・森丘佐一郎の話。路銀も使い果たした佐一郎は薪炭商の手代を殺害し、懐《ふところ》から五両の金を盗んだとされるが、菊太郎に「天地神明に誓って、さような悪行はいたしておりませぬ」と明言する。だが大垣藩京屋敷では、「家中に森丘佐一郎ともうす人物はおりませぬ」との返事。菊太郎の探査により、事件の背後に大がかりな藩がらみの犯罪がひそんでいることが浮かび上がってくる……。

最後の「梅雨の螢」は、鯉屋のご隠居・宗琳の女をめぐるトラブルだ。妾宅で暮らす宗琳は最近、料理茶屋・蔦重《つたしげ》の新入りの女を身請《みう》けしようとして揉《も》めている。蔦重はとかくの噂のある店だ。菊太郎が忍んで行くと、宗琳は用心棒たちに囲まれ口論の最中。宗琳は銭ならそろえるから、と必死だが、用心棒たちはついに宗琳を路地に引きずり出した。「おいみんな、耄碌親父が再びここに来れんようにしてやれや」――こうなっては菊太郎の出番だ。男の利き腕をつかんでねじり上げる。「てめえ、なにをさらすんじゃ」。頭分の合図で数人の男が菊太郎にとびかかってくる。かれは身をかがめ、最初の一撃をかわし、相手の腕をつかんで肩から投げとばす。「ぎゃあ――」

宗琳が身請けしようとしていたのは、色恋からではなく、昔世話になった公家の姫が蔦重に売られ、さらにどこかの狒《ひ》々《ひ》親父が大金を積んでものにしたいということになっているためだった……。

ところで、頭も切れれば腕も立ち、義俠心も強く、そのうえ粋《いき》――というのが菊太郎の人となりだ。こんな男の中の男を、世の女性がほうっておくわけがない。じつは菊太郎は、賀茂川ぞいの料理茶屋「重阿弥《じゅうあみ》」の仲居、お信《のぶ》と深い仲になっていくのだが、それは次回の解説にゆずろう。

――文芸評論家

この作品は一九九一年七月廣済堂より刊行され、
九五年六月廣済堂文庫に収録されたものです。